一笑

古龍自署

國際學術研討會

與

古龍武俠小說 領先時代半世紀

【記者賴素鈴／報導】江湖代有才人出，這廂古龍凋零二十載，那廂今朝懸賞百萬獎新秀，浪淘不盡，唯有武俠熱愛，不隨時間變易，在學術研討會上更見分明。以「一代鬼才：古龍與武俠小說」爲主題，淡江大學第九屆文學與美學國際學術研討會昨起在國家圖書館，展開爲期兩天的議程，紀念武俠小說家古龍逝世二十周年，新生代學者與古龍故舊齊聚一堂，以文論劍話武俠。

日前與淡大中文系教授林保淳共同發表《台灣武俠小說發展史》，武俠小說評論家葉洪生昨天在專題演講中，直批胡適1959年底發表「武俠小說下流論」是「胡說」，學界泰斗的不當發言以及隨即展開的「暴雨專案」，反而促成1960年起台灣武俠新秀的繁興，「武俠小說迷人的地方，恰恰在門道之上。」，葉洪生認定，武俠小說審美四原則在文筆、意構、雜學、原創性，他強調：「武俠小說，是一種『上流美』。」

集多年心血完成《台灣武俠小說發展史》，葉洪生認爲他已爲從十歲起迷上武俠小說的半世紀畫上完美句點，並且宣布他「以後決心退出武俠論壇，封劍退隱江湖」。

雖然葉洪生回顧武俠小說名家此起彼落，套太史公名言「固一世之雄也，而今安在哉？」，認爲這是值得深思的嚴肅課題，昨天意外現身研討會而備受矚目的溫世禮，則爲了紀念同是武俠迷的哥哥溫世仁，推出第一屆「溫世仁武俠小說百萬大賞」，即日起至今年10月3日截止收件，經兩階段評選後於明年12月7日公布首獎得主，預料將會是一場武林新秀的龍虎爭霸戰。

看明日誰領風騷？風雲時代出版社發行人陳曉林眼中的古龍，其實領先他的時代半世紀，以致如今雖然古龍逝世20年，陳曉林認爲大家對古龍的了解仍然有限，預言未來世代更能和古龍的後設風格共鳴。

昨天這場研討會，也凸顯武俠小說作爲一項文學研究門類，仍有待開發學習空間。多位與會者都指出，武俠小說的發表、出版方式和管道具考證難度，學術理論與論文格式的建立待加強。而武俠名家的版權之爭、市場競爭力，也增加出版推廣困難，古龍武俠小說的版權糾紛、司馬翎作品的版權官司也成爲研討會的場外話題。

武俠小說

第九屆文學與美

一代鬼

古龍

古龍兄為人慷慨豪邁、跌蕩自如，變化多端，文如其人，且復多奇氣。惜英年早逝，余與古兄當年交好，且喜讀其書，今既不見其人，又無新作可讀，深自嘆惜。

金庸

一九九六．十．十一．香港

邊城浪子

(上)

古龍精品集41

邊城浪子（上）

目錄

【導讀推薦】

小李飛刀的眞正傳人

——《邊城浪子》導讀

中國武俠文學會副會長、南京大學教授
卜鍵

在古龍作品中，《小李飛刀》當是很受讀者青睞的一種；在古龍作品的兵器譜中，「小李飛刀」更有著別樣的神韻；在古龍作品中所塑造的藝術形象中，小李探花最令人心嚮往之。

《邊城浪子》是「小李飛刀系列」中的一種，是古大俠著作中的上品。

邊城，荒遠極邊之城；浪子，浪跡天涯的遊子。拈出這樣的題目，古大俠也就選定了一種極寫筆墨；霜天遼闊的草原，草原上如泣如訴的歌咒，歌咒中隱藏的血腥往事，往事所牽涉的「梅花故人」與故人之子，故人之子間的愛恨、善惡、犧牲與殺戮……

眞佩服古大俠手中的魔筆，其能在寫出李尋歡之後，又流淌出一個葉開。「木葉的葉，開朗的開。」他是李尋歡精神和武功團凝出的一個新的精靈，他以寬容稀釋仇恨，以理解溶化誤會，以關愛善待他人，以純真明朗的襟懷去驅除陰暗，他是已毀滅的神刀堂主白天羽的血胤，然則，他更是李尋歡精神的傳人。

於是，小李探花的飛刀歷數十年後仍在飛動，如電光石火，攜帶著詩情和愛意，仍然是「小李飛刀，例不虛發」！

小李飛刀的每一次飛動，都不在取人性命——哪怕是十惡不赦者或確有大罪者的性命，而在於阻止流血和罪惡。仍是「例不虛發」，仍然閃動著攝人弧光，其境界則更高遠。

《邊城浪子》的主人公，不是那黑衣黑刀、一意復仇的傅紅雪，而是落拓不羈的葉開；全書表面上是一個爲父復仇的故事，其實卻是以鮮活的事實證明冤冤相報之不可取。此書情節緊張綿密，環環相扣，但讀者若把目光多關注外示以暇的葉開，便不會將作者的本意放過，便不會把該書仍入「小李飛刀」系列的立意放過。

那天晚上的雪真大……

讀了司馬遷《史記》中的「遊俠列傳」，便知曉在中國這塊土地上出現俠客，本是很古遠的事情了。後來陸續便有了武林，有了武林門派如少林、武當，有了俠義道，也有了黑道或邪魔外道，有了武林格範與江湖規矩，也有了對俠義精神的守護、張揚和背叛。

武林，龍蛇雜居的武林，善惡並生的武林，崇尙公正與好勇擅殺的武林，永遠離不開恩恩怨怨的武林，這也正是古龍筆下的武林。

本書貫穿的是一個慣常的武林故事，一個遺孤爲父尋仇的故事，唯作者以至情運筆，以理性佈局，有一番出奇料理，結果便與舊武俠之套路迴異，便成別開生面的佳構。

十九年前一個大雪的夜晚，本應是一個普通且充滿生活親情的冬夜，神刀堂白天羽堂主與其兄弟、親眷、摯友在落霞山下的梅花庵飲宴賞雪，如花美眷，似水流年，瑞雪紅梅，談笑晏晏。這同時，一場劫殺（或曰謀殺）亦佈置停當，三十多名一流高手早等得焦灼不安。當殺戮終於開始，當血泊與白雪混凝在一起，當慘絕人寰的捕殺由激烈漸趨平靜，當一代大俠白天羽奮起反擊，迤邐二三里冰途終於倒下，陰謀者戰戰兢兢地迎來了勝利，這勝利也只能是「慘勝」：三十多人只剩得七八之數，且多數重傷。

被伏擊的一方更其慘烈，大老闆白天羽夫婦死了，同時被殺的還有他們四歲的兒子。二老闆白天勇夫婦也死了，同哥嫂一樣，他們的屍骨殘缺，身首異處。神刀堂只剩下一位三老闆馬空群，他收拾起白氏一家屍骨，立下爲之報仇的血誓，豎起「關東萬馬堂」的大旗，開始再創業。當時又有誰能猜出：馬空群正是這場大劫殺的首謀！

真佩服這位馬空群，他有這等綿密的機心，有這等周嚴的組織力，有這等狠辣的手段，他能在一個大陰謀發生的事前和事後，把自己包裹得這般嚴密。

十九年過去了。

歲華有情，關東萬馬堂在馬空群的經營下日益壯大，人多地廣，威名遠揚；歲華亦無情，馬空群殺兄弒嫂、主謀劫殺的本來面目不脛而走，盡人皆知。陰謀者只能沽名逞詭計於一時，不能掩蓋真相於久遠，不是嗎？

馬空群誠然是一位奸雄，奸者多智，然終有一失。奸人多智，且江湖中不奸的多智之人亦自有之。馬空群殺了白氏一家，連四齡孩童都不放過，可謂斬草除根。他自然也想到了白的外室花白鳳，千里迢迢派員追殺，然花氏躲起來了，帶著爲白天羽生出的稚子。於是在萬馬堂日益昌盛的同時，一顆復仇的幼苗也在仇恨的滋養下成長。

十九年過去了。當年的「梅花故人」零落天涯，卻都沒有忘記那個多雪的夜晚，沒忘記那場驚心動魄的劫殺或曰殺劫。尤其是馬空群，這位梅花庵血案的最大受益者常常受著恐怖的煎熬，年年月月，月月年年，並未隨時序遷轉而稍減。其深心中的恐懼雖亦交織著良心的自責、精神的痛疚，但更多的，則仍是對報復即來的驚恐。耿夜難眠之時，他戒惕著身側嬌柔的女人，他知道這女人是花白鳳派來臥底的，他設計著用間諜偵敵之謀，但愈是這樣，就愈使他心驚肉跳，度日如年。

有冤報冤，有仇報仇，是江湖和武林的法則，其間也寫出一份天意和公道。馬空群是一個惡人，惡人造惡時固然暢快，但暢快之後隨之而至的則是憂懼。「善惡到頭終須報，只爭來早與來遲。」十九年之後才來了尋仇報復之人，是遲了些，然這「遲」對於馬空群來說，不也正是一種精神折磨嗎？

梅花故人

因爲白天羽有了後人，因爲這白氏之後突現江湖的尋仇之舉，本來零落天涯的「梅花故人」也不得不再有一番遇合。虧古大俠想出這樣一個奇妙絕倫的名目，「梅花故人」四字，多像文人雅集的詩社或詞社之稱，哪裡有半點血腥與血痕？梅花故人本來有三十餘人，經白天羽殊死反撲，剩餘的便只有七八個人。這些人本是災難的製造者，卻更像劫後餘生的受苦人，其受到的震撼和創傷，亦經久不癒。實則若非白天羽刀下留情，伏擊者死傷還要慘重。毋怪經十九載後憶起那場血戰，蕭別離的目中仍「露出一種說不出的恐懼之色」，易大經的臉仍會「因痛苦和恐懼而抽搐」。

殘留的「梅花故人」中，幾乎每人都有一份梅花庵劫殺的紀念：馬空群的左手只剩下一根拇指，蕭別離失卻了雙腿，桃花娘子貫穿肩脅的刀疤……在在證明了血戰的慘烈。白氏兄弟兩家十一人全部死去，三十名伏襲的第一流高手只剩得七人。正是這七人之一日後天良發現，將這場浩劫告知了白鳳夫人，他是誰？白天羽兩位昔日的情人必不肯，劫殺的首謀馬空群必不肯，當是其餘四人中的一個。

「梅花故人」同時也是白天羽的故人，多是其武林摯友或情侶。以朋友和情人行此惡謀，以設定牢籠之人經此大險，其間的體驗和回味是複雜的。然絕非所有的人都感到不安和愧悔，並不是所有的人都躲躲藏藏：柳東來的挺身直斥白天羽，薛斌與老家人自盡前的嘲罵，郭威一家視死如歸的當街叫陣，都反過來令傅紅雪震動和疑惑，動搖了他復仇的決絕。

更決絕的是桃花娘子與白雲仙子，她倆都曾是白天羽情史短暫的情人，都曾對白天羽產生過濃重的愛意，被拋棄後都對白天羽動了殺心，是最堅定的謀殺參與者。不唯如此，在十九年後，桃花娘子仍守候在庵內，一心要襲殺白天羽的遺孤；白雲仙子生下了白天羽的孩子，卻要他恨其生父，殺其兄弟。這是怎樣強烈且變態的恨意！

然則當白雲仙子割去白天羽的頭顱，燒成灰又和酒飲下之後，當她決心與負心情郎混成一體告別人世之時，我們又難以判別愛恨與恨愛，難以論說今是或昨非。愛情是纏綿熾熱的，桃花娘子、白雲仙子與白天羽也都經歷過纏綿熾熱的愛情，然此處，古大俠卻給我們描繪了一幅可悲可怖的愛情長卷，讓人慘不忍睹。

死者長已矣，生者誠可哀。十九年了，她們仍拂不去負心郎的身影，日日被失戀和嫉妒的尖喙噬咬，這是怎樣一種日子？

「仇恨」首先是一種折磨

與桃花娘子、白雲仙子同樣受折磨的，還有白天羽的另一位情人——花白鳳。作者未去書寫這位魔教教主之女與白天羽的愛情之旅，卻用極簡之筆勾畫出她一意爲「夫」（甚至連名義都沒有）的決絕。這固是一種愛的轉化，卻也是失卻愛之後的一種折磨。花白鳳以仇恨自淬自勵，更以仇恨來鍛鑄「自己的孩子」——傅紅雪。傅紅雪是「仇恨」之樹上結出的果子，是用「仇恨」浸泡出的苗與芽，他是個不世出的武林高手，更是一個苦孩子。

《詩．小雅．蓼莪》有句曰：「無父何怙？無母何恃？」用之於傅紅雪，最是妥貼。怙恃，即依靠，亦即指稱父母。天下怎會有無父無母的孩子？天下卻就是會有這樣的孤兒，傅紅雪就是一例。作者開篇即渲染了一個孤兒寡母的世界：「屋子裡沒有別的顏色，只有黑！」黑色的神龕，黑色的蒲團，黑色的神幔，黑色的神案上漆黑的刀鞘和刀柄，黑紗黑袍的女人，黑裳黑褲的少年，這個以黑爲專色的世界之核心似乎是那漆黑的鐵匣，是鐵匣中「一堆赤紅色的粉末」。這就是梅花庵劫殺後血與雪融合後的粉末，是傅紅雪這個名字的由來，是仇恨，也是詛咒！

雪竟會有紅色的？被血染的雪便成了紅雪；雪竟會有粉末？而血與雪混凝在一起便留下粉末。

這不是雪末，而是血末。傅紅雪生下來就是無父的，鐵匣中暗紅色的血末就是他的父親，他自己的名字就在紀念著他的父親。當花白鳳積十八年歲月將兒子鍛鑄成一個「復仇的神」時，傅紅雪的魂靈、思想、語言和行爲也同時經歷了一個非人化的過程。這是一種折磨，是一種殘忍無比的折磨，被恨意煎灼的當事人花白鳳不會覺得，從來沒有其他生活體味的傅紅雪或也不會覺得，但讀者會感受到這種折磨。

《詩．蓼莪》充滿悲憫，然比照之下，傅紅雪的命運更令人悲憫。他是「有母」的，作爲母親的花白鳳心心念念的是要爲夫復仇，是極其嚴厲的課子習武，是以父仇母愛雙逼交迫的純復仇化教育，我們看不到慈母情懷，有母何恃？古龍在作品中寫了傅紅雪那「牛虻」式的癲癇，或取材於外國名著，卻顯得真切可信，是這種畸零的母愛與畸型的教育，造成了傅紅雪心理和生理的變異。

人的軀體畢竟是生情萌欲的，人的情感畢竟是色彩豐富的。傅紅雪復仇的旅程，正是他發現到外邊的世界很精彩的過程，是他在不斷殺人後不斷反思的過程，是他原本善良的心靈漸生疑竇，備受折磨的過程。作者寫他儼然帶有魔法的武功、寫那拔刀殺人的一霎那往往極簡，而寫其拔刀前的遲疑、殺人後的痛苦則極詳極細，正是記述著這一折磨。這時的傅紅雪已時時能感受到心的折磨。

更有意思的是全書到了最後一回，到了復仇之曲的尾聲，卻由葉開告知傅紅雪：他其實不是白天羽的骨血，他僅是一個換去了太子的「狸貓」，充其量是花白鳳的養子。於是，他與生活的最後一條絲線也被剪斷，真正成了一個隨風飄逝的風箏，成為一個無父無母全無怙恃的孤兒，他的復仇之旅也就平添了一份滑稽。

然則，傅紅雪長大了，長大了的人就不再是孤兒。他日後的故事，古龍在《天涯・明月・刀》中還有極其精彩的表述。

萬馬堂中沈三娘

作者在描繪關東萬馬堂的遼闊曠遠的同時，著重描寫了一支歌：一支如泣如訴的歌，一支如詩如咒的歌，一支充滿血腥和神秘的歌。

這支歌的最初唱起，是在萬馬堂宴客的前夜，雲在天正在與葉開交談，荒原上歌聲驟起：

天皇皇，地皇皇。眼流血，月無光。一入萬馬堂，刀斷刃，人斷腸！

天皇皇，地皇皇。淚如血，人斷腸。一入萬馬堂，休想回故鄉。

皇皇，美感寬廣之貌也。皇皇天地之間，呈現的卻是「眼流血」、「人斷腸」的人間恐怖，卻是對雄居一方的萬馬堂必將毀滅的預言。這支隱含讖語的草原小夜曲，試想：誰是其作詞者？

或是沈三娘。

沈三娘是古龍在本書中最傾注創作熱情的一個女性，一個善良又複雜、堅定決絕又猶疑纏綿、賢淑又深沈的女性。在某種意義上說，沈三娘是關東萬馬堂的「結」，是事實上的女主人，是一個靈魂。馬空群曾對她說過一段話：「這地方本是一片荒漠，沒有你，我也許根本就不能將這地方改變得如此美麗，沒有人知道你對我的幫助有多大。」這話中絲毫沒有虛假的成份。

這是馬空群的真心話，卻是在其揭穿沈三娘本來面目時講的。沈三娘的真實身分是花白鳳派入的臥底，在她到萬馬堂不久，馬空群就知道了其底細，卻不揭破。於是七年來沈三娘忍受著馬空群的撫摸與汗臭，所有的舉動都在馬空群監視之下，自己卻渾然不覺。這是怎樣的一種悲哀？

草原之曲還有一位作詞者，他就是葉開。「開心的」葉開把這支恐怖之曲改寫得明麗輕快：

天皇皇，地皇皇。人如玉，玉生香，萬馬堂中沈三娘。

沈三娘是草原上的明珠，是一幫粗豪漢子夢中的情人，是萬馬堂的靈魂。馬空群明知她是個間諜，留下她開始時只是爲了尋找花白鳳母子，卻不能避免地愛上了她，在最後關頭也不肯殺她。比較他殺雲在天與花滿天時的絕情，真是難以設想。更難以設想的是在馬空群落魄逃亡時，陪同他的竟是沈三娘！潛伏臥底的是她，通風報信的是她，接應傅紅雪的是她，聯絡葉開的是她，而最後，當萬馬堂土崩瓦解，當馬空群置兒女於不顧倉皇逃亡時，唯一作陪伴的竟還是她！

其間有怎樣的思維聯繫？有怎樣的行爲軌跡？

這裡正顯現出作者的精彩筆致：沈三娘是花白鳳爲復仇而派出的先遣者，又是輔佐馬空群創業的女主人；作爲復仇者她竭盡其偵伺顛覆之力，作爲女主人她又深愛上這塊流淌過汗水的土地，並對馬空群漸漸產生了愛與憐憫。當她已盡了復仇的職責，便轉向另一個職責：去愛和撫慰馬空群。

在文學作品中，愛與恨、忠誠與背叛、善良與邪惡，常被描繪得涇渭分明。而在現實生活中，這些對立的情感或品質卻常又轉換變化，常常打混成一片，古龍筆下的沈三娘，是更貼近生活的真實的形象。

古龍在同時也提出告誡：千萬別派女性向男性尋仇，更不要用美人計，她會愛上他的。

浪子葉開

本書中浪子也多：手拈花生米、當街洗浴的路小佳是浪子，風流倜儻、袖藏飛刀的丁靈中是浪子，拖著略嫌笨拙的腿追蹤仇人的傅紅雪也是浪子。漂泊無定、浪跡江湖，是浪子的特徵。

「路歧歧路兩悠悠，不到天涯未肯休。」中國歷史上一個格外活躍的種群，就是浪子。然則細按全書，細味全書，最能表達「浪子」的內蘊和外延的，只能是葉開。

葉開似乎具有著浪子的一切特徵：衣襟上的破洞，破洞中隨意插上的殘菊；磨出洞來的硝皮靴子，靴子裡的黃沙；隨和的性情和隨意的搭訕，還有那迅捷俐落的出手……

沒有人知道葉開是從哪裡來的，他彷彿來自天邊。

葉開是白天羽和花白鳳真正的兒子，父親與白氏家族被劫殺的仇恨，他並非沒有。在他的內心中當也湧騰著復仇的火焰。他幾乎與傅紅雪同時來到邊城，來到關東萬馬堂的老營，傅紅雪是一意復仇，葉開則更想弄清有關的一切。第四章，他用最明白的語言詢問馬空群：「爲何不說是劍斷刃，偏偏要說刀斷刃呢？」

這是挑釁，也是較量。他用坦然回敬馬空群的逼視，他從馬空群笑容裡硬要擠榨出殺機，他於看似平淡的問話中環環相扣，步步進逼，並觀察著在座的每一個人。應該說，落拓不羈只是他的外貌。

或也正因爲此，馬空群將葉開視爲最大可能的尋仇者，他引領葉開到長滿青草的山坡，那裡有一座大墳，有九尺高的墓碑，碑上題刻著白天羽、白天勇的名字。葉開靜穆地立著，不動聲色。南朝宋鮑照《松柏篇》：

孝子撫墳號，父兮知來不？

葉開沒有淚水，沒有哭號，父墳在前，仇人在側，他卻顯得波瀾不驚，一派平靜。只有在馬空群要把女兒嫁給他，並命他遠走的時候，他才明確地告訴他：我的家鄉就在這裡。

這更是一種明白無誤的宣戰。

教育和環境的影響是巨大的。傅紅雪本非花白鳳之子，只有葉開的血液流淌著魔教大公主的精髓，又因著在仁厚老誠的葉鏢師家，因小李探花的調教而宅心良善。父母之仇，不共戴天。仇人相見，分外眼紅。葉開卻能始終控制住自己的感情，對每一個刼殺的參與者都細細考量。他不止一次地阻止了傅紅雪的擅殺，揭穿了馬空群等人的陰謀；他寬恕了馬空群的同謀蕭別離，甚至在最後寬恕了裝傻賣呆的馬空群。葉開，是小李探花的真正傳人。他從李尋歡那裡不獨學到了飛刀絕技，更學會了「如何去愛人」。

故事的結局是出人意料的，這是古龍小說中最意味深長的結尾之一。老一輩的「俠」或

「非俠」們不去管他了。年輕一代則令人推想：失卻了復仇包袱的傅紅雪會有些心態和行爲的失重，但年輕的他儘可以在生活中調整；野心勃勃且出手狠辣的丁靈中明白了自己的身世，也會有較長時間的神思恍惚；路小佳傷好後必還會拈吃花生米，卻不知是否改從丁姓？南宮青之類世家名門子弟還會不斷地現身江湖，或會在此後多幾分穩重……

葉開呢？他與丁靈琳的愛情花似乎已該當結果，還會是一個四海爲家的浪子？他的故事，要在《九月鷹飛》中再見分曉了。

楔子　紅雪

屋子裡沒有別的顏色，只有黑！

連夕陽照進來，都變成一種不吉祥的死灰色。

夕陽還沒有照進來的時候，她已跪在黑色的神龕前，黑色的蒲團上。

黑色的神幔低垂，沒有人能看得見裡面供奉的是什麼神祇，也沒有人能看得見她的臉。

她臉上蒙著黑紗，黑色的長袍烏雲般散落在地上，只露出一雙乾瘪、蒼老、鬼爪般的手。

她雙手合什，喃喃低誦，但卻不是在祈求上蒼賜予多福，而是在詛咒。

詛咒著上蒼，詛咒著世人，詛咒著天地間的萬事萬物。

一個黑衣少年動也不動的跪在她身後，彷彿亙古以來就已陪著她跪在這裡。而且一直可以跪到萬物都已毀滅時為止。

夕陽照著他的臉。他臉上的輪廓英俊而突出，但卻像是遠山上的冰雪塑成的。

夕陽黯淡，風在呼嘯。

她忽然站起來，撕開了神龕前的黑幔，捧出了一個漆黑的鐵匣。

難道這鐵匣就是她信奉的神祇？她用力握著，手背上青筋都已凸起，卻還是在不停的顫抖。

神案上有把刀，刀鞘漆黑，刀柄漆黑。

她突然抽刀，一刀劈開了這鐵匣。

鐵匣裡沒有別的，只有一堆赤紅色的粉末。

她握起了一把：「你知道這是什麼？」

沒有人知道——除了她之外，沒有人知道！

「這是雪，紅雪！」

她的聲音淒厲、尖銳，如寒夜中的鬼哭：「你生出來時，雪就是紅的，被鮮血染紅的！」

黑衣少年垂下了頭。

她走來，將紅雪撒在他頭上、肩上：「你要記住，從此以後，你就是神，復仇的神！無論你做什麼，都用不著後悔，無論你怎麼樣對他們，都是應當的！」

聲音裡充滿了一種神秘的自信，就彷彿已將天上地下所有神魔惡鬼的詛咒，都已藏入這一撮赤紅的粉末裡，都已附在這少年身上。

然後她高舉雙手，喃喃道：「爲了這一天，我已準備了十八年，整整十八年，現在總算已全都準備好了，你還不走？」

黑衣少年垂著頭，道：「我……」

她突又揮刀，一刀插入他面前的土地上，厲聲道：「快走，用這把刀將他們的頭全都割下來，再回來見我，否則非但天要咒你，我也要咒你！」

風在呼嘯。

她看著他慢慢的走出去，走入黑暗的夜色中，他的人似已漸漸與黑暗溶為一體。

他手裡的刀，似也漸漸與黑暗溶為一體。

這時黑暗已籠罩大地。

一 不帶刀的人

他沒有佩刀。

他一走進來，就看到了傅紅雪！

這裡本已有很多人，各式各樣的人，可是他這種人，卻本不該來的。

因爲他不配。

這裡是個很奇怪的地方。

現在已是殘秋，但這地方還是溫暖如春。

現在已是深夜，但這地方還是光亮如白晝。

這裡有酒，卻不是酒樓。

有賭，卻不是賭場。

有隨時可以陪你做任何事的女人，卻也不是妓院。

這地方根本沒有名字，但卻是附近幾百里之內，最有名的地方。

大廳中擺著十八張桌子。

無論你選擇哪一張桌子坐下來，你都可以享受到最好的酒菜——只有酒菜，你若還要享受別的，就得推門。

大廳四面有十八扇門。

無論你推哪扇門走進去，都絕不會後悔，也不會失望。

大廳的後面，還有道很高的樓梯。

沒有人知道樓上是什麼地方，也沒有人上樓去過。

因爲你根本不必上樓。

無論你想要的是什麼，樓下都有。

樓梯口，擺著張比較小的方桌，坐著個服裝很華麗、修飾很整潔的中年人。

他好像總是一個人坐在那裡，一個人在玩著骨牌。

很少有人看見他做過別的事，也很少有人看見他站起來過。

他坐的椅子寬大而舒服。

椅子旁，擺著兩根紅木拐杖。

別的人來來去去，他從不注意，甚至很少抬起頭來看一眼。

別的人無論做什麼事，好像都跟他全無關係。

其實他卻正是這地方的主人。

一個很奇怪的地方，通常都有個很奇怪的主人。

傅紅雪的手裡握著刀。

一柄形狀很奇特的刀，刀鞘漆黑，刀柄漆黑。

他正在吃飯，吃一口飯，配一口菜，吃得很慢。

因爲他只能用一隻手吃。

他的左手握著刀，無論他在做什麼的時候，都從沒有放過這柄刀。

漆黑的刀，漆黑的衣服，漆黑的眸子。

黑得發亮。

所以他坐的地方雖離大門很遠，但葉開走進來的時候，還是一眼就看到了他，也看到了他手裡的刀。

葉開是從不帶刀的。

秋已深，夜已深。

長街上只有這門上懸著的一盞燈。

門很窄，昏暗的燈光照著門前乾燥的土地，秋風捲起滿天黃沙。

一朵殘菊在風沙中打著滾，既不知是從哪裡吹來的，也不知要被吹到哪裡去。

世人豈非也都正如這瓣殘菊一樣，又有誰能預知自己的命運？

所以人們又何必爲它的命運傷感嘆息？

菊花若有知，也不會埋怨的，因爲它已有過它自己的輝煌歲月，已受過人們的讚美和珍惜。

這就已足夠。

長街的一端，是無邊無際的荒原；長街的另一端，也是無邊無際的荒原。

這盞燈，彷彿就是這荒原中唯一的一粒明珠。

天連著黃沙，黃沙連著天。

人已在天邊。

葉開彷彿是從天邊來的。

他沿著長街，慢慢的從黑暗中走過來，走到了有燈光的地方。

他就在街心坐了下來，抬起了腳。

腳上的靴子是硝皮製成的，通常本只有大漠上的牧人才穿這種靴子。

這種靴子也正如大漠上的牧人一樣，經得起風霜，耐得起勞苦。

但現在，靴子的底已被磨成了個大洞，他的腳底也被磨出血來。

他看著自己的腳，搖著頭，彷彿覺得很不滿——並不是對這雙靴子不滿，而是對自己的腳不滿。

「像我這種人的腳，怎麼也和別人的腳一樣會破呢？」

他抓起一把黃沙，從靴子的破洞裡灌進去。

「既然你這麼不中用，我就叫你再多受些折磨，多受些苦。」

他站起身，讓沙子磨擦自己腳底的傷口。

然後他就笑了。

他的笑，就像這滿天黃沙中突然出現的一線陽光。

燈在風中搖曳。

一陣風吹過來，捲來了那朵殘菊。

他一伸手，就抄住。

菊瓣已殘落，只有最後幾瓣最頑強的，還戀棲在枯萎的花梗上。

他拍了拍身上一套早已該送到垃圾箱裡去的衣裳，將這朵殘菊仔仔細細的插在衣襟上的一個破洞裡。

看他的神情，就好像個已打扮整齊的花花公子，最後在自己這身價值千金的紫羅袍上，插上一朵最艷麗的紅花一樣。

然後他對自己的一切就都已完全滿意。

他又笑了。

窄門是關著的。

他昂起頭，挺起胸，大步走過去，推開了門。

於是他就看見了傅紅雪。

傅紅雪和他的刀！

刀在手上。

蒼白的手，漆黑的刀！

葉開從他的刀，看到他的手，再從他的手，看到他的臉。

蒼白的臉，漆黑的眸子。

葉開目中又露出笑意，彷彿對自己看到的一切也都覺得很滿意。

他大步走過來，走到傅紅雪對面，坐下。

傅紅雪的筷子並沒有停，一口菜，一口飯，吃得很慢，卻沒有停下來看他一眼。

葉開看著他，忽然笑道：「你從來不喝酒？」

傅紅雪既沒有抬頭，也沒有停下來。

他慢慢的將碗裡最後兩口飯吃完，才放下筷子，看著葉開。

葉開的微笑就像是陽光。

傅紅雪蒼白的臉上卻連一絲笑容都沒有，又過了很久，才一字字道：「我不喝酒。」

葉開笑道：「你不喝，請我喝兩杯怎麼樣？」

傅紅雪道：「你要我請你喝酒？爲什麼？」

他說話很慢，彷彿每個字都是經過考慮之後才說出的，因爲只要是從他嘴裡說出的話，他就一定完全負責。

所以他從不願說錯一個字。

葉開道：「爲什麼?因爲我覺得你很順眼。」

他嘆了口氣，又道：「這地方除了你之外，簡直連一個順眼的人都沒有。」

傅紅雪垂下眼，看著自己的手。

他不願開口的時候，總是會有這種表情。

葉開道：「你肯不肯？」

傅紅雪還是看著自己的手。

葉開道：「這是你最好的機會了，你若錯過，豈非很可惜？」

傅紅雪終於搖搖頭，緩緩道：「不可惜。」

葉開大笑，道：「你這人果然有趣，老實說，除了你之外，別人就算跪下來求我，我也不會喝他一滴酒的。」

他說話的聲音就好像將別人都當做聾子，別人想要不聽都很難。

只要聽到他的話，想不生氣也很難。

屋子裡已經有幾個人站起來，動作最快的，是個紫衫佩劍的少年。

他的腰很細，肩很寬，佩劍上鑲著閃閃發光的寶石，劍穗是紫紅色的，和他衣服的顏色正相配。

他手裡端著杯酒，滿滿的一杯，一轉身，竟已竄到葉開面前。

手裡一滿杯酒，居然連一滴都沒有濺出來。

看來這人非但穿衣服很講究，練功夫的時候必定也很講究。

只可惜葉開沒有看見，傅紅雪也沒有看見。

紫衫少年臉上故意作出很瀟灑的微笑，因爲他知道每個人都在看著他。

他輕輕拍了拍葉開的肩，道：「我請你喝杯酒好不好？」

葉開道：「不好。」

紫衫少年道：「你要怎麼樣才肯喝？跪下來求你好不好？」

葉開道：「好。」

紫衫少年大笑，別的人也笑了。

葉開也在笑，微笑著道：「只不過你就算跪下來，我還是不喝的。」

紫衫少年道：「你知不知道我是誰？」

葉開道：「不清楚，我連你究竟是不是個人，都不太清楚。」

紫衫少年的笑容凍結，手已握住了劍柄。

「嗆」的一聲，劍已出鞘。

但他手裡拿著的還是只有個劍柄。

劍還留在鞘裡。

他的劍剛拔出來，葉開突然伸手一彈，這柄精鋼長劍就斷了。

從劍柄下一寸處折斷的；所以劍柄雖拔起，劍身卻又滑入劍鞘裡。

紫衫少年看著手裡的劍柄，一張臉已慘白如紙。

屋子裡也沒有人笑了，非但笑不出，連呼吸都已幾乎停頓。

只剩下一種聲音。

推骨牌的聲音。

剛才發生的事，好像只有他一個人沒看見。

傅紅雪雖然看見了，但臉上卻還是全無表情。

葉開看著他，微笑道：「你看，我沒有騙你吧，別人想請我喝酒都困難得很。」

傅紅雪慢慢的點了點頭，道：「你沒有騙我。」

葉開道：「你請不請呢？」

傅紅雪慢慢的搖了搖頭，道：「我不請。」

他站起來，轉過身，似已不願再討論這件事。

但卻又回過頭來看了那紫衫少年一眼，緩緩道：「你應該用買衣服的錢，去買把好劍的；但最好還是從此不要佩劍，用劍來做裝飾，實在危險得很。」

他說得很慢，很誠懇，這本是金石良言。

但聽在這紫衫少年的耳朵裡，那種滋味卻是不太好受的。

他看著傅紅雪，慘白的臉已發青。

傅紅雪正在慢慢的往外走，走路比說話更慢，而且很奇特。

他左腳先邁出一步後，右腿才慢慢的從地上跟著拖過去。

「原來他是個跛子。」

葉開彷彿覺得很驚奇，也很惋惜。

除此之外，他顯然並沒有別的意思。

紫衫少年緊握著雙拳，又憤怒，又失望——他本來希望葉開將傅紅雪一把揪回來的。

葉開的武功雖可怕，但這跛子卻不可怕。

紫衫少年便施了個眼色，本來和他同桌的人，已有兩個慢慢的站了起來，顯然是想追出去。

就在這時，屋子裡忽然響起了個很奇怪的聲音：「你不願別人請你喝酒，願不願意請別人喝酒呢？」

聲音低沉而柔和，但每個人都聽得清清楚楚。

說話的人，明明好像就在自己耳畔，卻又偏偏看不見。

最後才終於有人發現，那服裝華麗、修飾整潔的中年人，已轉過頭來，正在看著葉開微笑。

葉開也笑了，道：「別人請我是一回事，我請不請別人，又是另外一回事。」

中年人微笑道：「不錯，那完全不同的。」

葉開道：「所以我請，這屋子裡每個人我都請。」

他說話的神情，就好像已將自己當做這地方的老闆似的。

紫衫少年咬著牙，突然扭頭往外走。

葉開緩緩道：「只不過我請人喝酒的時候，誰不喝都不行，不喝醉也不行。」

紫衫少年胸膛起伏，突又回頭，道：「你知不知道請人喝酒要銀子的？」

葉開笑道：「銀子？你看我身上像不像帶著銀子的人？」

紫衫少年笑道：「你的確不像。」

葉開悠然道：「幸好買酒並不一定要用銀子的，用豆子也行。」

紫衫少年怔了怔，道：「豆子？什麼豆子？」

葉開道：「就是這種豆子。」

他手裡忽然多了個麻袋，手一抖，麻袋裡的豆子就溜了出來，就像是用什麼魔法似的。

他撒出的竟是金豆。

紫衫少年看著滿地滾動的金豆，怔了很久，才抬起頭，勉強笑道：「我只有一樣事不懂。」

葉開道：「你不懂的事，我一定懂。」

紫衫少年道：「你不要別人請你喝酒，爲什麼要請別人，那又有什麼不同？」

葉開眨眨眼，走到他面前，悄悄的道：「若有條狗要請你去吃屎，你吃不吃？」

紫衫少年變色道：「當然不吃。」

葉開笑道：「我也不吃的，但我卻時常餵狗。」

傅紅雪走出門的時候，門外不知何時已多了兩盞燈。

兩個白衣人手裡提著燈籠，筆直的站在街心。

傅紅雪帶上門，慢慢的走下石級，走過來，才發現這兩個提著燈籠的人身後，還有第三個人。

燈籠在風中搖蕩，這三個人卻石像般站在那裡，動也不動。

燈光照在他們身上，他們的頭髮、衣褶間，已積滿了黃沙，在深夜中看來，更令人覺得說不出的詭秘可怖。

傅紅雪根本沒有看他們。

他走路的時候，目光總像是在遙望著遠方。

是不是因爲遠方有個他刻骨銘心、夢魂縈繞的人在等著他？

可是他的眼睛爲什麼又如此冷漠，縱然有情感流露，也絕不是溫情，而是痛苦、仇恨、悲愴？

他慢慢的穿過街心，那石像般站在燈籠後的人，突然迎上來，道：「閣下請留步。」

傅紅雪就站住。

別人要他站住，他就站住，既不問這人是誰，也不問理由。

這人的態度很有禮，但彎下腰去的時候，眼睛卻一直盯在他手中的刀上，身上的衣服也突然繃緊，顯然全身都已充滿了警戒之意。

傅紅雪沒有動，手裡的刀也沒有動，甚至連目光都還是在遙視著遠方。

遠方一片黑暗。

過了很久，這白衣人神情才鬆弛了些，微笑著，問道：「恕在下冒昧請教，不知閣下是不是今天才到這裡的？」

傅紅雪道：「是。」

他的回答雖只是一個字，但還是考慮了很久之後才說出。

白衣人道：「閣下從哪裡來？」

傅紅雪垂下眼，看著手裡的刀。

白衣人等了很久，才勉強一笑，道：「閣下是否很快就要走呢？」

傅紅雪道：「也許。」

白衣人道：「也許不走了？」

傅紅雪道：「也許。」

白衣人道：「閣下暫時若不走，三老闆就想請閣下明夜移駕過去一敘。」

傅紅雪道：「三老闆？」

白衣人笑道：「在下說的，當然就是『萬馬堂』的三老闆。」

這次他真的笑了。

居然有人連三老闆是誰都不知道，在他看來，這的確是件很可笑的事。

但在傅紅雪眼中看來，好像天下根本就沒有一件可笑的事。

白衣人似也笑不出了，乾咳兩聲，道：「三老闆吩咐在下，務必要請閣下賞光，否則……」

傅紅雪道：「否則怎樣？」

白衣人勉強笑道：「否則在下回去也無法交代，就只有站在這裡不走了。」

傅紅雪道：「就站在這裡？」

白衣人道：「嗯。」

傅紅雪：「站到幾時？」

白衣人道：「站到閣下肯答應爲止。」

傅紅雪道：「很好……」

白衣人正在等著他說下去的時候，誰知他竟已轉身走了。

他左腳先邁出一步，然後右腿才慢慢的從地上跟著拖過去。

他這條右腿似已完全僵硬麻木。

白衣人臉色變了，全身的衣服又已繃緊，但直到傅紅雪的身子已沒入黑暗中，他還是站在那裡，動也沒有動。

一陣風沙迎面捲來，他甚至連眼睛都沒有眨一眨。

提燈籠的人忍不住悄聲問道：「就這樣放他走？」

白衣人緊閉著嘴，沒有說話，卻有一絲鮮血，慢慢的自嘴角沁出，轉瞬間又被風吹乾了。

傅紅雪沒有回頭。

他只要一開始往前走，就永不回頭。

風更大，暗巷中一排木板蓋的屋子，彷彿已被風吹得搖晃起來。

他走過這排木板屋，在最後一間的門口停下。

他腳步一停下，門就開了。

門裡卻沒有人聲，也沒有燈光，比門外更黑暗。

傅紅雪也沒有說什麼，就走了進去，回身關起了門，上了門閂。

他似已完全習慣黑暗。

黑暗中忽然有一隻手伸過來，握住了他的手。

這是隻溫暖、光滑、柔細的手。

傅紅雪就站著，讓這隻手握著他的手——沒有握刀的一隻手。

然後黑暗中才響起一個人的聲音，耳語般低語道：「我已等了很久。」

這是個溫柔、甜美、年輕的聲音。

這是少女的聲音。

傅紅雪慢慢的點了點頭，過了很久，才緩緩道：「你的確等了很久。」

少女道：「你是什麼時候來的？」

傅紅雪：「今天，黃昏。」

少女道：「你沒有直接到這裡來？」

傅紅雪道：「我沒有。」

少女道：「爲什麼不直接來？」

傅紅雪道：「現在我已來了。」

少女柔聲道：「不錯，現在你已來了，只要你能來，我無論等多久都值得。」

她究竟已等了多久？她是誰？爲什麼要在這裡等？

沒有人知道，除了他們自己之外，世上絕沒有別的人知道。

傅紅雪道：「你已全都準備好了？」

少女道：「全都準備好了，無論你要什麼，只要說出來就行。」

傅紅雪什麼都沒有說。

少女的聲音更輕柔，道：「我知道你要的是什麼，我知道……」

她的手在黑暗中摸索，找著了傅紅雪的衣鈕。

她的手輕巧而溫柔……

傅紅雪忽然已完全赤裸。

屋子裡沒有風，但他的肌膚卻如在風中一樣，已抽縮顫抖。

少女的聲音如夢囈，輕輕道：「你一直是個孩子，現在，我要你成爲真正的男人，因爲有些事只有真正的男人才能做……」

她的嘴唇溫暖而潮濕，輕吻著傅紅雪的胸膛。

她的手在探索著……

傅紅雪倒下，倒在床上，可是他的刀並沒有鬆手。

這柄刀似已成爲他身體的一部份，成爲他生命的一部份。

他已永遠無法擺脫！

曙色照進高而小的窗戶。

人在沉睡，刀在手上。

一共只有兩間屋子，後面的一間是廚房。

廚房中飄出飯香。

一個白髮蒼蒼的老太婆，正用鍋鏟小心翼翼的將兩個荷包蛋從鍋裡鏟出來，放在碟子裡。

她的身子已佝僂，皮膚已乾癟。

她雙手已因操作勞苦，變得粗糙而醜陋。

外面的屋子佈置得卻很舒服，很乾淨，床上的被褥是剛換過的。

傅紅雪猶在沉睡。

但等到這老太婆輕輕從廚房裡走出來的時候，他的眼睛已張開。

眼睛裡全無睡意。

兩間屋子裡，只有他們兩個人。

昨夜那溫柔而多情的少女呢？難道她也已隨著黑夜消逝？

難道她本就是黑夜的精靈？

傅紅雪看著這老太婆走出來，臉上全無表情，什麼也沒有說，什麼也沒有問。

他爲什麼不問？

難道他已將昨夜的遭遇當作夢境？

蛋是剛煎好的，還有新鮮的豆腐、蒿筍和用鹽水煮的花生。

老太婆將托盤放在桌上，陪著笑道：「早點是五分銀子，連房錢是四錢七分，一個月就算十兩銀子，在這地方已算便宜的了。」

她臉上的皺紋太多，所以笑的時候和不笑時也沒什麼兩樣。

傅紅雪將一錠銀子放在桌上，道：「我住三個月，這錠銀子五十兩。」

老太婆道：「多出的二十兩……」

傅紅雪道：「我死了後替我買口棺材。」

老太婆笑了，道：「你若不死呢？」

傅紅雪道：「就留著給你自己買棺材。」

走出這條陋巷，就是長街。

風已住。

太陽照在街上，黃沙閃著金光。

街上已經有人了，傅紅雪第一眼看見的，還是那白衣人。

他還站在昨夜同樣的地方，甚至連姿勢都沒有改變過。

雪白的衣服上已積滿沙土，頭髮也已被染黃，可是他的臉卻是蒼白的，蒼白得全無一絲血色。

他在忍受。

到處都有好奇的眼光在偷偷的看著他，這種眼光甚至比秋日的驕陽更灼人，更無法忍受。

忍受雖是種痛苦，但有時也是種藝術。

他很懂得這種藝術。

懂得這種藝術的人，通常都能得到他們希望的收穫。

傅紅雪正向他走過來，但目光卻還是凝視在遠方。

遠方忽然揚起了漫天黃沙。

密鼓般的蹄聲，七匹快馬首尾相連，箭一般衝入了長街。

馬上的騎士騎術精絕，馳到白衣人面前時，突然自鞍上長身而起，斜扯順風旗，反手抽刀，整個人掛在馬鞍上，向他揚刀行禮。

這是騎士們最尊敬的禮節。

從他們這種禮節中，已可看出這白衣人身分絕不低。

他本不必忍受這種事的，但卻寧可忍受。

無論誰如此委屈自己，都必定有目的。

他的目的是什麼？

刀光閃過他全無表情的臉，七匹快馬轉瞬間已衝到長街盡頭。

突然間，最後的一匹馬長嘶人立，馬上人韁繩一帶，馬已回頭，又箭一般衝了回來。

人已站在馬鞍上，手裡高舉著一桿裹著白綾的黑鐵長槍。

快馬衝過，長槍脫手飛出，筆直插入白衣人身旁的地上。

槍上白綾立刻迎風展開，竟是一面三角大旗。

旗上赫然有五個鮮紅的擘窠大字：「關東萬馬堂」。

大旗迎風招展，恰巧替白衣人擋住了初昇的陽光。

再看那匹馬，已轉回頭，追上了他的同伴，絕塵而去。

一人一馬，倏忽來去，只留下滿街黃沙和一面大旗。

旭日正照在大旗上！

街上幾十雙眼睛都已看得發直，連喝采都忘了。

突聽一個人放聲長笑，道：「關東萬馬堂！好一個關東萬馬堂！」

二 關東萬馬堂

窄門上的燈籠已熄滅。

一個人站在燈籠下，仰面而笑，笑聲震得燈籠上的積沙，雪一般紛飛落下，落在他臉上。

他不在乎。

無論對什麼事，葉開都不在乎。

所以身上穿的還是昨夜那套又髒又破又臭的衣服——無論他走到哪裡，哪裡立刻就會充滿一種彷彿混合著腐草、皮革和死屍般的臭氣。

可是他站在那裡，卻好像認為每個人都應該很欣賞他身上這種臭氣。

他衣襟上的破洞中，還插著朵花，但已不是昨夜的殘菊，而是朵珠花。

也不知是從哪個女人髮鬢上摘下來的珠花。

他從不摘枝上的鮮花，只摘少女髮上的珠花。

傅紅雪的目光忽然從遠方收回來，凝視著他。

他卻已走到街心，走到那白衣人面前，腳步踉蹌，似已醉得彷彿要在水中捉月的太白詩仙，但一雙眼睛張開時，卻仍清醒得如同正彎弓射雕的成吉思汗。

所以他瞇著眼，看著這白衣人，道：「昨天晚上，你好像已在這裡？」

白衣人道：「是。」

葉開道：「今天你還在？」

白衣人道：「是。」

葉開道：「你在等什麼？」

白衣人道：「等閣下。」

葉開笑了，道：「等我？我又不是絕色佳人，你為什麼要等我？」

白衣人道：「在三老闆眼中，世上所有的絕色佳人，也比不上一個閣下這樣的英雄。」

葉開大笑，道：「我今天才知道我原來是個英雄，但三老闆又是個什麼樣的人呢？」

白衣人道：「一個識英雄，重英雄的人。」

葉開道：「好，我喜歡這種人，他在哪裡？我可以讓他請我喝杯酒。」

他要別人請他喝酒，卻好像是已給了別人很大的面子。

白衣人道：「在下正是奉了三老闆之命，前來請閣下今夜過去小酌的。」

葉開道：「小酌我不去，要大喝才行。」

白衣人道：「萬馬堂藏酒三千石，閣下盡可放懷痛飲。」

葉開拊掌大笑道：「既然如此，你想不要我去也不行。」

白衣人道：「多謝。」

葉開道：「你既已請到了我，爲什麼還不走？」
白衣人道：「在下奉命來請的，一共有六位，現在只請到五位。」
葉開道：「所以你還不能走？」
白衣人道：「是。」
葉開道：「你請不到的是誰？」
他不等白衣人回答，突又大笑，道：「我知道是誰了，看來他非但不願請別人喝酒，也不願別人請他喝酒。」
白衣人只有苦笑。
葉開道：「你就算在這裡站三天三夜，我保證你還是打不動他的心，這世上能令他動心的事，也許根本連一樣也沒有。」
白衣人只有嘆氣。
葉開道：「要打動他這種人，只有一種法子。」
白衣人道：「請教。」
葉開道：「你無論想要他到什麼地方去，請是一定請不動的，激他也沒用，但你只要有法子打動他，就算不請他，他也一樣會去，而且非去不可。」
白衣人苦笑道：「只可惜在下實在不知道怎麼樣才能打動他。」
葉開道：「你看我的。」

他忽然轉身，大步向傅紅雪走了過去。

傅紅雪好像本就在那裡等著。

葉開走到他面前，走到很近，好像很神秘的樣子，低聲道：「你知不知道我究竟是什麼人？跟你有什麼關係？」

傅紅雪道：「你是什麼人？怎麼會跟我有關係？」

他蒼白的臉上還是全無表情，但握著刀的一隻手青筋卻已凸起。

葉開笑了笑，道：「你若想知道，今天晚上到萬馬堂去，我告訴你。」

他絕不讓傅紅雪再說一個字，掉頭就走，走得很快，就好像生怕傅紅雪會追上來似的。

傅紅雪卻動也沒有動，只是垂下眼，看著手裡的刀，瞳孔似已漸漸收縮。

葉開已走回白衣人面前，拍了拍他的肩，笑道：「現在你已經可以回去交差了，今天晚上，我保證他一定會坐在萬馬堂裡。」

白衣人遲疑著，道：「他真的會去？」

葉開道：「他就算不去，也是我的事了，你已經完全沒有責任。」

白衣人展顏道：「多謝！」

葉開道：「你不必謝我，應該謝你自己。」

白衣人怔了怔，道：「謝我自己？」

葉開笑道：「二十年前就已名動江湖的『一劍飛花』花滿天，既然能爲了別人在這裡站一天一夜，我爲什麼不能替他做點事呢？」

白衣人看著他，面上的表情很奇特，過了很久，才淡淡道：「閣下知道的事好像不少。」

葉開笑道：「幸好也不太多。」

白衣人也笑了，長身一揖，道：「今夜再見。」

葉開道：「一定要見！」

白衣人再一拜揖，緩緩轉身，拔起了地上的大旗，捲起了白綾，突然用槍梢在地上一點，人已凌空掠起。

就在這時，橫巷中奔出一匹馬來。

白衣人身子不偏不倚，恰巧落在馬鞍上。

健馬一聲長嘶，已十丈開外。

葉開目送著白衣人人馬遠去，忽然輕輕嘆了口氣，喃喃道：「看來這萬馬堂當真是藏龍臥虎，高手如雲……」

他伸長手，仰天打了個呵欠，回頭再找傅紅雪時，傅紅雪已不見了。

碧天，黃沙。

黃沙連著天，天連著黃沙。

遠遠望過去，一面白色的大旗正在風沙中飛捲。

大旗似已遠在天邊。

萬馬堂似也遠在天邊！

無邊無際的荒原，路是馬蹄踏出來的，漫長、筆直，筆直通向那面大旗。

旗下就是萬馬堂。

傅紅雪站在荒原中，站在馬道旁，看著這面大旗，已不知道看了多久。

現在，他才慢慢的轉過身。

漫天黃沙中，突然出現了一點紅影，流星般飛了過來。

一匹胭脂馬，一個紅衣人。

傅紅雪剛走出三步，已聽到身後的馬蹄聲。

他沒有回頭，又走了幾步，人馬已衝過他身旁。

馬上的紅衣人卻回過頭來，一雙剪水雙瞳，只盯了他手中的刀一眼，一雙纖纖玉手已勒住了韁繩。

好俊的馬，好美的人。

傅紅雪卻似乎沒有看見，他不願看的時候，什麼都看不見。

馬上人的明眸卻在盯著他的臉。忽然道：「你就是那個人？連花場主都請不動你。」

她的人美，聲音更美。

傅紅雪沒有聽見。

馬上人的柳眉揚起，大聲道：「你聽著，今天晚上，你若敢不去，你就是混帳王八蛋，我就殺了你拿去餵狗。」

她手裡的馬鞭，突然毒蛇般向傅紅雪臉上狠狠的抽了過去。

傅紅雪還是沒有看見。

鞭梢一捲，突然變輕了，「吧」的，只不過在他臉上抽出了個淡淡的紅印。

傅紅雪還是好像全無感覺，但握刀的手背上，青筋卻又凸起。

只聽馬上人吃吃笑道：「原來你這人是個木頭人。」

銀鈴般的笑聲遠去，一人一馬已遠在黃沙裡，轉眼間只剩下一點紅影。

傅紅雪這才抬起手，撫著臉上的鞭痕顫抖起來。

他全身都抖個不停，只有握刀的一隻手，卻仍然穩定如磐石！

葉開還在打著呵欠。

若有人注意，他今天至少已打過三四十次呵欠了。

可是他偏偏不去睡覺。

他東逛西逛，左瞧右看，好像無論對什麼事都很有興趣。

就是對睡覺沒有興趣。

現在，他剛從一家雜貨店裡走出來，正準備走到對面的小麵館去。

他喜歡跟各式各樣的人聊天，他覺得這地方每家店的老闆好像都有點奇怪。

其實，奇怪的人也許只不過是他自己。

他走路也不快，卻又和傅紅雪不同。

傅紅雪雖是個殘廢，走得雖慢，但走路時身子卻挺得筆直，就像是一桿槍。

他走路卻是懶洋洋的，好像全身的骨頭都脫了節，你只要用小指頭一點，他就會倒下去。

他穿過街心時，突然有一匹快馬，箭一般衝入了長街。

一匹火紅的胭脂馬。

馬上人豔如桃花——一種有刺的桃花。

人馬還沒有衝到葉開面前，她已揚起了馬鞭，喝道：「你不要命了嗎？快避開。」

葉開懶洋洋的抬起頭，看了她一眼，連一點閃避的意思都沒有。

她只有勒住轠繩，但手裡的馬鞭卻已狠狠的抽了下去。

這次她比對付傅紅雪時更不客氣。

但葉開的手一抬，鞭梢就已在他手上。

他的手就好像有某種神奇的魔法一樣，隨時都可能做出一些你絕對想不到的事。

紅衣女的臉上已紅得彷彿染上了胭脂。

葉開只不過用三根手指夾住了鞭梢，但隨便她怎麼用力，也休想將鞭梢抽回來。

她又驚又急，怒道：「你……你想幹什麼？」

葉開用眼角瞟著她，還是那副懶洋洋的樣子，道：「我只想告訴你幾件事。」

紅衣女咬著嘴唇，道：「我不想聽。」

葉開淡淡道：「不聽也行，只不過，一個大姑娘若從馬上跌下來，那一定不會很好看的。」

紅衣女只覺得突然有一股力量從馬鞭上傳了過來，只覺得自己隨時都可能從馬上跌下去，忍不住大聲道：「你有話快說，有屁快放。」

葉開笑了，道：「你不應該這麼兇的。不兇的時候，你本是個漂亮的小姑娘；但一兇起來，就變成個人人討厭的母老虎了。」

紅衣女忍著怒氣，道：「還有沒有？」

葉開道：「還有，無論是胭脂馬也好，母老虎也好，踢死人都要賠命的。」

紅衣女臉又氣白了，恨恨道：「現在你總可以放手了吧？」

葉開忽又一笑，道：「還有一樣事。」

紅衣女道：「什麼事？」

葉開笑道：「像我這樣的男人，遇見你這樣的女人，若連你的名字都不問，就放你走了，豈非對不起自己，也對不起你。」

紅衣女冷笑道：「我爲什麼要把名字告訴你？」

葉開道：「因爲你不願從馬上跌下來。」

紅衣女的臉似已氣黃了，眼珠子一轉，突然說道：「好，我告訴你，我姓李，叫姑姑，現在你總該鬆手了吧？」

葉開微笑著鬆開手，道：「李姑姑，這名字倒……」

他忽然想通了，但這時人馬已從他身旁箭一般的衝過去。

只聽紅衣女在馬上大笑道：「現在你該明白了吧，我就是你這孫子王八蛋的姑奶奶。」

她還是怕葉開追上來，衝出去十來丈，身子突然淩空躍起，燕子般一掠，飛入了路旁一道窄門裡。

好像她只要一進了這窄門，就沒有任何人敢來欺負她了。

門裡十八張桌子都是空著的。

只有那神秘的主人，還坐在樓梯口的小桌上，玩著骨牌。

現在是白天，白天這地方從不招呼任何客人。

這地方的主人做的生意也許並不高尚，但規矩卻不少。

你要到這裡來，就得守他的規矩。

他兩鬢已斑白，臉上每一條皺紋中，都不知隱藏著多少歡樂，多少痛苦，多少秘密，但一雙手卻仍柔細如少女。

他穿著很華麗，華麗得甚至已接近奢侈。

桌上有金樽，杯中的酒是琥珀色的，光澤柔潤如寶石。

他正在將骨牌一張張慢慢的擺在桌上，擺成了個八卦。

紅衣女一衝進來，腳步就放輕了，輕輕走過去，道：「大叔你好。」

一進了這屋子，這又野又刁蠻的少女，好像立刻就變得溫柔規矩起來。

主人並沒有轉頭看她，只微笑著點了點頭，道：「坐。」

紅衣女在他對面坐下，彷彿還想說什麼，但他卻擺了擺手，道：「等一等。」

她居然肯聽話，就靜靜的坐在那裡等。

主人看著桌上用骨牌擺成的八卦，清癯、瘦削、飽經風霜的臉上，神情彷彿很沉重，過了很久，才仰面長長嘆息了一聲，意興更蕭索。

紅衣女忍不住問道：「你真的能從這些骨牌上看出很多事？」

主人道：「嗯。」

紅衣女眨著眼，道：「今天你看出了什麼？」

主人端起金杯，淺淺啜了一口，肅然道：「有些事你還是不知道的好。」

紅衣女道：「若知道了呢？」

主人緩緩說道：「天機難測，知道了，反而會有災禍了。」

紅衣女道：「知道有災禍，豈非就可以想法子去避免？」

主人慢慢的搖了搖頭，神情更沉重，長嘆道：「有些災禍是避不開的，絕對避不開的……」

紅衣女看著桌上的骨牌，發了半天呆，喃喃道：「我怎麼什麼都看不出來？」

主人黯然道：「就因爲你看不出來，所以你才比我快樂。」

紅衣女又呆了半晌，才展顏笑道：「這些事我不管，我只問你，你今天晚上，到不到我們家去？」

主人皺眉道：「今天晚上？」

紅衣女道：「爹爹說，今天晚上他請了幾位很特別的客人，所以想請大叔你也一起去；再過一會兒，就有車子來接了。」

主人沉吟著，道：「我還是不去的好。」

紅衣女噘起嘴道：「其實爹爹也知道你絕不會去的，但還是要叫我來跑這一趟，害得我還受了一個小鬼的欺負，差點被活活氣死。」

只聽一人笑道：「小鬼並沒有欺負姑奶奶，是姑奶奶先要踢死小鬼的。」

紅衣女怔住。

葉開不知什麼時候也來了，正懶洋洋的倚在門口，看著她笑。

紅衣女變色道：「你憑什麼到這裡來？」

葉開悠然道：「不應該到這裡來的人，卻不是我，是你。」

紅衣女跺了跺腳，轉身道：「大叔，你還不把這人趕出去，你聽他說的是什麼話？」

主人淡淡一笑，道：「天快黑了，你還是快回去吧，免得你爹爹著急。」

紅衣女又怔了怔，狠狠一跺腳，從葉開旁邊衝出了門。

她走得太急，差點被門檻絆倒。

葉開笑道：「姑奶奶走好，自己若跌死了，是沒有人賠命的。」

紅衣女衝出去，「砰」的一聲，關上了門，忽又把門拉開一線，道：「多謝你這乖孫子關心，姑奶奶是跌不死的。」

這句話沒說完，門又「砰」的關起，只聽門外一聲呼喝，就有馬蹄聲響起，在門口停了停，一瞬間又消失在街頭。

葉開嘆了口氣，苦笑著喃喃道：「好一匹胭脂馬，好一個母老虎。」

主人忽又笑道：「你只說對了一半。」

葉開道：「哪一半？」

主人道：「附近的人，替她們一人一馬都取了個外號，人叫胭脂虎，馬叫胭脂奴。」

葉開笑了。

主人接著道：「她也就是你今夜東道主人的獨生女兒。」

葉開失聲道：「她就是萬馬堂三老闆的女兒？」

主人點點頭，微笑道：「所以你今天晚上最好小心些，莫要被這胭脂虎咬斷了腿。」

葉開又笑了，他忽然發現這人並不像外表看來這麼神秘孤獨，所以又問：「三老闆究竟姓什麼？」

這人道：「馬，馬芳鈴。」

葉開笑道：「馬芳鈴，他怎麼會取這樣一個女人的名字？」

主人道：「父親名字是馬空群，女兒是馬芳鈴。」

他一雙洞悉人生的眼睛，正看著葉開，微笑著又道：「閣下真正要問的，定然不是父親，而是女兒；在下既聞弦歌，怎會聽不出閣下的雅意。」

葉開大笑，道：「但願今夜的主人，也有此間主人同樣風采，葉開也就算不虛此行了。」

主人道：「葉開？」

葉開道：「木葉之葉，開門之開……也就是開心的開。」

主人笑道：「這才是人如其名。」

葉開道：「主人呢？」

主人沉吟著，道：「在下蕭別離。」

葉開說道：「木葉蕭蕭之蕭？別緒之別？離愁之離？」

蕭別離道：「閣下是否覺得這名字有些不祥？」

葉開道：「不祥未必，只不過……未免要令人興起幾分惆悵而已。」

蕭別離淡淡道：「天下無不散的筵席，人生本難免別離，將來閣下想必要離此而去，在下又何嘗不如此；所以，若是仔細一想，這名字也普通得很。」

葉開大笑，道：「但自古以來，黯然銷魂者，唯別而已，閣下既然取了個如此引人憂思的名字，就當浮一大白。」

蕭別離也大笑，道：「不錯，當浮一大白。」

他一飲而盡，持杯沉吟，忽然又道：「其實人生之中，最令人銷魂的，也並非別離，而是相聚。」

葉開道：「相聚？」

蕭別離道：「若不相聚，哪有別離？」

葉開咀嚼良久，不禁嘆息，喃喃道：「不錯，若無相聚，哪來的別離？……若無相聚，又怎麼會有別離？……」他反反覆覆低咏著這兩句話，似已有些癡了。

蕭別離道：「所以閣下也錯了，也當浮一大白才是。」葉開走過去，舉杯飲盡，忽又展顏而笑，道：「若沒有剛才的錯，又怎會有現在這杯酒呢？所以有時錯也是好的。」突然間，車轔馬嘶，停在門外。

蕭別離長長嘆息，道：「剛說別離，看來就已到了別離時刻，萬馬堂的車子已來接客了。」

葉開笑道：「但若無別離，又怎會有相聚？」

他放下酒杯，頭也不回，大步走了出去。

蕭別離看著他走出去，喃喃道：「若無別離，又怎有相聚？只可惜有時一旦別離，就再難相聚了。」

一輛八馬並馳的黑漆大車，就停在門外。

黑漆如鏡，一個人肅立待客，卻是一身白衣如雪。

車上斜插著一面白綾三角旗：「關東萬馬堂」。

葉開剛走過去，白衣人已長揖笑道：「閣下是第一位來的，請上車。」

這人年紀比花滿天小些，但也有四十歲左右，圓圓的臉，面白微鬚，不笑時已令人覺得很可親。

葉開看著他，道：「你認得我？」

白衣人道：「還未識荊。」

葉開道：「既不認得，怎知我是萬馬堂的客人？」

白衣人笑道：「閣下來此僅一夕，但閣下的豪華，卻已傳遍邊城，何況，若非閣下這樣的英雄，襟上又怎會有世間第一美人的珠花呢？」

葉開道：「你認得這朵珠花？」

白衣人道：「這朵珠花本是在下送的。」

他不讓葉開說話，忽又嘆息一聲道：「只可惜在下雖然自命多情，卻還是未曾博得美人的一笑。」

葉開卻笑了，拍著他的肩，笑道：「我以前也被人恭維過，但被人恭維得如此的開心，這倒還真是平生第一次。」

車廂中舒服而乾淨，至少可以坐八個人。

現在來的卻只有葉開一個人。

他見著花滿天時，已覺得萬馬堂中臥虎藏龍，見到這白衣人，更覺得萬馬堂不但知人，而且善用。

縱然是公侯將相之家的迎賓使者，也未必能有他這樣的如珠妙語，善體人意。

無論誰能令這種人爲他奔走效忠，他都一定是個很了不起的人。

葉開忽然想快點去看看那位三老闆究竟是個怎麼樣的角色，所以忍不住問道：「還有別的客人呢？」

白衣人道：「據說有一位客人，是由閣下代請的。」

葉開道：「你用不著擔心，這人一定會去的，而且一定是用自己的方法去，我問的是另外四位。」

白衣人沉吟著，道：「現在他們本已該來了。」

葉開道：「但現在他們還沒有來。」

白衣人忽又一笑，道：「所以我們也不必再等，該去的人，總是會去的。」

夜色漸臨。

荒原上顯得更蒼涼，更遼闊。

萬馬堂的旗幟已隱沒在無邊無際的黑暗裡。

白衣人坐在葉開對面，微笑著。

他的笑容彷彿永遠不會疲倦。

馬蹄聲如奔雷，衝破了無邊寂靜。

葉開忽然嘆了口氣，道：「今夜若只有我一個人去，只怕就回不來了。」

白衣人彷彿聽得很刺耳，卻還是勉強笑道：「此話怎講？」

葉開道：「聽說萬馬堂有窖藏的美酒三千石，若只有我一個人去喝，豈非要被醉死？」

白衣人笑了笑，道：「這點閣下只管放心，萬馬堂裡也不乏酒中的豪客，就連在下也能陪閣下喝幾杯的。」

葉開道：「萬馬堂中若是高手如雲，我更非死不可了。」

白衣人的笑容彷彿又有些僵硬，道：「酒鬼是有的，哪有什麼高手？」

葉開淡淡道：「我說的本是酒中的高手，那麼多人若是輪流來敬我的酒，我不醉死才是怪事呢！」

白衣人展顏道：「三老闆此番相請，爲的只不過是想一睹閣下風采，縱然令人勸酒，也只不過是意思意思而已，哪有灌醉閣下之理。」

葉開道：「但我還是有點怕。」

白衣人道：「怕什麼？」

葉開笑了笑，道：「怕的是你們不來灌我。」

白衣人也笑了。

就在這時，荒原中忽然傳來一陣奇異的歌聲。

歌聲淒惻，如泣如訴，又像是某種神秘的經文咒語！但每個字都聽得很清楚：

「天皇皇，地皇皇。眼流血，月無光。

一入萬馬堂，刀斷刃，人斷腸！」

「天皇皇，地皇皇。淚如血，人斷腸。

一入萬馬堂，休想回故鄉。」

歌聲淒惻悲厲，縹渺迴蕩，又像是某種神秘的經咒，又像是孤魂的夜哭。

白衣人臉色已漸漸變了，突然伸手一推車窗，道：「抱歉。」

兩個字還未說完，他的人已掠出窗外，再一閃，就看不見了。

三 刀斷刃，人斷腸

白衣人掠出三丈，足尖點地，一鶴沖天，身子孤煙般沖天拔起。
荒野寂寂，夜色中迷漫著黃沙，哪裡看得見半條人影？
只剩下歌聲的餘韻，彷彿還縹緲在夜風裡。
風在呼嘯。
白衣人沉聲喝道：「朋友既然有意尋釁，何不現身一見？」
聲音雖低沉，但中氣充足，一個字一個字都被傳送到遠方。
這兩句話說完，白衣人又已掠出十餘丈，已掠入道旁將枯未枯的荒草中。
風捲著荒草，如浪濤洶湧起伏。
看不見人，也聽不見回應。
白衣人冷笑道：「好，只要你已到了這裡，看你能躲到幾時。」
他抬頭看了看天色，身子倒竄，又七八個起落，已回到停車處。
葉開還是懶洋洋的斜倚在車廂裡，手敲著車窗，曼聲低誦。
「……一入萬馬堂，刀斷刃，人斷腸，休想回故鄉……」

他半眯著眼睛，面帶著微笑，彷彿對這歌曲很欣賞。

白衣人拉開車門跨進車廂，勉強笑道：「這也不知是哪個瘋子在胡喊亂唱，閣下千萬莫要聽他的。」

葉開淡淡一笑，道：「無論他唱的是真是假，都和我沒有半點關係，我聽不聽都無妨。」

白衣人道：「哦？」

葉開拍了拍身子，笑道：「你看，我既沒有帶刀，腸子只怕也早已被酒泡爛了；何況我流浪天涯，四海爲家，根本就沒有故鄉，三老闆若真的要將我留在萬馬堂，我正是求之不得。」

白衣人大笑，道：「閣下果然是心胸開朗，非常人能及。」

葉開眨眨眼，微笑道：「『煙中飛鶴』雲在天的輕功三絕技，豈非也同樣無人能及。」

白衣人聳然動容，但瞬即又仰面而笑，道：「雲某遠避江湖十餘年，想不到閣下竟一眼認了出來，當真是好眼力！」

葉開悠然說道：「我的眼力雖不好，但『推窗望月飛雲式』、『一鶴沖天觀雲式』、『八步趕蟬追雲式』，這種武林罕見的輕功絕技，倒還是認得出來的。」

雲在天勉強笑道：「慚愧得很。」

葉開道：「這種功夫若還覺得慚愧，在下就真該跳車自盡了。」

雲在天目光閃動，道：「閣下年紀輕輕，可是非但見識超人，而且江湖中各門各派的武功，閣下似乎都能如數家珍，在下卻直到現在，還看不出閣下的一點來歷，豈非慚愧得很。」

葉開笑道：「我本就是個四海為家的浪子，閣下若能看出我的來歷，那才是怪事。」

雲在天沉吟著，還想再問，突聽車門外「篤、篤、篤」響了三聲，竟像是有人在敲門。

雲在天動容道：「誰？」

沒有人回應，但車門外卻又「篤、篤、篤」響了三聲。

雲在天皺了皺眉，突然一伸手，打開了車門。

車門搖蕩，道路飛一般向後倒退，外面就算是個紙人也掛不住，哪裡有活人。

但卻只有活人才會敲門。

雲在天沉著臉，冷冷道：「見怪不怪，其怪自敗，只有最愚蠢的人，才會做這種事。」

他自己想將車門拉起，突然間，一隻手從車頂上掛了下來。

一隻又黃又瘦的手，手裡還拿著個破碗。

一個陰陽怪氣的聲音，在車頂上道：「有沒有酒，快給我添上一碗，我已經快渴死了。」

雲在天看著這隻手，居然又笑了，道：「幸好車上還帶著有酒，樂先生何不請下來？」

兩隻又髒又黑的泥腳，穿著雙破破爛爛的草鞋，有隻草鞋連底都不見了一半，正隨著車馬的顫動，在搖來搖去。

葉開倒真有點擔心，生怕這人會從車頂上跌下來。

誰知人影一閃，這人忽然間已到了車廂裡，端端正正的坐在葉開對面，一雙眼睛半醉半醒，直勾勾的看著葉開。

葉開當然也在看著他。

他身上穿著件秀才的青衿，非但洗得很乾淨，而且連一個補釘都沒有。

先看到他的手，再看到他的腳，誰也想不到他身上穿的是這麼樣一件衣服。葉開看著他，只覺得這人實在有趣得很。

這位樂先生忽然瞪起了眼，道：「你盯著我看什麼？以爲我這件衣服是偷來的？」

葉開笑道：「若真是偷來的，千萬告訴我地方，讓我也好去偷一件。」

樂先生瞪著眼道：「你已有多久沒換過衣服了？」

葉開道：「不太久，還不到三個月。」

樂先生皺起了眉，道：「難怪這裡就像是鮑魚之肆，臭不可聞也。」

葉開眨眨眼，道：「你幾天換一次衣服？」

樂先生道：「幾天換一次衣服？那還得了，我每天至少換兩次。」

葉開道：「洗澡呢？」

樂先生正色道：「洗澡最傷元氣，那是萬萬洗不得的。」

葉開笑了笑，道：「你是新瓶裝著舊酒，我是舊瓶裝著新酒，你我本就有異曲同工之妙，又何必相煎太急。」

樂先生看著他，眼珠子滴溜溜在轉，突然跳起來，大聲道：「妙極妙極，這比喻實在妙極，你一定是個才子，了不起的才子——來，快拿些酒來，我遇見才子若不喝兩杯，準得大病一場。」

雲在天微笑道：「兩位也許還不認得，這位就是武當的名宿，也正是江湖中最飽學的名士，樂樂山，樂大先生。」

葉開道：「在下葉開。」

樂樂山道：「我也不管你是葉開葉閉，只要你是個才子，我就要跟你喝三杯。」

葉開笑道：「莫說三杯，三百杯也行。」

樂樂山拊掌道：「不錯，會須一飲三百杯，莫使金樽空對月，來，酒來。」

雲在天已在車座下的暗屜中，取出了個酒罈子，笑道：「三老闆還在相候，樂先生千萬不要在車上就喝醉了。」

樂樂山瞪眼道：「管他是三老闆、四老闆，我敬的不是老闆，是才子——來，先乾一杯。」

三碗酒下肚，突聽「噹」的一聲，破碗已溜到車廂的角落裡。

再看樂樂山，伏在車座上，竟已醉了。

葉開忍不住笑道：「此公醉得倒真快。」

雲在天笑道：「你知不知道此公還有個名字，叫三無先生？」

葉開道：「三無先生？」

雲在天道：「好色而無膽，好酒而無量，好賭而無勝，此所謂三無，所以他就自稱三無先生。」

葉開笑道：「是真名士自風流，無又何妨？」

雲在天微笑道：「想不到閣下竟是此公的知音。」

葉開推開車窗，長長吸了口氣，忽又問道：「我們要什麼時候才能到得了萬馬堂？」

雲在天道：「早已到了。」

葉開怔了怔，道：「現在難道已過去了？」

雲在天道：「也還沒有過去，這裡也是萬馬堂的地界。」

葉開道：「萬馬堂究竟有多大？」

雲在天笑了笑，道：「雖不太大，但自東至西，就算用快馬急馳，自清晨出發，也要到黃昏才走得完全程。」

葉開嘆了口氣，道：「如此說來，三老闆難道是要請我們去吃早點的？」

雲在天笑道：「三老闆的迎賓處就在前面不遠。」

這時晚風中已隱隱有馬嘶之聲，自四面八方傳了過來。

探首窗外，已可看得見前面一片燈火。

萬馬堂的迎賓處，顯然就在燈火輝煌處。

馬車在一道木柵前停下。

用整條杉木圍成的柵欄，高達三丈。裡面一片屋宇，也看不出有多少間。

一道拱門矗立在夜色中，門內的刁斗旗桿看來更高不可攀。

但桿上的旗幟已降下。

兩排白衣壯漢兩手垂立在拱門外，四個人搶先過來拉開了車門。

葉開下了車，長長呼吸，縱目四顧，只覺得蒼穹寬廣，大地遼闊，絕不是偪促城市中的人所能想像。

雲在天也跟著走過來，微笑道：「閣下覺得此間如何？」

葉開嘆道：「我只覺得，男兒得意當如此，三老闆能有今日，也算不負此生了。」

雲在天也唏噓嘆道：「他的確是個非常人，但能有今日，也不容易。」

葉開點了點頭，道：「樂先生呢？」

雲在天笑道：「已玉山頹倒，不復能行了。」

葉開目光閃動，忽又笑道：「幸好車上來的客人，還不止我們兩個。」

雲在天道：「哦？」

葉開忽然走過去，拍了拍正在馬前低著頭擦汗的車夫，微笑道：「閣下辛苦了！」

車夫怔了怔，陪笑道：「這本是小人份內應當做的事。」

葉開道：「其實你本該舒舒服服的坐在車廂裡的，又何苦如此？」

車夫怔了半晌，突然摘下頭上的斗笠，仰面大笑，道：「好，果然是好眼力，佩服佩服。」

葉開道：「閣下能在半途停車的那一瞬間，自車底鑽出，點住那車夫的穴道，拋入路旁荒草中，再換過他的衣服，身手之快，做事之周到，當真不愧『細若游絲，快如閃電』這八個字。」

這車夫又怔了怔，道：「你怎麼知道我是誰？」

葉開笑道：「江湖中除了飛天蜘蛛外，誰能有這樣的身手？」

飛天蜘蛛大笑，隨手甩脫了身上的白衣，露出了一身黑色勁裝，走過去向雲在天長長一揖，道：「在下一時遊戲，雲場主千萬恕罪。」

雲在天微笑道：「閣下能來，已是賞光，請。」

這時已有人扶著樂樂山下了車。

雲在天含笑揖客，當先帶路，穿過一片很廣大的院子。

前面兩扇白木板的大門，本來是關著的，突然「呀」的一聲開了。

燈光從屋裡照出來，一個人當門而立。

門本來已經很高大，但這人站在門口，卻幾乎將整個門都擋住。

葉開本不算矮，但也得抬起頭，才能看到這人的面目。

這人滿臉虬髯，一身白衣，腰裡繫著一尺寬的牛皮帶，皮帶上斜插著把銀鞘烏柄奇形彎刀，手裡還端著杯酒。

酒杯在他手裡，看來並不太大，但別的人用兩隻手也未必能捧得住。

雲在天搶先走過去，陪笑道：「三老闆呢？」

虬髯巨漢道：「在等著，客人們全來麼？」

無論誰第一次聽他開口說話，都難免要被嚇一跳，他第一個字說出來時，就宛如半天中打下的旱雷，震得人耳朵嗡嗡作響。

雲在天道：「客人已來了三位。」

虬髯巨漢濃眉挑起，厲聲道：「還有二個呢？」

雲在天道：「只怕也快來了。」

虬髯巨漢點點頭，道：「我叫公孫斷，我是個粗人，三位請進。」

他說話也像是「斷」的，上一句和下一句，往往全無關係，根本連不到一起。

門後面是個極大的白木屏風，幾乎有兩丈多高，上面既沒有圖畫，也沒有字，但卻洗得乾乾淨淨，一塵不染。

葉開他們剛剛走進門，突聽一陣馬蹄急響，九匹馬自夜色中急馳而來。

到了柵欄外，馬上人一偏腿，人已下了馬鞍，馬也停下，非但人馬的動作，全部整齊劃一，連裝束打扮，也完全一模一樣。

九個人都是束金冠，紫羅衫，腰懸著長劍，劍鞘上的寶石閃閃生光；只不過其中一個人腰上還束著紫金帶，劍穗上懸著龍眼般大的一粒夜明珠。

九個人都是很英俊的少年，這人更是長身玉立，神采飛揚，在另外八個人的蜂擁中，昂然直入，微笑著道：「在下來遲一步，抱歉，抱歉。」

他嘴裡雖然說抱歉，但滿面傲氣，無論誰都可以看得出他連半點抱歉的意思都沒有。

九個人穿過院子，昂然來到那白木大門口。

公孫斷突然大聲道：「誰是慕容明珠？」

那紫袍金帶的貴公子，雙眼微微上翻，冷冷道：「就是我。」

公孫斷厲聲道：「三老闆請的只是你一個人，叫你的跟班退下去。」

慕容明珠臉色變了變，道：「他們不能進去？」

公孫斷道：「不能！」

跟在慕容明珠左右的一個紫衫少年，手握劍柄，似要拔劍。

突見銀光一閃，他的劍還未拔出，已被公孫斷的彎刀連鞘削斷，斷成兩截。

公孫斷的刀又入鞘，說道：「誰敢在萬馬堂拔劍，這柄劍就是他的榜樣。」

慕容明珠臉上陣青陣白，突然反手一掌摑在身旁那少年臉上，怒道：「誰叫你拔劍，還不給我快滾到外面去。」

這紫衫少年氣都不敢吭，垂著頭退下。

葉開覺得很好笑。

他認得這少年正是昨天晚上，逼他喝酒的那個人。

這少年好像隨時隨地都想拔劍，只可惜他的劍總是還未拔出來，就已被人折斷。

轉過屏風，就是一間大廳。

無論誰第一眼看到這大廳，都難免要吃一驚。

大廳雖然只不過有十來丈寬，簡直長得令人無法想像。

一個人若要從門口走到另一端去，說不定要走上一兩千步。

大廳左邊的牆上，畫著的是萬馬奔騰，有的引頸長嘶，有的飛鬃揚蹄，每匹馬的神態都不同，每匹馬都畫得栩栩如生，神駿無比。

另一邊粉牆上，只寫著三個比人還高的大字，墨漬淋漓，龍飛鳳舞。

「萬馬堂」。

大廳中央，只擺著張白木長桌，長得簡直像街道一樣，可以容人在桌上馳馬。

桌子兩旁，至少有三百張白木椅。

你若未到過萬馬堂，你永遠無法想像世上會有這麼長的桌子，這麼大的廳堂！

廳堂裡既沒有精緻的擺設，也沒有華麗的裝飾，但卻顯得說不出的莊嚴、肅穆、高貴、博大。

無論誰走到這裡，心情都會不由自主的覺得嚴肅沉重起來。

長桌的盡頭處，一張寬大的交椅上，坐著一個白衣人。

究竟是怎麼樣一個人，誰也看不太清楚，只看見他端端正正的坐在那裡。

就算屋子裡沒有別人的時候，他坐得還是規規矩矩，椅子後雖然有靠背，他腰幹還是挺得筆直筆直。

他一個人孤孤單單的坐在那裡，距離每個人都那麼遙遠。

距離紅塵中的萬事萬物，都那麼遙遠。

葉開雖然看不見他的面貌神情，卻已看出他的孤獨和寂寞。

他彷彿已將自己完全隔絕紅塵外，沒有歡樂，沒有享受，沒有朋友。

難道這就是英雄必須付出的代價？

現在他似在沉思，卻也不知是在回憶昔日的艱辛百戰？還是在感慨人生的寂寞愁苦？

這麼多人走了進來，他竟似完全沒有聽見，也沒有看見。

這就是關東萬馬堂的主人！

現在他雖已百戰成功，卻無法戰勝內心的衝突和矛盾。

所以他縱然已擁有一切，卻還是得不到自己的安寧和平靜！

雲在天大步走了過去，腳步雖大，卻走得很輕，輕輕的走到他身旁，彎下腰，輕輕的說了兩句話。

他這才好像突然自夢中驚醒，立刻長身而起，抱拳道：「各位請，請坐。」

慕容明珠手撫劍柄，當先走了過去。

公孫斷卻又一橫身，擋住了他的去路。

慕容明珠臉色微變，沉聲說道：「閣下又有何見教？」

公孫斷什麼話都不說，只是虎視眈眈，盯著他腰懸的劍。

慕容明珠變色道：「你莫非要我解下這柄劍？」

公孫斷冷然慢慢的點了點頭，一字字道：「沒有人能帶劍入萬馬堂！」

慕容明珠臉上陣青陣白，汗珠已開始一粒粒從他蒼白挺直的鼻樑上冒出來，握著劍的手，青筋已一根根暴起。

公孫斷還是冷冷的站在那裡，冷冷的看著他，就像是一座山。

慕容明珠的手卻已開始顫抖，似乎也已忍不住要拔劍。

就在這時，忽然有隻乾燥穩定的手伸過來，輕輕按住了他的手。

慕容明珠霍然轉身，就看到了葉開那彷彿永遠帶著微笑的臉。

葉開微笑著，悠然道：「閣下難道一定要在手裡握著劍的時候，才有膽量入萬馬堂？」

「噹」的一響，劍已在桌上。

一盞天燈，慢慢的升起，升起在十丈高的旗桿上。

雪白的燈籠上，五個鮮紅的大字：「關東萬馬堂」。

紫衫少年們斜倚著柵欄，昂起頭，看著這盞燈籠升起。

有的人已忍不住冷笑：「關東萬馬堂，哼，好大的氣派！」

只聽一人淡淡道：「這不是氣派，只不過是種訊號而已。」

旗桿下本來沒有人的，這人也不知在什麼時候，忽然已站在旗桿下，一身白衣如雪。

他說話的聲音很慢，態度安詳而沉穩。

他身上並沒有佩劍。

但他卻是江湖中最負盛名的幾位劍客之一，「一劍飛花」花滿天。

紫衫少年倒顯然並不知道他是誰，又有人問道：「訊號，什麼訊號？」

花滿天緩緩道：「這盞燈只不過要告訴過路的江湖豪傑，萬馬堂內，此刻正有要事相商，除了萬馬堂主請的客人之外，別的人無論有什麼事，最好都等到明天再來。」

忽然又有人冷笑：「若有人一定要在今天晚上來呢？」

花滿天靜靜的看著他，突然一伸手，拔出了腰懸的劍。

他們的距離本來很遠，但花滿天一伸手，就已拔出了他的劍，隨手一抖，一柄百煉精鋼的長劍忽然間就已斷成了七八截。

這少年眼睛發直，再也說不出話來。

花滿天將剩下的一小截劍，又輕輕插回他劍鞘裡，淡淡道：「外面風沙很大，那邊偏廳中備有酒菜，各位何不過去小飲兩杯？」

他不等別人說話，已慢慢的轉身走了回去。

紫衫少年們面面相覷，每個人的手都緊緊握著劍柄，卻已沒有一個人還敢拔出來。

就在這時，他們忽然又聽到身後有人緩緩說道：「劍不是做裝飾用的，不懂得用劍的人，還是不要佩劍的好。」

這是句很尖刻的話，但他卻說得很誠懇。

因爲他並不是想找麻煩，只不過是在向這些少年良言相勸而已。

紫衫少年們的臉色全變了，轉過身，已看到他從黑暗中慢慢的走過來。

他走得很慢，左腳先邁出一步後，右腳也跟著慢慢的從地上拖過去。

大家忽然一起轉過頭去看那第一個斷劍的少年，也不知是誰問道：「你昨天晚上遇見的，就是這個跛子？」

這少年臉色鐵青，咬著牙，瞪著傅紅雪，忽然道：「你這把刀是不是裝飾品？」

傅紅雪道：「不是。」

少年冷笑道：「如此說來，你懂得用刀？」

傅紅雪垂下眼，看著自己握刀的手。

少年道：「你若懂得用刀，爲什麼不使出來給我們看看？」

傅紅雪道：「刀也不是看的。」

少年道：「不是看的，難道是殺人的？就憑你難道能殺人？」

他突然大笑，接著道：「你若真有膽子就把我殺了，就算你真有本事。」

紫衫少年一起大笑，又有人笑道：「你若沒這個膽子，也休想從大門裡走進，就請你從這欄杆下面爬進去。」

他們手挽著手，竟真的將大門擋住。

傅紅雪還是垂著頭，看著自己握刀的手，過了很久，竟真的彎下腰，慢慢的鑽入了大門旁的欄杆。

紫衫少年們放聲狂笑，似已將剛才斷劍之恥，忘得乾乾淨淨。

他們的笑聲，傅紅雪好像根本沒有聽見。

他臉上還是全無表情，慢慢的鑽過柵欄，拖著沉重的腳步，一步步往前走。

他身上的衣服不知何時又已濕透。

紫衫少年的笑聲突然一起停頓——也不知是誰，首先看到了地上的腳印，然後就沒有人還能笑得出。

因爲大家都已發現，他每走一步，地上就留下一個很深的腳印。

就像是刀刻出來一般的腳印。

他顯然已用盡了全身每一分力氣，才能克制住自己心中的激動和憤怒。

他本不是個能忍受侮辱的人，但爲了某種原因，卻不得不忍受。

他為的是什麼？

花滿天遠遠的站在屋簷下，臉上的表情很奇特，彷彿有些驚奇，又彷彿有些恐懼。

一個人若看到有隻餓狼走入了自己的家，臉上就正是這種表情。

他現在看著的，是傅紅雪！

劍在桌上。

每個人都已坐了下來，坐在長桌的盡端，萬馬堂主的兩旁。

萬馬堂主還是端端正正，筆直筆直的坐著，一雙手平擺在桌上。

其實這雙手已不能算是一雙手，他左手已只剩下一根拇指。

其餘的手指已連一點痕跡都不存在——那一刀幾乎連他的掌心都一起斷去。

但他還是將這雙手擺在桌上，並沒有藏起來。

因為這並不是羞恥，而是光榮。

這正是他身經百戰的光榮痕跡！

他臉上每一條皺紋，也彷彿都在刻劃著他這一生所經歷的危險和艱苦，彷彿正在告訴別人，無論什麼事都休想將他擊倒！

甚至連令他彎腰都休想！

但他的一雙眸子，卻是平和的，並沒有帶著逼人的鋒芒。

是不是因爲那一長串艱苦的歲月，已將他的鋒芒消磨？

還是因爲他早已學會，在人面前將鋒芒藏起？

現在，他正凝視著葉開。

他目光在每個人面前都停留了很久，最後才凝視著葉開。

他用眼睛的時候，遠比用舌頭的時候多。

因爲他也懂得，多看可以使人增加智慧，多說卻只能使人增加災禍。

葉開微笑著。

萬馬堂主忽然也笑了笑，道：「閣下身上從來不帶刀劍？」

葉開道：「因爲我不需要。」

萬馬堂主慢慢的點了點頭，道：「不錯，真正的勇氣，並不是從刀劍上得來的！」

慕容明珠突然冷笑，道：「一個人若不帶刀劍，也並不能證明他就有勇氣！」

萬馬堂主又笑了笑，淡淡道：「勇氣這種東西很奇怪，你非但看不到，感覺不到，也根本沒有法子證明的，所以……」

他目光凝注著葉開，慢慢接道：「一個真正有勇氣的人，有時在別人眼中看來，反而像是個懦夫。」

葉開拊掌道：「有道理……我就認得這麼樣的一個人。」

萬馬堂主立刻追問，道：「這人是誰？」

葉開沒有回答，只是微笑著，看著剛從屏風後走出來的一個人。

他笑得很神秘，很奇特。

萬馬堂主順著他的目光看過去，就也立刻看到了傅紅雪。

傅紅雪的臉色在燈光下看來更蒼白，蒼白得幾乎已接近透明。

但他的眸子卻是漆黑的，就像是這無邊無際的夜色一樣，也不知隱藏著多少危險，多少秘密。

刀鞘也是漆黑的，沒有雕紋，沒有裝飾。

他緊緊的握著這柄刀，慢慢的轉過屏風，鼻尖上的汗珠還沒有乾透，就看到了大山般阻攔在他面前的公孫斷。

公孫斷正虎視眈眈，盯著他手裡的刀。

傅紅雪也在看著自己手裡的刀，除了這柄刀外，他彷彿從未向任何人、任何東西多看一眼。

公孫斷沉聲道：「沒有人能帶劍入萬馬堂，也沒有人能帶刀！」

傅紅雪沉默著，沉默了很久，才緩緩道：「從沒有人？」

公孫斷道：「沒有。」

傅紅雪慢慢的點了點頭，目光已從他自己手裡的刀，移向公孫斷腰帶上斜插著的那柄彎刀，淡淡道：「你呢？你不是人？」

公孫斷臉色變了。

慕容明珠忽然大笑，仰面笑道：「好，問得好！」

公孫斷手握著金杯，杯中酒漸漸溢出，流在他黝黑堅硬如鋼的手掌上。金杯已被他鐵掌捏扁。

突然間，金杯飛起，銀光一閃。

扭曲變形的金杯，「叮、叮、叮」，落在腳下，酒杯被這一刀削成三截。彎刀仍如亮銀般閃著光。

慕容明珠的大笑似也被這一刀砍斷。偌大的廳堂中，死寂無聲。

公孫斷鐵掌輕撫著刀鋒，虎視眈眈，盯著傅紅雪，一字字道：「你若有這樣的刀，也可帶進來。」

傅紅雪道：「我沒有。」

公孫斷冷笑道：「你這柄是什麼刀？」

傅紅雪道：「不知道——我只知道，這柄刀不是用來砍酒杯的。」

他要抬起頭，才能看見公孫斷那粗糙堅毅，如岩石雕成的臉。

現在他已抬起頭，看了一眼，只看了一眼，就轉過身，目光中充滿了輕蔑與不屑，左腳先邁出一步，右腳跟著慢慢的拖過去。

公孫斷突然大喝：「你要走？」

傅紅雪頭也不回，淡淡道，「我也不是來看人砍酒杯的。」

公孫斷厲聲道：「你既然來了，就得留下你的刀；要走，也得留下刀來才能走！」

傅紅雪停下腳步，還未乾透的衣衫下，突然有一條條肌肉凸起。

過了很久，他才慢慢的問道：「這話是誰說的？」

公孫斷道：「我這柄刀！」

傅紅雪道：「我這柄刀說的卻不一樣。」

公孫斷衣衫的肌肉也已繃緊，厲聲道：「它說的是什麼？」

傅紅雪一字字道：「有刀就有人，有人就有刀。」

公孫斷道：「我若一定要留下你的刀又如何？」

傅紅雪道：「刀在這裡，人也在這裡！」

公孫斷喝道：「好，很好！」

喝聲中，刀光又已如銀虹般飛出，急削傅紅雪握刀的手。

傅紅雪的人未轉身，刀未出鞘，手也沒有動。

眼見這一刀已將削斷他的手腕，突聽一人大喝：「住手！」

刀光立刻硬生生頓住，刀鋒距離傅紅雪的手腕已不及五寸。他的手仍然穩如磐石，紋風不動。

公孫斷盯著他的這雙手，額上一粒粒汗珠沁出，如黃豆般滾落。

他的刀揮出時，世上只有一個人能叫他住手。

四 與刀共存亡

這一刀總算沒有砍下去！

又有誰知道這一刀砍下後，會有什麼樣的結果？

葉開長長吐出口氣，臉上又露出了微笑，微笑著看著萬馬堂主。

馬空群也微笑道：「好，果然有勇氣，有膽量。這位可就是花場主三請不來的傅公子？」

葉開搶著道：「就是他。」

馬空群道：「傅公子既然來了，總算賞光，請，請坐。」

公孫斷霍然回首，目光炯炯，瞪著馬空群，嗄聲道：「他的刀……」

馬空群目中帶著深思之色，淡淡笑道：「現在我只看得見他的人，已看不見他的刀。」

話中含義深刻，也不知是說：他人的光芒，已掩蓋過他的刀，還是在說：真正危險的是他的人，並不是他的刀。只是，他接著忖道：這柄漆黑的刀，似乎與多年前那柄……

公孫斷牙關緊咬，全身肌肉一根根跳動不歇，突然跺了跺腳，「嗆」的，彎刀已入鞘。

又過了很久，傅紅雪才拖著沉重的腳步走進來，遠遠坐下。他手裡還是緊緊握著他的刀。

他的手就擺在慕容明珠那柄裝飾華美、綴滿珠玉的長劍旁。漆黑的刀鞘，似已令明珠失色。

慕容明珠的人也已失色，臉上陣青陣白，突然長身而起。

雲在天目光閃動，本就在留意著他，帶著笑道：「閣下……」

慕容明珠不等他說話，搶著道：「既有人能帶刀入萬馬堂，我爲何不能帶劍？」

雲在天道：「當然可以，只不過……」

慕容明珠道：「只不過怎麼？」

雲在天淡淡一笑，道：「只不過不知道閣下是否也有劍在人在、劍亡人亡的勇氣？」

慕容明珠又怔住，目光慢慢從他面上冷漠的微笑，移向公孫斷青筋凸起的鐵掌，只覺得自己的身子已逐漸僵硬。

樂樂山一直伏在桌上，似已沉醉不醒，此刻突然一拍桌子，大笑道：「好，問得好……」

慕容明珠身形一閃，突然一個箭步竄出，伸手去抓桌上的劍。

只聽「嘩啦啦」的一陣響，又有七柄劍被人拋在桌上。

七柄裝飾同樣華美的劍，劍鞘上七顆同樣的寶石在燈下閃閃生光。

慕容明珠的手在半空中停頓，手指也已僵硬。

花滿天不知何時已走了進來。面上全無表情，靜靜的看著他，淡淡道：「閣下若定要佩劍在身，就不如將這七柄劍一起佩在身上。」

樂樂山突又大笑道：「關東萬馬堂果然是藏龍臥虎之地，看來今天晚上，只怕有人是來得走不得了！」

馬空群雙手擺在桌上，靜靜的坐在那裡，還是坐得端端正正，筆筆直直。

這地方無論發生了什麼事，他好像永遠都是置身事外的。

他甚至連看都沒有去看慕容明珠一眼。

慕容明珠的臉已全無血色，盯著桌上的劍，過了很久，才勉強問了句：「他們的人呢？」

花滿天道：「人還在。」

雲在天又笑了笑，悠然道：「世上能有與劍共存亡這種勇氣的人，好像還不太多。」

樂樂山笑道：「所以聰明人都是既不帶刀，也不帶劍的。」

他的人還是伏在桌上，也不知是醉是醒，又伸出手在桌上摸索著，喃喃道：「酒呢？這地方爲什麼總是只能找得著刀劍，從來也找不著酒的？」

馬空群終於大笑，道：「好，問得好，今日相請各位，本就是爲了要和各位同謀一醉的——還不快擺酒上來？」

樂樂山抬起頭，醉眼惺忪，看著他，道：「是不是不醉無歸？」

馬空群道：「正是。」

樂樂山道：「若是醉了呢？能不能歸去？」

馬空群道：「當然。」

樂樂山嘆了口氣，頭又伏在桌上，喃喃道：「這樣子我就放心了……酒呢？」

酒已擺上。

金樽，巨觥，酒色翠綠。

慕容明珠的臉也像是已變成翠綠色的，也不知是該坐下？還是該走出去？

葉開突也一拍桌子，道：「如此美酒，如此暢聚，豈可無歌樂助興？久聞慕容公子文武雙全，妙解音律，不知是否可爲我等高歌一曲？」

慕容明珠終於轉過目光，凝視著他。

有些人的微笑永遠都不會懷有惡意的，葉開正是這種人。

慕容明珠看了他很久，突然長長吐出口氣，道：「好！」

他取起桌上巨觥，一飲而盡，竟真的以箸擊杯，曼聲而歌：

「天皇皇，地皇皇，眼流血，月無光，一入萬馬堂，刀斷刃，人斷腸。」

雲在天臉色又變了。

公孫斷霍然轉身，怒目相視，鐵掌又已按上刀柄。

只有馬空群還是不動聲色，臉上甚至還帶著種很欣賞的表情。

慕容明珠已又飲盡一觥，彷彿想以酒壯膽，大聲道：「這一曲俚詞，不知各位可曾聽過？」

葉開搶著道：「我聽過！」

慕容明珠目光閃動，道：「閣下聽了之後，有何意見？」
葉開笑道：「我只覺得這其中有一句妙得很。」
慕容明珠道：「只有一句？」
葉開道：「不錯，只有一句。」
慕容明珠道：「哪一句？」
葉開閉起眼睛，曼聲而吟：「刀斷刃，人斷腸……刀斷刃，人斷腸……」
他反覆低誦了兩遍，忽又張開眼，眼角瞟著馬空群，微笑著道：「卻不知堂主是否也聽出了這其中妙在哪裡？」
馬空群淡淡道：「願聞高見。」
葉開道：「刀斷刃，人斷腸，爲何不說是劍斷刃，偏偏要說刀斷刃呢？」
他目光閃動，看了看慕容明珠，又看了看傅紅雪，最後又盯在馬空群臉上。
傅紅雪靜靜的坐在那裡，靜靜的凝視著手裡的刀，瞳孔似在收縮。
慕容明珠的眼睛裡卻發出了光，不知不覺中已坐下去，嘴角漸漸露出一絲奇特的笑意。
等他目光接觸到葉開時，目中就立刻充滿了感激。
飛天蜘蛛想必也不是個多嘴的人，所以才能一直用他的眼睛。
此刻他已下了決心，一定要交葉開這朋友。
「做他的朋友似乎要比做他的對頭愉快得多，也容易得多。」

看出了這一點，飛天蜘蛛就立刻也將面前的一觥酒喝了下去，皺著眉道：「是呀，爲什麼一定要刀斷刃呢，這其中的玄妙究竟在哪裡？」

花滿天沉著臉，冷冷道：「這其中的玄妙，只有唱出這首歌來的人才知道，各位本該去問他才是。」

葉開微笑著點了點頭，道：「有道理，在下好像是問錯了人……」

馬空群突然笑了笑，道：「閣下並沒有問錯。」

葉開目光閃動，道：「堂主莫非也……」

馬空群打斷了他的話，沉聲道：「關東刀馬，天下無雙，這句話不知各位可曾聽說過？」

葉開道：「關東刀馬？……莫非這刀和馬之間，本來就有些關係？」

馬空群道：「不但有關係，而且關係極深。」

葉開道：「噢！」

馬空群道：「二十年前，武林中只知有神刀堂，不知有萬馬堂。」

葉開道：「但二十年後，武林中卻已只知有萬馬堂，不知有神刀堂。」

馬空群臉上笑容已消失不見，又沉默了很久，才長長嘆息了一聲，一字字緩緩道：「那只因神刀堂的人，已在十九年前死得乾乾淨淨！」

他臉色雖然還是很平靜，但臉上每一條皺紋裡，彷彿都隱藏著一種深沉的殺機，令人不寒而慄。

無論誰只要看了他一眼，都絕不敢再看第二眼。

但葉開卻還是盯著他，追問道：「卻不知神刀堂的人，又是如何死的？」

馬空群道：「死在刀下！」

樂樂山突又一拍桌子，喃喃說道：「善泳者溺於水，神刀手死在別人的刀下，古人說的話，果然有道理，有道理……酒呢？」

馬空群凝視著自己那隻被人一刀削去四指的手，等他說完了，才一字字接著道：「神刀堂的每個人，都是萬馬堂的兄弟，每個人都被人一刀砍斷了頭顱，死在冰天雪地裡，這一筆血債，十九年來萬馬堂中的弟兄未曾有一日忘卻！」

他霍然抬起頭，目光刀一般逼視著葉開，沉聲道：「閣下如今總該明白，爲何一定要刀斷刀了吧？」

葉開並沒有迴避他的目光，神色還是很坦然，沉吟著，又問道：「十九年來，堂主難道還沒有查出真兇是誰？」

馬空群道：「沒有。」

葉開道：「堂主這隻手……」

馬空群道：「也是被那同樣的一柄刀削斷的。」

葉開道：「堂主認出了那柄刀，卻認不出那人的面目？」

馬空群道：「刀無法用黑巾蒙住臉。」

葉開又笑了，道：「不錯，刀若以黑巾蒙住，就無法殺人了。」

傅紅雪目光還是凝視著自己手裡的刀，突然冷冷道：「刀若在鞘中呢？」

葉開道：「刀在鞘中，當然也無法殺人。」

傅紅雪道：「刀在鞘中，是不是怕人認出來？」

葉開道：「我不知道……我只知道這一件事。」

傅紅雪在聽著。

葉開笑了笑，道：「我知道我若跟十九年前那血案有一點牽連，就絕不會帶刀入萬馬堂來。」

他微笑著，接著道：「除非我是個白癡，否則我寧可帶槍帶劍，也絕不會帶刀的。」

傅紅雪慢慢的轉過頭，目光終於從刀上移向葉開的臉，眼睛裡帶著種很奇怪的表情。

這是他第一次看人看得這麼久——說不定也是最鄭重的一次！

慕容明珠目中已有了酒意，突然大聲道：「幸虧這已是十九年前的舊案，無論是帶刀來也好，帶劍來也好，都已無妨。」

花滿天冷冷道：「那倒未必。」

慕容明珠道：「在座的人，除了樂大先生外，十九年前，只不過是個孩子，哪有殺人的本事呢？」

花滿天忽然改變話題，問道：「不知閣下是否已成了親？」

慕容明珠顯然還猜不透他問這句話的用意，只好點了點頭。

花滿天道：「有沒有兒女？」

慕容明珠道：「一兒一女。」

花滿天道：「閣下若是和人有仇，等閣下老邁無力時，誰會去替閣下復仇？」

慕容明珠道：「當然是我的兒子。」

花滿天笑了笑，不再問下去。

他已不必再問下去。

慕容明珠怔了半晌，勉強笑道：「閣下難道懷疑我們其中有人是那些兇手的後代？」

花滿天拒絕回答這句話——拒絕回答通常也是種回答。

慕容明珠漲紅了臉，道：「如此說來，堂主今日請我們來，莫非還有什麼特別的用意？」

馬空群的回答很乾脆：「有！」

慕容明珠道：「請教！」

馬空群緩緩道：「既有人家，必有雞犬，各位一路前來，可曾聽到雞啼犬吠之聲？」

慕容明珠道：「沒有。」

馬空群道：「各位可知道這是爲了什麼？」

慕容明珠道：「也許這地方沒有人養雞養狗。」

馬空群道：「邊城馬場之中，怎麼會沒有牧犬和獵狗？」

慕容明珠道：「有？」

馬空群道：「單只花場主一人，就養了十八條來自藏邊的猛犬。」

慕容明珠用眼角瞧著花滿天，冷冷道：「也許花場主養的狗都不會叫——咬人的狗本就不叫的。」

花滿天沉著臉道：「世上絕沒有不叫的狗。」

花滿天道：「死狗？」

樂樂山忽又抬起頭，笑了笑道：「只有一種狗是絕不叫的。」

樂樂山大笑，道：「不錯，死狗，只有死狗才不叫，也只有死人才不說話……」

花滿天皺了皺眉，道：「喝醉了的人呢？」

樂樂山笑道：「喝醉了的人不但話特別多，而且還專門說討厭話。」

花滿天冷冷道：「這倒也是真話。」

樂樂山又大笑，道：「真話豈非本就總是令人討厭的……酒，酒呢？」

他笑聲突然中斷，人已又倒在桌上。

花滿天皺著眉，滿臉俱是厭惡之色。

雲在天忽然搶著道：「萬馬堂中，本有公犬二十一條，母犬十七條，共計三十八條；飼雞三百九十三隻，平均每日產卵三百枚，每日食用肉雞約四十隻，還不在此數。」

此時此刻，他居然好像帳房裡的管事一樣，報起流水帳來了。

葉開微笑道：「卻不知公雞有幾隻？母雞有幾隻？若是陰盛陽衰，相差太多，場主就該讓公雞多多進補才是，也免得影響母雞下蛋。」

雲在天也笑了笑，道：「閣下果然是個好心人，只可惜現在已用不著了。」

葉開道：「爲什麼？」

雲在天忽然也沉下了臉，一字字道：「此間的三十八條猛犬，三百九十三隻雞，都已在一夜之間，死得乾乾淨淨。」

葉開皺了皺眉，道：「是怎麼死的？」

雲在天臉色更沉重，道：「被人一刀砍斷了脖子，身首異處而死。」

慕容明珠突又笑道：「場主若是想找出那殺雞屠狗的兇手，我倒有條線索。」

雲在天道：「哦？」

慕容明珠道：「那兇手想必是個廚子，若叫我一口氣連殺這麼多隻雞，我倒還沒有那樣的本事。」

雲在天沉著臉，道：「不是廚子。」

慕容明珠忍住笑道：「怎見得？」

雲在天沉聲道：「此人一口氣殺死了四百多頭雞犬，竟沒有人聽到絲毫動靜，這是多麼快的刀法！」

葉開點了點頭，大聲道：「端的是一把快刀！」

雲在天道：「像這麼快的刀，莫說殺雞屠狗，要殺人豈非也方便得很。」

葉開微笑道：「那就得看他要殺的人是誰了。」

雲在天目光卻已盯在傅紅雪身上，道：「你閣下這柄刀，不知是否能夠一口氣砍斷四百多頭雞犬的頭顱？」

傅紅雪臉上還是全無表情，冷冷道：「殺雞屠狗，不必用這柄刀。」

雲在天忽然一拍手，道：「這就對了。」

葉開道：「什麼事對了？」

雲在天道：「身懷如此刀法，如此利器的人，又怎會在黑夜之間，特地來殺雞屠狗？」

葉開笑道：「這人若不是有毛病，想必就是閒得太無聊。」

雲在天目光閃動，道：「各位難道還看不出，他這樣做的用意何在？」

葉開道：「看不出。」

雲在天道：「各位就算看不出，但有句話想必也該聽說過的。」

慕容明珠接著問道：「什麼話？」

雲在天目中似乎突然露出一絲恐懼之色，一字字緩緩道：「雞犬不留！」

慕容明珠聳然動容，失聲道：「雞犬不留？……為什麼要雞犬不留？」

雲在天冷冷道：「若不趕盡殺絕，又怎麼能永絕後患？」

慕容明珠道：「為什麼要趕盡殺絕？難道……難道十九年前殺盡神刀門下的那批兇手，今日又到萬馬堂來了？」

雲在天道：「想必就是他們。」

他雖然在勉強控制自己，但臉色也已發青，說完了這句話，立刻舉杯一飲而盡，才慢慢的接著道：「除了他們之外，絕不會有別人！」

慕容明珠道：「怎見得？」

雲在天道：「若不是他們，爲何要先殺雞犬，再來殺人？這豈非打草驚蛇？」

慕容明珠道：「他們又爲何要這樣做？」

雲在天緊握雙拳，額上也已沁出汗珠，咬著牙道：「只因他們不願叫我們死得太快，死得太容易！」

夜色中隱隱傳來馬嘶，更襯得萬馬堂中靜寂如死。

秋風悲號，天地間似也充滿了陰森肅殺之意。

邊城的秋夜，本就時常令人從心裡一直冷到腳跟。

傅紅雪還是一直凝視著手裡的刀，葉開卻在觀察著每個人。

公孫斷不知何時，又開始不停的一大口，一大口喝著酒。

花滿天已站起來，背負著雙手，在萬馬奔騰的壁畫下踱來踱去，腳步沉重得就像是抱著條幾百斤重的鐵鏈子。

飛天蜘蛛臉色發白，仰著臉，看著屋頂出神，也不知想著什麼？

慕容明珠剛喝下去的酒，就似已化爲冷汗流出——這件十九年前的舊案，若是真的和他完全無關，他爲什麼要如此恐懼？

馬空群雖然還是不動聲色，還是端端正正，筆筆直直的坐在那裡，就彷彿還是完全置身事外。

可是他的一雙手，卻已赫然按入了桌面，竟已嵌在桌面裡。

「一醉解千愁，還是醉了的人好。」

但樂樂山是真的醉了麼？

葉開嘴角露出了微笑，他忽然發覺，唯一真正沒有改變的人，就是他自己。

燭淚已殘，風從屏風外吹進來，吹得滿堂燭火不停的閃動，照著每個人的臉陣青陣白陣紅，看來就好像每個人心裡都不懷好意。

過了很久，慕容明珠才勉強笑了笑，道：「我還有件事不懂。」

雲在天道：「哦？」

慕容明珠道：「他們已殺盡了神刀堂的人，本該是你們找他們復仇才對，他們爲什麼反而會先找上門來了？」

雲在天沉聲道：「神刀、萬馬，本出一門，患難同當，恩仇相共。」

慕容明珠道：「你的意思是說，他們和萬馬堂也有仇？」

雲在天道：「而且必定是不解之仇！」

慕容明珠道：「那麼他們又為何等到十九年後，才來找你們？」

雲在天目光似乎在眺望著遠方，緩緩道：「十九年前的那一戰，他們雖然將神刀門下斬盡殺絕，但自己的傷損也很重。」

慕容明珠道：「你是說，那時他們已無力再來找你們？」

雲在天冷冷道：「萬馬堂崛起關東，迄今已三十年，還沒有人敢輕犯萬馬堂中的一草一木。」

慕容明珠道：「就算那時他們要休養生息，也不必要等十九年。」

雲在天目光忽然刀一般盯在他臉上，一字字道：「那也許只因為他們本身已傷殘老弱，所以要等到下一代成長後，才敢來復仇！」

慕容明珠聳然動容道：「閣下難道真的對我們有懷疑之意？」

雲在天沉聲道：「十九年前的血債猶新，今日的新仇又生，萬馬堂上上下下數百弟兄，性命都已繫於這一戰，在下等是不是要份外小心？」

慕容明珠亢聲道：「但我們只不過是昨夜才剛到這裡的……」

葉開忽又笑了笑，道：「就因為我們是昨夜剛到的陌生人，所以嫌疑才最重。」

慕容明珠道：「為什麼？」

葉開道：「因為這件事也是昨夜才發生的。」

慕容明珠道：「難道我們一到這裡，就已動手，難道就不可能已來了七八天的人？」

葉開緩緩道：「十九年的舊恨，本就連片刻都等不得，又何況七八天？」

慕容明珠擦了擦額上的汗珠，喃喃道：「這道理不通，簡直不通。」

葉開笑道：「通也好，不通也好，我們總該感激才是。」

慕容明珠道：「感激？」

葉開舉起金杯，微笑道：「若不是我們的嫌疑最重，今日又怎能嚐到萬馬堂窖藏多年的美酒！」

樂樂山突又一拍桌子，大笑道：「好，說得好，一個人只要能凡事想開些，做人就愉快得多了……酒，酒呢……」

這次他總算摸著了酒杯，立刻仰起脖子一飲而盡。

慕容明珠冷冷道：「這酒閣下居然還能喝得下去，倒也不容易。」

樂樂山瞪眼道：「只要我沒做虧心事，管他將我當做殺雞的兇手也好，殺狗的兇手也好，都跟我一點關係也沒有，這酒我爲什麼喝不下去？……酒呢？還有酒沒有？」

酒來的時候，他的人卻又已倒在桌上，一瞬間又已鼾聲大作。

花滿天用眼角瞅著他，像是恨不得一把將這人從座上揪起來，擲出門外去。

對別的人，別的事，花滿天都很能忍耐，很沉得住氣。

否則他又怎會在風沙中站上一夜？

但只要一看見樂樂山，他火氣好像立刻就來了，冷漠的臉上也忍不住要露出憎惡之色。葉開覺得很有趣。

無論什麼事，只要有一點點特別的地方，他都絕不會錯過的，而且一定會覺得很有趣。

他在觀察別人的時候，馬空群也正在觀察著他，顯然也覺得他很有趣。

也不知是有意？還是無意？兩人目光突然相遇，就宛如刀鋒相接，兩個人的眼睛裡，都似已迸出了火花。

馬空群勉強笑了笑，彷彿要說什麼。

但這時慕容明珠突又冷笑道：「現在我總算完全明白了。」

雲在天道：「明白了什麼？」

慕容明珠道：「三老闆想必認爲我們這五個人中，有一人是特地來尋仇報復的，今日將我們找到這裡來，爲的就是要找出這人是誰！」

馬空群淡淡道：「能找得出麼？」

慕容明珠道：「找不出，這人臉上既沒有掛著招牌，若要他自己承認，只怕也困難得很！」

馬空群微笑道：「既然找不出，在下又何必多此一舉？」

葉開立刻也笑道：「多此一舉的事，三老闆想必是不會做的。」

馬空群道：「還是葉兄明見。」

慕容明珠搶著道：「今夜這一會，用意究竟何在？三老闆是否還有何吩咐？抑或真的只不過是請我們大吃大喝一頓的？」

詞鋒咄咄逼人，這一呼百喏的貴公子，三杯酒下肚，就似已完全忘記了剛才的解劍之恥。富貴人家的子弟，豈非本就大多是胸無城府的人？

但這一點葉開好像也覺得很有趣，好像也在慕容明珠身上，發現了一些特別之處了。

馬空群沉吟著，忽然長身而起，笑道：「今夜已夜深，回城路途遙遠，在下已爲各位準備了客房，但請委曲一宵，有話明天再說也不遲。」

葉開立刻打了個呵欠，道：「不錯，有話明天再說也不遲。」

飛天蜘蛛笑道：「葉兄倒真是個很隨和的人。只可惜世上並不是人人都像葉兄這樣隨和的。」

馬空群目光炯炯，道：「閣下呢？」

飛天蜘蛛嘆了口氣，苦笑道：「像我這樣的人，想不隨和也不行。」

慕容明珠眼睛盯著桌上的八柄劍，道：「何況這裡至少總比鎮上的客棧舒服多了。」

馬空群道：「傅公子……」

傅紅雪淡淡道：「只要能容我這柄刀留下，我的人也可留下。」

樂樂山忽然大聲道：「不行，我不能留下。」

花滿天立刻沉下了臉，道：「爲什麼不能留下？」

樂樂山道：「那小子若是半夜裡來，殺錯了人，一刀砍下我的腦袋來，我死得豈非冤枉？」

花滿天變色道：「閣下是不是一定要走？」

樂樂山醉眼乜斜，突又笑了笑，道：「但這裡明天若還有好酒可喝，我就算真的被人砍下了腦袋，也認命了。」

每個人都站了起來，沒有人堅持要走。

每個人都已感覺到，這一夜雖然不能很平靜度過，但還是比走的好。

一個人黃夜走在這荒原上，豈非任何事都可能發生的？

只有公孫斷，卻還是大馬金刀坐在那裡，一大口，一大口的喝著酒……

風沙已輕了，日色卻更遙遠。

萬籟無聲，只有草原上偶而隨風傳來的一兩聲馬嘶，聽來卻有幾分像是異鄉孤鬼的夜啼。

一盞天燈，孤零零的懸掛在天末，也襯得這一片荒原更淒涼蕭索。

邊城的夜月，異鄉的遊子，本就是同樣寂寞的。

五　邊城之夜

挑著燈在前面帶路的，是雲在天。

傅紅雪拖著沉重的腳步，慢慢的跟在最後——有些人好像永遠都不願讓別人留在他背後。

葉開卻故意放慢了腳步，走在他身旁。

傅紅雪沉重的腳步走在砂石上，就彷彿是刀鋒在刮著骨頭一樣。

葉開忽然笑道：「我實在想不到你居然也肯留下來。」

傅紅雪道：「哦？」

葉開道：「馬空群今夜請我們來，也許就是爲了要看看，有沒有人不肯留下來。」

傅紅雪道：「你不是馬空群。」

葉開笑道：「我若是他，也會同樣做的，無論誰若想將別人的滿門斬盡殺絕，只怕都不願再留在那人家裡的。」

他想了想，又補充著道：「縱然肯留下來，也必定會有些和別人不同的舉動，甚至說不定還會做出些很特別的事。」

傅紅雪道：「若是你，你也會做？」

葉開笑了笑，忽然轉變話題，道：「你知不知道他心裡最懷疑的人是誰？」

傅紅雪道：「是誰？」

葉開道：「就是我跟你。」

傅紅雪突然停下腳步，凝視著葉開，一字字道：「究竟是不是你？」

葉開也停下腳步，轉身看著他，緩緩道：「這句話本是我想問你的，究竟是不是你？」

兩人靜靜的站在夜色中，你看著我，我看著你，忽然同時笑了。

葉開笑道：「這好像是我第一次看到你笑。」

傅紅雪道：「說不定也是最後一次！」

花滿天忽然出現在黑暗中，眼睛裡發著光，看著他們，微笑道：「兩位爲什麼如此發笑？」

葉開道：「爲了一樣並不好笑的事。」

傅紅雪道：「一點也不好笑。」

公孫斷還在一大口，一大口的喝著酒。

馬空群看著他喝，過了很久，才嘆息了一聲，道：「我知道你是想喝得大醉，但喝醉了並不能解決任何事。」

公孫斷突然用力一拍桌子，大聲道：「不醉又如何？還不是一樣要受別人的鳥氣！」

馬空群道：「那不是受氣，那是忍耐，無論誰有時都必須忍耐些的。」

公孫斷的手掌又握緊，杯中酒又慢慢溢出，他盯著又已被他捏扁了的金杯，冷笑道：「忍耐，三十年來我跟你出生入死，身經大小一百七十戰，流的血已足夠淹得死人，現在你卻叫我忍耐——卻叫我受一個小跛子的鳥氣，」

馬空群神色還是很平靜，嘆息著道：「我知道你受的委曲，我也……」

公孫斷突然大聲打斷了他的話，道：「你不必說了，我也明白你的意思，現在你已有了身家，有了兒女，做事已不能像以前那樣魯莽。」

他又一拍桌子，冷笑著道：「我只不過是萬馬堂中的一個小伙計，就算爲三老闆受些氣，也是天經地義的事。」

馬空群凝視著他，目中並沒有激惱之色，卻帶著些傷感。

過了很久，他才緩緩道：「誰是老闆？誰是伙計？這天下本是我們並肩打出來的，就算親生的骨肉也沒有我們親密。這地方所有的一切，你都有一半，你無論要什麼，隨時都可拿走——就算你要我的女兒，我也可以立刻給你。」

他話聲雖平淡，但其中所蘊藏的那種情感，卻足以令鐵石人流淚。

公孫斷垂下頭，熱淚已忍不住要奪眶而出。

幸好這時花滿天和雲在天已回來了。

在他們面前，馬空群的態度更沉靜，沉聲道：「他們是不是全都留了下來？」

雲在天道：「是。」

馬空群目中的傷感之色也已消失，變得冷靜而尖銳，沉吟著道：「樂樂山、慕容明珠，和那飛賊留下來，我都不意外。」

雲在天道：「你認爲他們三個人沒有嫌疑？」

馬空群道：「只是嫌疑輕些。」

花滿天道：「那倒未必。」

馬空群道：「未必？」

花滿天道：「慕容明珠並不是個簡單的人，他那種樣子是裝出來的，以他的身分，受了那麼多鳥氣之後，絕不可能還有臉指手劃腳、胡說八道。」

馬空群點了點頭，道：「我也看出他此行必有圖謀，但目的卻絕不在萬馬堂。」

花滿天道：「樂樂山呢？這假名士無論走到哪裡，都喜歡以前輩自居，爲什麼要不遠千里，辛辛苦苦的趕到這邊荒之地來？」

馬空群道：「也許他是在逃避仇家的追蹤。」

花滿天冷笑道：「武當派人多勢眾，一向只有別人躲著他們，他們幾時躲過別人？」

馬空群忽又嘆息了一聲，道：「二十三年前，武當山下的那一劍之辱，你至今還未忘卻？」

花滿天臉色變了變，道：「我忘不了。」

馬空群道：「但傷你的武當劍客回雲子，豈非已死在你劍下？」

花滿天恨恨地道：「只可惜武當門下還沒有死盡死絕。」

馬空群凝視著他，嘆道：「你頭腦冷靜，目光敏銳，遇事之機變更無人能及，只可惜心胸太窄了些，將來只怕就要吃虧在這一點上。」

花滿天垂下頭，不說話了，但胸膛起伏，顯見得心情還是很不平靜。

雲在天立刻改變話題，道：「這五人之中，看起來雖然是傅紅雪的嫌疑最重，但正如葉開所說，他若真的是……尋仇來的，又何必帶刀來萬馬堂？」

馬空群目中帶著深思之色，道：「葉開呢？」

雲在天沉吟著，道：「此人武功彷彿極高，城府更是深不可測，若真的是他……倒是個很可怕的對手。」

公孫斷突又冷笑，道：「你們算來算去，算出來是誰沒有？」

雲在天道：「沒有。」

公孫斷道：「既然算不出，爲何不將這五人全都做了，豈非落得個乾淨！」

馬空群道：「若是殺錯了呢？」

公孫斷道：「殺錯了，還可以再殺！」

馬空群道：「殺到何時為止？」

公孫斷握緊雙拳，額上青筋一根根暴起。

突聽一個孩子的聲音在外面呼喚道：「四叔，我睡不著，你來講故事給我聽好不好？」

公孫斷嘆了口氣，就好像忽然變了個人，全身肌肉都已鬆弛，慢慢的站起來，慢慢的走了出去。

馬空群看著他巨大的背影，那眼色也像是在看著他所疼愛的孩子一樣。

這時外面傳來更鼓，已是二更。

馬空群緩緩道：「按理說，他們既然留宿在這裡，就不會有什麼舉動，但我們卻還是不可大意的。」

雲在天道：「是。」

他接著又道：「傳話下去，將夜間輪值的弟兄增為八班，從現在開始，每半個時辰交錯巡邏三次，只要看見可疑的人，就立刻鳴鑼示警。」

馬空群點了點頭，忽然顯得很疲倦，站起來走到門外，望著已被黑暗籠罩的大草原，意興似更蕭索。

雲在天跟著走出來，嘆息著道：「但願這一夜平靜無事，能讓你好好休息一天——明天要應付的事只怕還要艱苦得多。」

馬空群拍了拍他的肩，仰面長嘆，道：「經過這一戰之後，我們都應該好好的休息休息了……」

一陣風吹過，天燈忽然熄滅，只剩下半輪冷月高懸。

雲在天仰首而望，目光充滿了憂愁和恐懼。

萬馬堂豈非也如這天燈一樣，雖然掛得很高，照得很遠，但又有誰知道它會在什麼時候突然熄滅？

夜更深。

月色朦朧，萬馬無聲。

在這邊城外的荒漠中，淒涼的月夜裡，又有幾人能入睡？

葉開睜大了眼睛，看著窗外的夜色。

他沒有笑。

他那永遠掛在嘴角的微笑，只要在無人時，就會消失不見。

他也沒有睡。

萬馬堂雖無聲，但他的思潮，卻似千軍萬馬般奔騰起伏，只可惜誰也不知道他在想著什麼？

他輕撫著自己的手，右手的拇指和食指間，就像是砂石般粗糙堅硬，掌心也已磨出了硬塊。

那是多年握刀留下的痕跡。

但他的刀呢？

他從不帶刀。

是不是因爲他的刀已藏在心裡？

傅紅雪手裡還是緊緊握著他的刀。

他也沒有睡。

甚至連靴子都沒有脫下來。

淒涼的月色，照著他蒼白冷硬的臉，照著他手裡漆黑的刀鞘。

這柄刀他有沒有拔出來過？

三更，四更……

突然間，靜夜中傳出一陣急遽的鳴鑼聲。

萬馬堂後，立刻箭一般竄出四條人影，掠向西邊的馬場。

風中彷彿帶著種令人作嘔的血腥氣。

葉開屋子裡的燈首先亮了起來，又過了半晌，他才大步奔出。

慕容明珠和飛天蜘蛛也同時推開了門。

樂大先生的門，還是關著的，門裡不時有他的鼾聲傳出。

傅紅雪的門裡卻連一點聲音也沒有。

慕容明珠道：「剛才是不是有人在鳴鑼示警？」

葉開點點頭。

慕容明珠道：「你知不知道是什麼事？」

葉開搖搖頭。

就在這時，兩條人影箭一般竄過來，一個人手裡劍光如飛花，另一人的身形輕靈如飛鶴。

花滿天目光掠過門外站著的三個人，身形不停，撲向樂樂山門外，頓住。他也已聽到門裡的鼾聲。

雲在天身形凌空一翻，落在傅紅雪門外，伸手一推，門竟開了。

傅紅雪赫然就站在門口，手裡緊握著刀，一雙眼睛亮得怕人。

雲在天竟不由自主後退了兩步，鐵青著臉，道：「各位剛才都沒有離開過這裡？」

沒有人回答。

這問題根本就不必提出來問。

花滿天沉聲道：「有誰聽見了什麼動靜？」

也沒有。

慕容明珠皺了皺眉，像是想說什麼，還未說出口，就已彎下腰嘔吐起來。

風中的血腥氣已傳到這裡。

然後，萬馬悲嘶，連天畔的冷月都似也爲之失色！

「天皇皇，地皇皇。

眼流血，月無光。

萬馬悲嘶人斷腸……」

有誰知道天地間最悲慘，最可怕的聲音是什麼？

那絕不是巫峽的猿啼，也不是荒墳裡的鬼哭，而是夜半荒原上的萬馬悲嘶！

沒有人能形容那種聲音，甚至沒有人聽見過。

若不是突然間天降凶禍，若不是人間突然發生了慘禍，萬馬又怎會突然同時在夜半悲嘶？

就算是鐵石心腸的人，聽到了這種聲音，也難免要爲之毛骨悚然，魂飛魄散。

西邊的一排馬房，養著的是千中選一，萬金難求的種馬。

鮮血還在不停的從馬房中滲出來，血腥氣濃得令人作嘔。

馬空群沒有嘔。

他木立在血泊中，他已失魂落魄。

公孫斷環抱著馬房前的一株孤樹，抱得很緊，但全身還是不停的發抖。

樹也隨著他抖，抖得滿樹秋葉一片片落下來，落在血泊中。

血濃得足以令一樹落葉浮起。

葉開來的時候，用不著再問，已看出了這裡發生了什麼事。

只要有眼睛的人，都能看得出來。

只要有人心的人，都絕不忍來看。

世上幾乎沒有一種動物比馬的線條更美，比馬更有生命力。

那勻稱的骨架，生動的活力，本身就已是完美的象徵。

又有誰能忍心一刀砍下牠的頭顱來？

那簡直已比殺人更殘忍！

葉開嘆息了一聲，轉回身子，正看到慕容明珠又開始在遠處不停的嘔吐。

飛天蜘蛛也是面如死灰，滿頭冷汗。

傅紅雪遠遠的站在黑夜裡，黑夜籠罩著他的臉，但他手裡的刀鞘卻仍在月下閃閃的發著光。

公孫斷看到了這柄刀，突然衝過來，大喝道：「拔你的刀出來。」

傅紅雪淡淡道：「現在不是拔刀的時候。」

公孫斷厲聲道：「現在正是拔刀的時候，我要看看你刀上是不是有血？」

傅紅雪道：「這柄刀也不是給人看的。」

公孫斷道：「要怎麼你才肯拔刀？」

傅紅雪道：「我拔刀只有一種理由。」

公孫斷道：「什麼理由？殺人？」

傅紅雪道：「那還得看殺的是什麼人，我一向只殺三種人。」

公孫斷道：「哪三種？」

傅紅雪道：「仇人、小人……」

公孫斷道：「還有一種是什麼人？」

傅紅雪冷冷的看著他，冷冷道：「就是你這種定要逼我拔刀的人。」

公孫斷仰天而笑，狂笑道：「好，說得好，我就是要等著聽你說這句話……」

他的手已按上彎刀的銀柄，笑聲未絕，手掌已握緊！

傅紅雪的眸子更亮，似也已在等著這一刹那。

拔刀的一刹那！

但就在這刹那間，夜色深沉的大草原上，突又傳來一陣淒涼的歌聲：

「天皇皇，地皇皇，地出血，月無光。」

「月黑風高殺人夜，萬馬悲嘶人斷腸。」

歌聲縹緲，彷彿很遙遠，但每個字卻都能聽得清清楚楚。

公孫斷臉色又已變了，忽然振臂而起，大喝道：「追！」

他身形一掠，黑暗中已有數十根火把長龍般燃起，四面八方的捲了出來。

雲在天雙臂一振，「八步趕蟬追雲式」，人如輕煙，三五個起落，已遠在二十丈外。

葉開嘆了口氣，喃喃道：「果然不愧是雲中飛鶴，果然是好輕功。」

他像是在自言自語，又像是在跟傅紅雪說話，但等他轉過頭來時，一直站在那邊的傅紅雪，竟已赫然不見了。

血泊已漸漸凝結，不再流動。

火光也漸漸去遠了。

葉開一個人站在馬房前——天地間就似只剩下他一個人。

馬空群、花滿天、傅紅雪、慕容明珠……這些人好像忽然間就已消失在黑暗裡。

葉開沉思著，嘴角又漸漸露出一絲微笑，喃喃道：「有趣有趣，這些人好像沒有一個不有趣的……」

草原上火把閃動，天上的星卻已疏落。

葉開在黑暗中倘佯著，東逛逛，西走走，漫無目的，看樣子這草原上絕沒有一個比他更悠閒的人。

天燈又已亮起。

他背負起雙手，往天燈下慢慢的逛過去。

突然間，馬蹄急響，鑾鈴輕振，一匹馬飛雲般自黑暗中衝出來。

馬上人明眸如秋水，瞟了他一眼，突然一聲輕喝，怒馬已人立而起，硬生生停在他身旁。

好俊的馬，好俊的騎術。

葉開微笑著，道：「姑奶奶居然還沒有摔死，難得難得。」

馬芳鈴眼睛銅鈴般瞪著他，冷笑道：「你這陰魂不散，怎麼還沒有走？」

葉開笑道：「還未見著馬大小姐的芳容，又怎捨得走？」

馬芳鈴怒叱道：「好個油嘴滑舌的下流胚，看我不打死你。」

她長鞭又揮起，靈蛇般向葉開抽了過來。

葉開笑道：「下流胚都打不死的。」

這句話還沒說完，他的人忽然已上了馬背，緊貼在馬芳鈴身後。

馬芳鈴一個肘拳向後擊出，怒道：「你想幹什麼？」

她肘拳擊出，手臂就已被捉住。

葉開輕輕道：「月黑風高，我已找不出回去的路，就煩大小姐載我一程如何？」

馬芳鈴咬著牙，恨恨道：「你最好去死。」

她又一個肘拳擊出，另一條手臂也被捉住，竟連動都沒法子動了。

只覺得一陣陣男人的呼吸，吹在她脖子上，吹著她的髮根。

她想縮起脖子，想用力往後撞，但也不知爲了什麼，全身竟偏偏連一點力氣都使不出來。

座下的胭脂奴，想必也是匹雌馬，忽然也變得溫柔起來，踩著細碎的腳步，慢慢的往前走。

草原上一片空闊，遠處一點點火光閃動，就彷彿是海上的漁火。

秋風迎面吹過來，也似已變得很溫柔，溫柔得彷彿春風。

她忽然覺得很熱，咬著嘴唇，恨恨道：「你……你究竟放不放開我的手？」

葉開道：「不放。」

馬芳鈴道：「你這下流胚，你這無賴，你再不下去，我就要叫了。」

她本想痛罵他一頓的，但她的聲音連自己聽了，都覺得很溫柔。

這又是爲了什麼？

葉開笑道：「你不會叫的，何況，你就算叫，也沒有人聽得見。」

馬芳鈴道：「你……你……你想幹什麼？」

葉開道：「什麼都不想。」

他的呼吸也彷彿春風般溫柔，慢慢的接著道：「你看，月光這麼淡，夜色這麼淒涼，一個常在天涯流浪的人，忽然遇著了你這麼樣一個女孩子，又還能再想什麼？」

馬芳鈴的呼吸忽然急促起來，想說話，又怕聲音顫抖。

葉開忽又道：「你的心在跳。」

馬芳鈴用力咬著嘴唇，道：「心不跳，豈非是個死人了？」

葉開道：「但你的心卻跳得特別快。」

馬芳鈴道：「我……」

葉開道：「其實你用不著說出來，我也明白你的心意。」

馬芳鈴道：「哦？」

葉開道：「你若不喜歡我，剛才就不會勒馬停下，現在也不會讓這匹馬慢慢的走。」

馬芳鈴道：「我……我應該怎麼樣？」

葉開道：「你只要打一聲呼哨，這匹馬就會把我摔下去。」

馬芳鈴忽然一笑，道：「多謝你提醒了我。」

她一聲呼哨，馬果然輕嘶著，人立而起。

葉開果然從馬背上摔了下去。

她自己也摔了下去，恰巧跌在葉開懷裡。

只聽轡鈴聲響，這匹馬已放開四蹄，跑走了。

葉開嘆了口氣，喃喃道：「只可惜我還忘記提醒你一件事，我若摔下來，你也會摔下來的。」

馬芳鈴咬著牙，恨恨道：「你真是下流胚，真是個大無賴……」

葉開道：「但卻是個很可愛的無賴，是不是？」

馬芳鈴道：「而且很不要臉。」

話未說完，她自己忽也「噗哧」一聲笑了，臉卻也燒得飛紅。

如此空闊的大草原，如此淒涼的月色，如此寂寞的秋夜……

你卻叫一個情竇初開的少女，怎麼能硬得起心腸來，推開一個她並不討厭的男人？

一個又壞，又特別的男人。

馬芳鈴忽然輕輕嘆息了一聲，道：「你這樣的人，我真沒看見過。」

葉開道：「我這樣的男子本來不多。」

馬芳鈴道：「你對別的女人，也像對我這樣子的嗎？」

葉開道：「我若看見每個女人都像這樣子，頭早已被人打扁了。」

馬芳鈴又咬起嘴唇，道：「你以爲我不會打扁你的頭？」

葉開道：「你不會的。」

馬芳鈴道：「你放開我的手，看我打不打扁你？」

葉開的手已經放開了。

她扭轉身，揚起手，一巴掌摑了下去。

她的手揚得很高，但落下去時卻很輕。

葉開也沒有閃避，只是靜靜的坐在地上，靜靜的凝視著她。

她的眸子在黑暗中亮如明星。

風在吹，月光更遠。

她慢慢的垂下頭，道：「我……我叫馬芳鈴。」

葉開道：「我知道。」

馬芳鈴道：「你知道？」

葉開道：「我已向你那蕭大叔打聽過你！」

馬芳鈴紅著臉一笑，嫣然道：「我也打聽過你，你叫葉開。」

葉開盯著她的眼睛，緩緩道：「我也知道你一定打聽過我。」

馬芳鈴的頭垂得更低，忽然站起來，瞰望著西沉的月色，輕輕道：「我……我該回去了。」

葉開沒有動，也沒有再拉住她。

馬芳鈴轉過身，想走，又停下，道：「你準備什麼時候走？」

葉開仰天躺了下去，過了很久，才緩緩道：「我不走，我等你。」

馬芳鈴道：「等我？」

葉開道：「無論我要待多久，你那蕭大叔都絕不會趕我走的。」

馬芳鈴回眸一笑，人已如燕子般掠了出去。

蒼穹已由暗灰漸漸變爲淡青。冷月已漸漸消失在曙色裡。

葉開還是靜靜的躺著，彷彿正在等著旭日自東方升起。

他知道不會等得太久的。

六　誰是埋刀人

旭日東升。

昨夜的血腥氣，已被晨風吹散。

晨風中充滿了乾草的芳香，萬馬堂的旗幟已又在風中招展。

葉開嘴裡嚼著根乾草，走向迎風招展的大旗。

他看來還是那麼悠閒，那麼懶散，陽光照著他身上的沙土，粒粒閃耀如黃金。

巨大的拱門下，站著兩個人，似乎久已在那裡等著他。

他看出了其中一個是雲在天，另一人看見了他，就轉身奔入了萬馬堂。

葉開走過去，微笑著招呼道：「早。」

雲在天的臉色卻很陰沉，只淡淡回了聲：「早。」

葉開道：「三老闆已歇下了麼？」

雲在天道：「沒有，他正在大堂中等你，大家全都在等你。」

大家果然全都已到了萬馬堂，每個人的臉色都很凝重。

每個人面前都擺份粥菜，但卻沒有一個人動筷子的。

樂樂山卻還是伏在桌上，似仍宿酒未醒。

葉開走進來，又微笑著招呼：「各位早。」

沒有人回應，但每個人卻都在看著他，眼色彷彿都很奇特。

只有傅紅雪仍然垂著眼，凝視著自己握刀的手、手裡的刀。

桌上有一份粥菜的位子是空著的。

葉開坐下來，拿起筷子，喝了一口粥，吃一口蛋。粥仍是溫的，他喝了一碗，又添一碗。

等他吃完了，放下筷子，馬空群才緩緩道：「現在已不早了。」

葉開道：「嗯，不早了。」

馬空群道：「昨晚四更後，每個人都在房裡，閣下呢？」

葉開道：「我不在。」

馬空群道：「閣下在哪裡？」

葉開笑了笑，道：「我睡不著，所以到處逛了逛，不知不覺間天已亮了。」

馬空群道：「有誰能證明？」

葉開笑道：「爲什麼要人證明？」

馬空群目光如刀，一字字道：「因爲有人要追回十三條命！」

葉開皺了皺眉，道：「十三條命？」

馬空群慢慢的點了點頭，道：「十三刀，十三條命，好快的刀！」
葉開道：「莫非昨夜四更後，竟有十三個人死在刀下？」
馬空群面帶悲憤，道：「不錯，十三個人，被人一刀砍斷了頭顱。」
葉開嘆了口氣，道：「犬馬無辜，這人的手段也未免太辣了。」
馬空群盯著他的眼睛，厲聲道：「閣下莫非不知道這件事？」
葉開的回答很簡單：「不知道。」
馬空群忽然一揚手，葉開這才看出他面前本來擺著一柄刀。
雪亮的刀，刀鋒薄而銳利。
馬空群凝視著刀鋒，道：「這柄刀如何？」
葉開道：「好刀！」
馬空群道：「若非好刀，又怎能連斬十三個人的首級？」
他忽又抬起頭，盯著葉開，厲聲道：「這柄刀閣下難道也未曾見過？」
葉開道：「沒有。」
馬空群道：「閣下可知道這柄刀在什麼地方找著的？」
葉開道：「不知道。」
馬空群道：「就在殺人處的地下。」
葉開道：「地下？」

馬空群道：「他殺了人後，就將刀埋在地下，只可惜埋得太匆忙，所以才會被人發現了。」

葉開道：「好好的一柄刀，爲什麼要埋到地下？」

馬空群突然冷笑著，一字字道：「這也許只因爲他是個從不帶刀的人！」

葉開怔了半晌，忽然笑了，搖著頭道：「堂主莫非認爲這是我的刀？」

馬空群冷冷道：「你若是我，你會怎麼想？」

葉開道：「我不是你。」

馬空群道：「昨夜四更後，樂大先生、慕容公子、傅公子，還有這位飛天蜘蛛，全都睡在自己屋裡，都有人證明。」

葉開道：「所以那十三個人，絕不會是他們下手殺的。」

馬空群目光炯炯，厲聲道：「但閣下呢？昨夜四更後在哪裡？有誰能證明？」

葉開嘆了口氣，道：「沒有。」

馬空群突然不再問下去了，目中卻已現出殺機。

只聽一陣沉重的腳步聲響，花滿天、雲在天已走到葉開身後。

雲在天冷冷道：「葉兄請。」

葉開道：「請我幹什麼？」

雲在天道：「請出去。」

葉開又嘆了口氣，喃喃道：「我在這裡坐得蠻舒服的，偏偏又要我出去。」

他嘆息著，慢慢的站起來。

雲在天立刻爲他拉開了椅子。

馬空群突又道：「這柄刀既是你的，你可以帶走，接住！」

他的手一揚，刀已飛出，劃了道圓弧，直飛到葉開面前。

葉開沒有接。

刀光擦過他的衣袖，「奪」的一聲，釘在桌上，入木七寸。

葉開嘆息著，喃喃道：「果然是柄好刀，只可惜不是我的。」

葉開終於走了出去。

花滿天、雲在天，就像是兩條影子，緊緊的跟在他身後。

每個人都知道，他這一走出去，只怕就永遠回不來了。

每個人都在看著他，目光中都像是帶著些悲悼惋惜之色，但卻沒有一個人站起來說話的。

就連傅紅雪都沒有。

他神色還是很冷淡，很平靜，甚至還彷彿帶著種輕蔑的譏誚之意。

馬空群目光四掃，沉聲道：「對這件事，各位是否有什麼話說？」

傅紅雪突然道：「只有一句話。」

馬空群道：「請說。」

傅紅雪道：「堂主若是殺錯了人呢？」

馬空群的臉沉了下來，冷冷道：「殺錯了，還可以再殺！」

傅紅雪慢慢的點了點頭，道：「我明白了。」

馬空群道：「閣下還有什麼話說？」

傅紅雪道：「沒有了。」

馬空群慢慢的舉起筷子，道：「請，請用粥。」

陽光燦爛，照著迎風招展的大旗。

葉開走到陽光下，仰起面，長長的吸了口氣，微笑著道：「今天真是好天氣。」

雲在天冷冷道：「是好天氣。」

葉開道：「在這麼好的天氣裡，只怕沒有人會想死的。」

雲在天道：「只可惜無論天氣是好是壞，每天都有人死的。」

葉開嘆道：「不錯，的確可惜。」

花滿天忽然道：「昨夜四更後，閣下究竟在什麼地方？」

葉開淡淡道：「在一個沒有人的地方。」

花滿天也長長嘆了口氣，道：「可惜，可惜，的確可惜。」

葉開眨眨眼，道：「什麼事可惜？」

花滿天道：「閣下年紀還輕，就這樣死了，豈非可惜得很。」

葉開笑了，道：「誰說我要死了？我連一點都不想死。」

花滿天沉下了臉，道：「我也不想你死，只可惜有樣東西不答應。」

葉開道：「什麼東西？」

花滿天的手突然垂下，在腰畔一掌寬的皮帶上輕輕一拍。

「嗆」的一聲，一柄百煉精鋼打成的軟劍已出鞘，迎風抖得筆直。

葉開脫口讚道：「好劍！」

花滿天道：「比起那柄刀如何？」

葉開道：「那就得看刀在什麼人手裡。」

花滿天道：「若在閣下的手裡？」

葉開笑了笑，道：「我手裡從來沒有刀，也用不著刀。」

花滿天道：「用不著？」

葉開微笑道：「我殺人喜歡用手，因爲我很欣賞那種用手捏碎別人骨頭的聲音。」

花滿天臉色變了變，道：「劍尖刺入別人肉裡的聲音你聽見過沒有？」

葉開道：「沒有。」

花滿天冷冷道：「那種聲音也蠻不錯的！」

葉開笑道：「什麼時候你能讓我聽聽？」

花滿天道：「你立刻就會聽到。」

他長劍一揮，劍尖斜斜挑起，迎著朝陽閃閃生光。

雲在天身形遊走，已繞到葉開身後。

突聽一個孩子的聲音道：「三姨，你看，他們又要在這裡殺人了，我們看看好不好？」

一個溫柔的女子聲音道：「傻孩子，殺人有什麼好看的。」

孩子道：「很好看，至少總比殺豬好看得多。」

花滿天皺了皺眉，劍尖又垂下。

葉開忍不住回頭瞧了一眼，就看見了一個白衣婦人，牽著個穿紅衣的孩子，正從屋角後走出來。

這婦人長身玉立，滿頭秀髮漆黑，一張瓜子臉卻雪白如玉。

她並不是那種令人一見銷魂的美女，但一舉一動間都充滿了一種成熟的婦人神韻。

無論什麼樣的男人，只要看見她立刻就會知道，你不但可以在她身上得到安慰和滿足，也可以得到了解和同情。

她牽著的孩子滿身紅衣，頭上一根沖天杵小辮子，也用條紅綢帶繫住，身子長得雖然特別瘦小，但眼睛卻特別大，一雙烏溜溜的眼珠子，不停的轉來轉去，顯得又活潑、又機伶。

葉開當然也對他們笑了笑。

看到女人和孩子時，他的笑容永遠都是親切而動人的。

孩子看見了他，卻像是怔了怔，突然跳起來，大聲道：「我認得這個人。」

婦人皺了皺眉：「別胡說，快跟我回去。」

孩子卻掙脫了她的手，跳著跑過來，用手劃著臉笑著道：「醜醜醜，抱著我姐姐不放手，你說你自己醜不醜？……」

花滿天沉著臉道：「小虎子，胡說八道些什麼？」

孩子眼珠子轉動，道：「我沒有胡說八道，我說的是真話，昨天晚上，我明明看見他跟我姐姐抱在一起，叫他放手都不行。」

花滿天動容道：「昨天晚上什麼時候？」

孩子道：「就在快天亮的時候。」

花滿天臉色變了。

雲在天厲聲道：「這事是不是你親眼看見的？千萬不可胡說！」

孩子道：「當然是我親眼看見的。」

雲在天道：「怎麼會看得見？」

孩子道：「昨天晚上敲過鑼之後，姐姐就要出來看看，我也要跟她出來，她不肯，我就趁她一個不留神，藏到她馬肚子下。」

雲在天道：「然後呢？」

孩子道：「姐姐還不知道，騎著馬剛走了沒多久，就看見了這個人，然後他們就……」

他話未說完，已被那婦人拉走，嘴裡卻還在大叫大嚷，道：「我說的是真話，我親眼看見的麼，我爲什麼不能說？」

花滿天、雲在天面面相覷，臉上是一片死灰，哪裡還能開口。

葉開臉上的表情卻很奇特，心裡又不知在想著些什麼。

突聽一人沉聲道：「你跟我來。」

馬空群不知何時已走了出來，臉色鐵青的向葉開招了招手，大步走出了院子。

葉開只有跟著他走了出去。

這時外面的大草原上，正響起了一片牧歌。

「天蒼蒼，野茫茫

風吹草低見牛羊。」

沒有牛羊，只有馬。

馬群在陽光下奔馳，天地間充滿了生命的活力。

馬空群身子筆挺，端坐在雕鞍上，鞭馬狂馳，似要將胸中的憤怒，在速度中發洩。

幸虧葉開座下的也是匹好馬，總算能勉強跟住了他。

遠山一片青綠，看來並不高，也不太遠。

但他們這樣策馬狂奔，還是奔馳了一個多時辰，才到山坡下。

馬空群翻身下馬，片刻不停，直奔上山。

葉開也只好跟著。

山坡上一座大墳，墳上草色已蒼，幾棵白楊，伶仃的站在西風裡。

墳頭矗立著一塊九尺高的青石碑。

碑上幾個擘窠大字是：「神刀堂烈士之墓」。

旁邊還有幾個人的名字：「白天羽夫妻、白天勇夫妻，合葬於此。」

馬空群直奔到石碑前，才停下腳步，汗氣已濕透重衣。

山上的風更冷。

他在石碑前跪了下來，良久良久，才站起來，轉過身，臉上的皺紋更深了，每一條皺紋裡，都不知埋藏著多少淒涼慘痛的往事。

也不知埋藏了多少悲傷，多少仇恨！

葉開靜靜的站在西風裡，心裡也只覺涼颼颼的，說不出是什麼滋味。

馬空群凝視著他，忽然道：「你看見了什麼？」

葉開道：「一座墳。」

馬空群道：「你知道這是誰的墳？」

葉開道：「白天羽，白天勇……」

馬空群道：「你知道他們是誰？」

葉開搖搖頭。

馬空群神色更悲傷，黯然道：「他們都是我的兄長，就好像我嫡親的手足一樣。」

葉開點點頭，現在才明白爲什麼別人都稱他爲三老闆。

馬空群又問道：「你可知道我爲什麼要將他們合葬在這裡？」

葉開又搖搖頭。

馬空群咬著牙，握緊雙拳道：「只因我找著他們的時候，他們的血肉已被草原上的餓狼吮光，只剩下了一堆白骨，無論誰都已無法分辨。」

葉開的雙手也不由自主緊緊握起，掌心似也沁出了冷汗。

山坡前一片大草原，接連著碧天。

風吹長草，正如海洋中的波浪。

馬空群轉過身，遙遠著遠方，過了很久，才緩緩道：「現在你看見的是什麼？」

葉開道：「草原、大地。」

馬空群道：「看不看得見這塊地的邊？」

葉開道：「看不見。」

馬空群道：「這一塊看不見邊際的大地，就是我的！」

他神色忽然激動，大聲接著道：「大地上所有的生命，所有的財產，也全都屬於我！我的根已長在這塊地裡。」

葉開聽著，他只有聽著。

他實在不能了解這個人，也不能了解他說這些話的意思。

又過了很久，馬空群的激動才漸漸平息，長嘆道：「無論誰要擁有這一片大地，都不是件容易事。」

葉開忍不住嘆道：「的確不容易。」

馬空群道：「你知不知道，這一切我是怎麼樣得來的？」

葉開道：「不知道。」

馬空群突然撕開了衣襟，露出鋼鐵般的胸膛，道：「你再看看這是什麼？」

葉開看著他的胸膛，呼吸都似已停頓。

他從未看過一個人的胸膛上，有如此多刀傷，如此多劍痕！

馬空群神情突又激動，眼睛裡發著光，大聲道：「這就是我付出的代價，這一切都是用我的血，我的汗，還有我無數兄弟的性命換來的！」

葉開嘆道：「我明白。」

馬空群厲聲道：「所以無論什麼人，都休想將這一切從我手裡搶走——無論什麼人都不行！」

葉開道：「我明白。」

馬空群喘息著，這身經百戰的老人，胸膛雖仍如鋼鐵般堅強，但他的體力，卻已顯然比不上少年。

這豈非正是老去的英雄同有的悲哀。

直等他喘息平復時，他才轉過身，拍了拍葉開的肩，聲音也變得很和藹，緩緩道：「我知道你是個很有志氣的少年，寧死也不願損害別人的名譽，像你這樣的少年，世上已不多。」

葉開道：「我做的只不過是我自覺應該做的事，算不了什麼。」

馬空群道：「你做的不錯，我很想要你做我的朋友，甚至做我的女婿……」

他的臉突又沉下，眼睛裡又射出刀一般凌厲的光芒，盯著葉開，一字一字緩緩的道：「可是你最好還是趕快走。」

葉開道：「走？」

馬空群道：「不錯，走，快走，愈快愈好。」

葉開道：「爲什麼要走？」

馬空群沉著臉，道：「因爲這裡的麻煩太多，無論誰在這裡，都難免要被沾上血腥。」

葉開淡淡一笑道：「我不怕麻煩也不怕血腥。」

馬空群厲聲道：「但這地方你本就不該來的，你應該回去。」

葉開道：「回到哪裡去？」

馬空群道：「回到你的家鄉，那裡才是你安身立命的地方。」

葉開也慢慢的轉身面向草原，過了很久，才緩緩道：「你可知道我的家鄉在哪裡？」

馬空群搖搖頭，道：「無論你的家鄉多麼遙遠，無論你要多少盤纏，我都可以給你。」

葉開忽又笑了笑，道：「那倒不必，我的家鄉並不遠。」

馬空群道：「不遠？在哪裡？」

葉開眺望著天畔的一朵白雲，一字字道：「我的家鄉就在這裡。」

馬空群怔住。

葉開轉回身，凝視著他，臉上帶著種很奇特的表情，沉聲道：「我生在這裡，長在這裡，你還要叫我到哪裡去？」

馬空群胸膛起伏，緊握雙拳，喉嚨裡「格格」作響，卻連一個字也說不出來。

葉開淡淡道：「我早已說過，只做我自己應該做的事，而且從不怕麻煩，也不怕血腥。」

馬空群厲聲道：「所以你一定要留在這裡？」

葉開的回答很簡單，也很乾脆。

他的回答只有一個字：「是！」

西風捲起了木葉，白楊伶仃的顫抖。

一片烏雲捲來，掩住了日色，天已黯了下來。

馬空群的腰雖仍挺得筆直，但胃卻在收縮，就好像有一隻看不見的手，在他的胸與胃之間壓迫著，壓得他幾乎忍不住要嘔吐。

他只覺得滿嘴酸水，又酸又苦。

葉開已走了。

他知道，可是並沒有攔阻，甚至連看都沒有回頭去看一眼。

既不能攔阻，又何必看？

若是換了五年前，他絕不會讓這少年走的。

若是換了五年前，他現在也許已將這少年埋葬在這山坡上。

從來也沒有人拒絕過他的要求，他說出的話，從來也沒有人敢違抗。

可是現在已有了。

剛才他們面對著面時，他本有機會一拳擊碎這少年的鼻樑。

他第一拳出手的速度，快得簡直就像是雷電下擊，若是換了五年前，他自信可以將任何一個站在他面前的人擊倒！

無論誰只要鼻樑擊碎，頭就會發暈，眼睛就會被自己鼻子裡標出來的血封住，就很難再有閃避還擊的機會。

這就叫一拳封門！

這一拳他本極有把握，而且幾乎從未失手過。

但這一次他竟未出手！

多年來，他的肌肉雖仍緊緊結實，甚至連脖子上都沒有生出一點多餘的脂肪肥肉，無論是坐著，還是站著，身子仍如標槍般筆挺。

多年來，他外表幾乎看不出有任何改變。

但一個人內部的衰老，本就是任何人都無法看出來的。

有時甚至連自己都看不出。

這並不是說他的胃已漸漸受不了太烈的酒，也不是說他對女人的需要，已漸漸不如以前那麼強烈。

真正的改變，是在他心裡。

他忽然發現自己的顧忌已愈來愈多，無論對什麼事，都已不如以前那麼有把握。

甚至在床上，擁著他最愛的女人時，他也都已不像以前那樣能控制自如；最近這幾次，他已懷疑自己是否能真的令對方滿足。

這是不是正象徵著他已漸漸老了？

一個人只有在自己心裡有了衰老的感覺時，才會真的衰老。

五年……也許只要三年……

三年前無論誰敢拒絕他的要求，都絕對休想從他面前站著走開！

但就算他願以所有的財富和權勢去交換，也換不回這三年歲月來了。

剩下的還有多少個三年呢？

他不願去想，也不敢去想——現在他只想能靜靜的躺下來。

他忽然覺得很疲倦。

天色更黯，似將有雷雨。

馬空群當然看得出，多年的經驗，已使他看天氣的變化，就如同他看人心的變化一樣準。

但他卻懶得站起來，懶得回去。

他靜靜的躺在石碑前，看著石碑上刻著的那幾行字：「白天羽夫妻，白天勇夫妻……」

他們本是他的兄弟，他們的確死得很慘。

但他卻不能替他們復仇！

爲什麼呢？

這秘密除了他自己和死去的人之外，知道的人並不多。

這秘密已在他心裡隱藏了十九年，就像是一根刺扎在他心裡，他只要一想起，心裡就會痛。

他並沒有聽到馬蹄聲，但卻感覺到有人已走上了山坡。

這個人的腳步並不輕，但步子卻跨得很大，又大又快。

他知道是公孫斷來了。

只有公孫斷，是唯一能跟他共享所有秘密的人。

他信任公孫斷，就好像孩子信任母親一樣。

腳步聲就像是說話的聲音，每個人都有他不同的特質。

所以瞎子往往只要聽到一個人的腳步聲，就能聽得出來是什麼人。

公孫斷的腳步聲正如他的人，巨大、猛烈、急躁，一開始就很難中途停下。

他一口氣奔上山，看到馬空群才停下來，一停下來立刻問道：「人呢？」

馬空群道：「走了。」

公孫斷道：「你就這樣讓他走？」

馬空群嘆息了一聲，道：「也許你說得不錯，我已老了，已有些怕事。」

公孫斷道：「怕事？」

馬空群苦笑道：「怕事的意思，就是不願再惹不必要的麻煩。」

公孫斷道：「你認爲不是他？」

馬空群道：「無論如何，至少昨夜的事並不是他做的，有人能替他證明。」

公孫斷道：「他爲什麼不肯說出來？」

馬空群道：「也許只因他還年輕，太年輕……」

說到「年輕」這兩個字，他嘴裡似又湧出了苦水。又苦又酸。

公孫斷垂下頭，看到了石碑上的名字，雙拳又漸漸握緊，目中的神色也變得奇怪，也不知是悲憤，是恐懼，還是仇恨。

過了很久，他才慢慢的沉聲道：「你能確定白老大真有個兒子？」

馬空群道：「嗯。」

公孫斷道：「你怎知這次是他的孤兒來復仇？」

馬空群閉上眼睛，一字字道：「這樣的仇恨，本就是非報不可的。」

公孫斷的手握得更緊，哽聲道：「但我們做的事那麼秘密，除了死人外，又怎會有別人知道？」

馬空群長長嘆息著，道：「無論什麼樣的秘密，遲早總有人知道的——若要人不知，除非己莫爲，這句話你千萬不能不信。」

公孫斷凝視著石碑上的刻字，目中的恐懼之色彷彿更深，咬著牙道：「這孤兒若長大了，年紀正好跟葉開差不多。」

馬空群道：「跟傅紅雪也差不多。」

公孫斷霍然轉身，俯視著他，道：「你認爲誰的嫌疑較大？」

馬空群沉吟著，道：「照現在的情況看來，好像是傅紅雪。」

公孫斷道：「爲什麼？」

馬空群道：「這少年看來彷彿是個很冷靜，很能忍耐的人，其實卻比誰都激動。」

公孫斷冷笑道：「但他卻寧可從欄下狗一般鑽進來，也不願殺一個人。」

馬空群道：「這只因那個人根本不值得他殺，也不是他要殺的！」

公孫斷的臉色有些變了。

馬空群緩緩道：「一個天性剛烈激動的人，突然變得委曲求全，只有一種原因。」

公孫斷道：「什麼原因？」

馬空群道：「仇恨！」

公孫斷身子一震，道：「仇恨？」

馬空群道：「他若有了非報復不可的仇恨，才會勉強控制住自己，才會委曲求全，忍辱負重，只因爲他一心一意只想復仇！」

他張開眼，目中似已有些恐懼之色，沉聲道：「你可聽人說過句踐復仇的故事？就因爲他心裡的仇恨太深，所以別人不能忍受的事，他才全都能忍受。」

公孫斷握緊雙拳，嗄聲道：「既然如此，你爲什麼不讓我殺了他？」

馬空群目光遙視著陰暗的蒼穹，久久都沒有說話。

公孫斷厲聲道：「現在我們已有十三條命犧牲了，你難道還怕殺錯了人？」

馬空群道：「你錯了。」

公孫斷道：「你認爲他還有同黨？」

馬空群道：「這種事，本就不是一個人的力量能做的！」

公孫斷道：「但白家豈非早已死盡死絕？」

馬空群的人突然彈簧般跳了起來，厲聲道：「若已死盡死絕，這孤兒是哪裡來的？若非還有人在暗中相助，一個小孩又怎能活到現在？那人若不是個極厲害的角色，又怎會發現是我們下的手？又怎能避開我們的追蹤搜捕？」

公孫斷垂下頭，說不出話了。

馬空群的拳也已握緊，一字字道：「所以我們這一次若要出手，就得有把握將他們的人一網打盡，絕不能再留下後患！」

公孫斷咬著牙，道：「但我們這樣等下去，要等到幾時？」

馬空群道：「無論等多久，都得等！」

公孫斷道：「現在我們已送了十三條命，若是再等下去……」

馬空群冷冷道：「只要是別人的命，再送三百條又何妨？」

公孫斷道：「你不怕他先下手爲強？」

馬空群冷笑道：「你放心，他也絕不會很快就對我們下手的！」

公孫斷道：「爲什麼？」

馬空群道：「因爲他一定不會讓我們死得太快，太過容易！」

公孫斷臉色鐵青，巨大的手掌又已按上刀柄！

馬空群冷冷地道：「最重要的一點，就是他現在一定還沒有抓住真實的證據，能證明是我們下的手，所以……」

公孫斷道：「所以怎麼樣？」

馬空群道：「所以他才要使我們恐懼，無論誰在恐懼時，都最容易做錯事，只有在我們做的事發生錯誤時，他才有機會抓住我們的把柄！」

公孫斷咬著牙道：「所以現在我們什麼事也不能做？」

馬空群點點頭，沉聲道：「所以我們現在只有等下去，等他先錯！」

他神情又漸漸冷靜，一字字慢慢的接著道：「只有等，是永遠不會錯的！」

等的確永不會錯。

一個人只要能忍耐，能等，遲早總會等得到機會的！

但你若要等，往往也得付出代價，那代價往往也很可怕。

公孫斷用力握住了刀柄，突然拔刀，一刀砍在石碑上，火星四濺。

就在這時，陰暗的蒼穹中，也突有一道霹靂擊下！

銀刀在閃電中頓時失去了它的光芒。

一粒粒比黃豆還大的雨點，落在石碑上，沿著銀刀砍裂的缺口流下，就好像石碑也在流淚一樣。

七　烏雲滿天

窗子是關著的，屋裡暗得很。

雨點打在屋頂上，打在窗戶上，就是戰鼓雷鳴，萬馬奔騰。

葉開斜坐著，伸長了兩條腿，看著他那雙破舊的靴子，長長嘆了口氣，喃喃道：「好大的雨。」

蕭別離小心翼翼的翻開了最後一張骨牌，凝視了很久，才回過頭微笑道：「這地方平時很少下雨。」

葉開沉思著，道：「也許就因爲平時很少下雨，所以一下就特別大。」

蕭別離點點頭，傾聽著窗外的雨聲，忽也長長嘆了口氣，道：「這場雨下得實在不是時候。」

葉開道：「爲什麼？」

蕭別離道：「今天本是她們每月一次，到鎮上來採購針線、花粉的日子。」

葉開道：「她們？她們是誰？」

蕭別離目中帶著笑意，道：「她們之中，總有一個是你很想見到的。」

事。」

葉開明白了，卻還是問道：「你怎麼知道我很想見到她？」

蕭別離微笑道：「我看得出來。」

葉開道：「怎麼看法？」

蕭別離輕撫著桌上的骨牌，緩緩道：「也許你不信，但我的確總是能從這上面看出很多

葉開道：「你還看出了什麼？」

蕭別離凝視著骨牌，臉色漸漸沉重，目中也露出了陰鬱之色，緩緩道：「我還看到了一片烏雲，籠罩在萬馬堂上，烏雲裡有把刀，正在滴著血……」

他忽然抬頭，盯著葉開，沉聲道：「昨夜萬馬堂裡是不是發生了一些兇殺不祥的事？」

葉開似已怔住，過了很久，才勉強笑道：「你應該改行去替人算命的。」

蕭別離長長嘆息，道：「只可惜我總是只能看到別人的災禍，卻看不出別人的好運。」

葉開道：「你……你有沒有替我看過？」

蕭別離道：「你要聽實話？」

葉開道：「當然。」

蕭別離的目光忽然變得很空洞，彷彿在凝視著遠方說道：「你頭上也有朵烏雲，顯見得你也有很多煩惱。」

葉開笑了，道：「我像是個有煩惱的人？」

蕭別離道：「這些煩惱也許不是你的，但你這人一生下來，就像是已經有很多別人的麻煩糾纏著你，你甩也甩不掉。」

葉開笑得似已有些勉強，勉強笑道：「烏雲裡是不是也有把刀？」

蕭別離道：「就算有刀也無妨。」

葉開道：「爲什麼？」

蕭別離道：「因爲你命裡有很多貴人，所以無論遇著什麼事，都能逢凶化吉。」

葉開道：「貴人？」

蕭別離道：「貴人的意思，就是喜歡你，而且能幫助你的人，譬如說……」

葉開道：「譬如說你？」

蕭別離笑了，搖著頭說道：「你命中的貴人，大多是女人，譬如說翠濃！」

他看著葉開襟上的珠花，微笑道：「她昨夜就一直在等著你，你爲什麼不去找她？」

葉開也笑了，道：「床頭金盡，壯士無顏，既然遲早要被趕出來，又何必去？」

蕭別離道：「你錯了。」

葉開道：「哦？」

蕭別離道：「這地方的女人，也未必人人都是拜金的。」

葉開道：「我倒寧願她們如此。」

蕭別離道：「爲什麼？」

葉開道：「這樣子反而無牽無掛，也不會有煩惱。」

蕭別離道：「你的意思是不是說，有情的人就有煩惱？」

葉開道：「對了。」

蕭別離微笑道：「你卻又錯了，一個人若是完全沒有煩惱，活著也未必有趣。」

葉開笑道：「我還是寧可坐在這裡，除非這裡白天不招待客人。」

蕭別離道：「你是例外，隨便你什麼時候來，隨便你要坐到什麼時候都行，但是我……」

他忽又嘆息了一聲，苦笑道：「我已老了，精神已不濟，到了要睡覺的時候，整個人都像是要癱了下去。」

葉開道：「你還沒有睡。」

蕭別離笑得彷彿有些傷感，悠悠道：「老人總是捨不得多睡的，因爲他自知剩下的時候已不多了，何況我又是個夜貓子。」

他拿起椅旁的拐杖，挾在肋下，慢慢的站起來，忽又笑道：「中午時說不定雨就會停的，你說不定就會看到她了。」

蕭別離已上了小樓。

他站起來，葉開才發現他長衫的下襬裡空蕩蕩的。兩條腿已都齊膝被砍斷。

這雙腿是怎會被砍斷的？為了什麼？

無論誰都可看得出，他若非是個很不平凡的人，又怎會到這邊荒小城中來，做這種並不光采的生意？

他是不是想借此來隱藏自己的過去？是不是真有種神秘的力量，能預知別人的災禍？

葉開沉思著，看到桌上的骨牌，就忍不住走了過去，伸手摸了摸。忽又發覺這骨牌並不是骨頭，而是純鋼打成的。

只聽一陣陣乾澀的咳嗽聲，隱隱從小樓上傳下來。

葉開嘆了口氣，只覺得他實在是個很神秘的人，說出的每句話，彷彿都有某種很神秘的含義，做出的每件事，也彷彿都有某種很神秘的目的。

就連他住的這小樓上，都很可能隱藏著一些沒有人知道的秘密。

葉開看著那狹而斜的樓梯，忽又笑了。

他覺得這地方實在很有趣。

正午。

雨果然停了，葉開穿過滿是泥濘的街道，走向斜對面的雜貨舖。

雜貨舖的老闆，是個很樂觀的中年人，圓圓的臉，無論看到誰都是笑瞇瞇的。

別人要少付幾文錢，多抓兩把豆子，他也總是笑瞇瞇的說：「好吧，馬馬虎虎算了，反正都是街坊鄰居嘛。」

他姓李，所以別人都叫他李馬虎。

葉開認得李馬虎，卻忘了看看這雜貨舖是不是有針線、花粉賣。

正午的時候，也正是大家都在吃飯的時候，所以這時候雜貨舖裡總是少有人會來光顧。

李馬虎又和平時一樣，伏在櫃台上打瞌睡。

葉開不願驚動他，正在四下打量著，突聽一陣車轔馬嘶，一輛大馬車急馳過長街。

車身漆黑如鏡，拉車的八匹馬也都是訓練有素的良駒。

葉開認得這輛車正是昨天來接他去萬馬堂的，現在這輛車上坐的是什麼人呢？

他正想趕出去看看，身後已有人帶著笑道：「這想必是萬馬堂的姑奶奶和大小姐又出來買貨了，卻不知今天她們要不要雞蛋。」

葉開笑道：「她們又不是廚房裡的採買，要雞蛋幹什麼？」

他轉過身，就發現李馬虎不知何時已醒了，正笑瞇瞇的看著他，道：「這你就不懂了，女人用雞蛋清洗臉，愈洗愈年輕的。」

葉開笑道：「你媳婦是不是每天也用雞蛋洗臉？」

李馬虎撇著嘴，冷笑著道：「她呀，她每天就算用三百斤雞蛋洗臉，還是一臉的橘子皮——而且是風乾了的橘子皮。」

他忽又瞇起眼一笑，壓低聲音道：「但萬馬堂的那兩位，卻真是水仙花一樣的美人兒，大爺你若是有福氣能……」

突聽一個孩子的聲音在門外大聲道：「李馬虎，你在亂嚼什麼舌頭？」

李馬虎朝門外看了一眼，臉色立刻變了，陪笑道：「沒什麼，我正在想給小少爺你做個糖葫蘆。」

一個孩子手叉著腰，站在門外，瞪著雙烏溜溜的眼睛，身上的衣服比糖葫蘆還紅。

他年紀雖小，派頭卻不小，李馬虎一看見他，臉就嚇得發白。

但他一看見葉開也在店裡，臉也嚇白了，轉過身就想溜。

葉開立刻追出去，一把揪住了他的小辮子，笑道：「莫說你是小虎子，就算你是個小狐狸，也一樣溜不掉的。」

小虎子好像有點發急，大聲道：「我又不認得你，你找我幹什麼？」

葉開道：「早上你不是還認得我的？現在怎麼忽然又不認得了？」

小虎子臉漲得通紅，又想叫。

葉開道：「你乖乖的聽話一點，要多少糖葫蘆我都買給你，否則我就去告訴你爹爹和你四叔，說你早上在說謊。」

小虎子更急，紅著臉，道：「我……說了什麼謊？」

葉開壓低聲音，道：「昨天晚上你早已睡著了，根本就沒有出來，也沒有躲在你姐姐的馬肚子下面，對不對？」

小虎子眼珠子直轉，吃吃笑道：「那只不過是我想幫你的忙。」

葉開道：「是誰教你那麼說的？」

小虎子道：「沒有人，是我自己……」

葉開沉下了臉，道：「你不告訴我，我只好把你押回去，交給你爹爹了。」

小虎子臉又嚇得發白，這孩子只要一聽到他爹爹，立刻就老實了，垂下頭道：「好，告訴你就告訴你，是我三姨教我說的。」

葉開吃了一驚，道：「你三姨？是不是早上把你拉去的那個人？」

小虎子點點頭。

葉開皺起眉，道：「她怎麼知道昨天夜裡我跟你姐姐在一起？」

小虎子嘟起嘴，道：「我怎麼知道？你爲什麼不問她去？」

葉開只好放開手，這孩子立刻一溜煙似的遠遠逃走了。逃到街對面，才回過頭來，做了個鬼臉，笑嘻嘻道：「你可以去問她，但卻不能像抱我姐姐那樣抱著她，否則我爹爹會吃醋的。」

話未說完，他的人已溜進了街角的一家綢緞莊。

葉開皺著眉，沉思著。

這件事顯然又出了他意料之外。

那「三姨」是誰，怎麼會知道他昨夜的行動？爲什麼要替他解圍？

他想不通，剛抬起頭，就看到這位三姨正從對面的綢緞莊裡走出來。

她打扮得還是很素淨，一身白衣如雪，既不沾脂粉，也沒有裝飾，但卻自有一種動人的風韻，令人不飲自醉。

葉開看著她的時候，她一雙秋水如神的明眸，也正向葉開瞟了過來，也不知是有意，還是無意，還彷彿向葉開嫣然一笑。

沒有人能形容這一笑。

葉開竟似也有些癡了，過了半晌，才發現她身邊還有雙眼睛在盯著他。

這雙眼睛本來是明朗的，但現在卻籠著一層霧，一層紗。

是不是因爲她昨夜沒有睡好？還是因爲她剛哭過？

葉開的心又跳了起來，跳得很快。

馬芳鈴脈脈的看著他，偷偷的向他使了個眼色。

葉開立刻點點頭。

馬芳鈴這才垂下脖子，偷偷的一笑，一朵紅雲已飛到臉上。

他們用不著說話。

他的感情，只要一個眼色，她就已了解；她的意思，也只要一個眼色，他就已知道。

他們又何必說話？

小樓上靜寂無聲，桌上散亂的骨牌，卻已不知被誰收拾了起來。

窗子開著，屋裡還是很暗。

葉開又坐到原來那張椅子上，靜靜的等著。

他明白馬芳鈴的意思，卻實在不明白那「三姨」的意思。

馬空群的妻子已去世，像他這樣的男人，身側當然不會缺少女人。

也只有她這樣的女人，才配得上他這樣的男人。

葉開已猜出她的身分，卻更不明白她的意思了。

尤其是那一笑。

葉開嘆了口氣，不願再想下去……再想下去，就有點對不起馬芳鈴了。

可是那一笑，卻又令人難以忘記。

她們現在在做什麼？是不是在那雜貨舖裡買雞蛋？

女人用雞蛋清洗臉，是不是會真的愈洗愈年輕？

葉開集中注意力，努力要自己去想一些不相干的事，但想來想去，還是離不開她們兩個人。

幸好就在這時，門已輕輕的被推開了。

來的當然是馬芳鈴。

葉開正準備站起來，心就已沉了下去。來的不是馬芳鈴，是雲在天——葉開暗中嘆了口氣，知道今天已很難再見到馬芳鈴了。

雲在天看到他在這裡，顯然也覺得很意外，但既已進來了，又怎能再出去？

葉開忽然笑了笑，道：「閣下是不是來找翠濃姑娘的？是不是想問她，爲什麼要將這朵珠花送給別人呢？」

雲在天乾咳了兩聲，一句話也沒說，找了張椅子坐下。

葉開笑道：「男人找女人，是件天經地義的事，閣下爲什麼不進去？」

雲在天神色已漸漸恢復鎭定，沉聲道：「我是來找人，卻不是來找她！」

葉開道：「找誰？」

雲在天道：「傅紅雪。」

葉開道：「找他幹什麼？」

雲在天沉著臉，拒絕回答。

葉開道：「他豈非還留在萬馬堂？」

雲在天道：「不在了。」

葉開道：「什麼時候走的？」

雲在天道：「早上！」

葉開皺了皺眉頭，道：「他既然早上就走了，我爲什麼沒有看到他回鎮上來？」

雲在天也皺了皺眉，道：「別的人呢？」

葉開道：「別的人也沒有回來，這裡根本沒什麼地方可去，他們若回來了，我一定會看見的。」

雲在天臉色有些變了，抬起頭，朝那小樓上看了一眼。

葉開目光閃動，道：「蕭老闆在樓上，閣下是不是想去問問他？」

雲在天遲疑著，霍然長身而起，推門走了出去。

這時正有十來輛騾子拉的大板車，從鎮外慢慢的走上長街。

板車上裝著的，赫然竟是棺材，每輛車上都裝著四口嶄新的棺材。

一個臉色發白的駝子穿著套嶄新的青布衣裳，騎著頭黑驢，走在馬車旁，看他的臉色，好像他終年都是躺在棺材裡的，看不見陽光。

無論誰看見這麼多棺材運到鎮上，都難免會吃一驚的。

雲在天也不例外，忍不住問道：「這些棺材是送到哪裡去的？」

駝子上上下下打量了他兩眼，忽然笑道：「看這位大爺的裝束打扮，莫非是萬馬堂裡的人？」

雲在天道：「正是。」

駝子道：「這些棺材，也正是要送到萬馬堂的。」

雲在天變色道：「是誰叫你送來的？」

駝子陪笑道：「當然是付過錢的人，他一共訂了一百口棺材，小店裡正在日夜加工……」

雲在天不等他說完，已一個箭步竄過去，將他從馬背上拖下，厲聲道：「那是個什麼樣的人？」

駝子的臉嚇得更無絲毫血色，吃吃道：「是……是個女人。」

雲在天怔了怔，道：「是個什麼樣的女人？」

駝子道：「是個老太婆。」

雲在天又怔了怔，道：「你們是從哪裡來的，這老太婆的人在哪裡？」

駝子道：「她也跟著我們來了，就在……就在第一輛車上的棺材裡躺著。」

雲在天冷笑道：「在棺材裡躺著，莫非是個死人？」

駝子道：「還沒有死，是剛才躺進去躲雨的，後來想必是睡著了。」

第一輛車上，果然有口棺材的蓋子是虛蓋著的，還留下條縫透氣。

雲在天冷笑著，放開了駝子，一步步走過去，突然閃電般出手，揭起了棺蓋……

棺材裡果然有個人，但卻並不是女人，也不是個活人！

棺材裡躺著的是個死人，死了的男人。

這人滿身黑衣勁裝，一臉青碜碜的鬚渣子，嘴角的血痕已凝結，臉已扭曲變形，除此之外，身上並沒有別的傷痕，顯然是被人以內力震傷內腑而死。

葉開高高的站在石階上，恰巧看到了他的臉，忍不住失聲而呼：「飛天蜘蛛！」

他當然不會看錯，這屍體赫然正是飛天蜘蛛。

飛天蜘蛛已死在這裡，傅紅雪、樂樂山、慕容明珠呢？

他們本是同時離開萬馬堂的，飛天蜘蛛的屍體又怎會在這棺材裡出現？

雲在天慢慢的轉過身，盯著那駝子，一字字道：「這人不是老太婆！」

駝子全身發抖，勉強的點了點頭，道：「不……不是。」

雲在天道：「你說的老太婆呢？」

駝子搖了搖頭，道：「不知道。」

第二輛車的車夫忽然嘶聲道：「我也不知道，我本來是走在前面的。」

雲在天道：「你怎會走在前面？」

車夫道：「這輛車本來就是最後一輛，後來我們發現走錯了路，原地轉回，最後一輛才變成最前面一輛。」

雲在天冷笑道：「無論怎麼變，老太婆也不會變成死男人的，你說這是怎麼回事？」

駝子拚命搖頭，道：「小人真的不知道。」

雲在天厲聲道：「你不知道誰知道？」

他身形一閃，突然出手，五指如鈎，急抓駝子的右肩琵琶骨。

駝子整個人本來瘦得就像是個掛在竹竿上的風球，雲在天一出手，他突然不抖了，腳步一滑，已到了雲在天右肋後，反掌斜削雲在天肩骨。

這一招不但變招快，而且出手的時間、部位，都拿得極準，掌風也極強勁而有力氣。

只看這一出手，就知道他在這雙手掌上，至少已有三十年的功夫火候。

雲在天冷笑道：「果然有兩下子！」

這六個字出口，他身法已變了兩次，雙拳已攻出五招！

他武功本以輕靈變化見長，此番身法乍一展動，雖然還沒有完全現出威力，但招式之奇變迅急，已令人難以抵擋。

駝子哈哈一笑，道：「好，你果然也有兩下子！」

笑聲中，他身子突然陀螺般一轉，人已沖天飛起，竄上對面的屋脊了。

他一招剛攻出，說變招就變招，說走就走，身法竟是快得驚人。

只可惜，他的對手是以輕功名震天下的「雲天飛龍」！

他身形掠起，雲在天的人已如輕煙般竄了上去，五指如鷹爪，一把抓住了他背上的駝峰。

「嘶」的一聲，他背上嶄新的藍布衣衫，已被扯下了一塊，赫然露出了一片奪目的金光。

接著，又是「嗆」的一響，他這金光燦燦的駝峰裡，竟有三點寒星暴射而出，急打雲在天的胸腹。

雲在天一聲清嘯，凌空翻身，「推窗望月飛雲式」，人已在另一邊的屋脊上。

這是他輕功精妙，身法奇快，那三點寒星，還是堪堪擦著他衣衫而過。

再看那駝子，已在七八重屋脊外，駝背上的金峰再一閃，就已看不見了。

雲在天一躍而下，竟不再追，鐵青的臉上已現了冷汗，目光看著他身形消失，突然長長嘆了口氣，喃喃道：「想不到『金背駝神』丁求竟會又在邊荒出現。」

葉開也嘆了口氣，搖著頭道：「我實在也未想到是他！」

雲在天沉聲道：「你也知道這個人？」

葉開淡淡地道：「走江湖的人，不知道他的又有幾個？」

雲在天不再說話，臉色卻很凝重。

葉開道：「這人隱跡已十餘年，忽然辛辛苦苦的送這麼多棺材來幹什麼？難道他也和你們的那些仇家有關係？」

雲在天還是不說話。

葉開又道：「飛天蜘蛛難道是被他殺了的？為的又是什麼？」

雲在天瞧了他一眼，冷冷道：「這句話本是我想問你的。」

葉開道：「你問我，我去問誰？」

他忽然笑了笑，目光移向長街盡頭處，喃喃道：「也許我應該去問問他。」

八　春風解凍

長街盡頭處，慢慢的走過一個人來，腳步艱辛而沉重，竟是傅紅雪。

他手裡當然還是緊緊的握住那柄刀，一步步走過來，好像無論遇著什麼事，他這種步伐都絕不會改變，更不會加快。

只有他一個人，樂樂山和慕容明珠還是不見蹤影。

葉開穿過長街，迎上了他，微笑著，道：「你回來了？」

傅紅雪看了他一眼，冷冷道：「你還沒有死。」

葉開道：「別的人呢？」

傅紅雪道：「我走得慢。」

葉開道：「他們都走在你前面？」

傅紅雪道：「嗯。」

葉開道：「走在前面的人，為何還沒有到？」

傅紅雪道：「你怎知他們定要回來這裡？」

葉開點了點頭，忽又笑了笑，道：「你知道最先回來的是誰？」

傅紅雪道：「不知道。」

葉開道：「是個死人。」

他嘴角帶著譏誚的笑意，又道：「走得快的沒有到，不會走的死人反而先到了，這世上有很多事的確都有趣得很。」

傅紅雪道：「死人是誰？」

葉開道：「飛天蜘蛛。」

傅紅雪微微皺了皺眉，沉默了半晌，忽然道：「他本來留在後面陪著我的。」

葉開道：「陪著你？幹什麼？」

傅紅雪道：「問。」

葉開道：「問你的話？」

傅紅雪道：「他問，我聽。」

葉開道：「你只聽，不說？」

傅紅雪冷冷道：「聽已很費力。」

葉開道：「後來呢？」

傅紅雪道：「我走得很慢。」

葉開道：「他既然問不出你的話，所以就趕上前去了？」

傅紅雪目中也露出一絲譏誚的笑意，淡淡道：「所以他先到。」

葉開笑了，只不過笑得也有點不是味道。

傅紅雪道：「你問，我說了，你可知道爲什麼？」

葉開笑道：「我也正在奇怪。」

傅紅雪道：「那只因我也有話要問你。」

葉開道：「你問，我也說。」

傅紅雪道：「現在還未到問的時候。」

葉開道：「要等到什麼時候再問？」

傅紅雪道：「我想問的時候。」

葉開微笑道：「好，隨便你什麼時候想問，隨便你問什麼，我都會說的。」

他閃開身，傅紅雪立刻走了過去，連看都沒有往棺材裡的屍體看一眼，他的目光就彷彿十分珍貴，無論你是死是活，他都絕不肯隨便看你一眼的。

葉開苦笑著，嘆了口氣，轉過頭，就看到雲在天已準備盤問那些車伕。

他也懶得去聽了——你若想從這些車伕嘴裡問出話來，還不如去問死人也許反倒容易。

死人有時也會告訴你一些秘密的，只不過他說話的方式不同而已。

飛天蜘蛛的屍體已僵硬、冷透，一雙手卻還是緊緊的握著，就像是緊緊握著某種看不見的珠寶一樣，死也不肯鬆手。

葉開站在棺材旁，對著他凝視了很久，喃喃道：「密若游絲，快如閃電……你是不是還有什麼話想要告訴我？……」

正午後，陰暗的穹蒼裡，居然又有陽光露出。

但街道上的泥濘卻仍未乾，尤其是因爲剛才又有一連串載重的板車經過。

現在這一列板車已入了萬馬堂。

若不問個詳詳細細，水落石出，雲在天是絕不會放他們走的。

那輛八匹馬拉著的華麗馬車，居然還停留在鎮上，有四五個人正在洗刷車上的泥濘，拌著大豆草料準備餵馬。

雜貨舖隔壁，是個屠戶，門口掛著個油膩的招牌，寫著：「專賣牛羊豬三獸。」

再過去就是個小飯館，招牌更油膩，裡面的光線更陰暗。

傅紅雪正坐在裡面吃麵。

他右手像是特別靈巧，別人要用兩隻手做的事，他用一隻手就已做得很好。

再過去就是傅雪紅住的那條小巷，巷子裡住的人家雖不少，但進出的人卻不多，只有那白髮蒼蒼的老太婆，正佝僂著身子，蹣跚的走出來，將手裡一張已抹上漿糊的紅紙，小心翼翼的貼在巷子的牆角，又佝僂著身子走了回去。

紅紙上寫著：「吉屋招租，雅房一間，床鋪新，供早膳。月租紋銀十二兩正，先付。限單身無孩。」

這老太婆早上剛收了五十兩銀子的房租，好像已嚐出了甜頭，所以就想把自己住的一間屋子，也租給別人了，而且每個月的租金還漲了二兩。

雜貨舖的老闆又在打瞌睡。

對面的綢緞莊裡，正有兩個打扮得花枝招展的小媳婦，在買針線，一面還嘀嘀咕咕的，又說又笑，只可惜比那三姨和馬芳鈴醜多了。

馬芳鈴她們的人呢？

馬車雖然還留在鎮上，但她們的人卻已好像找不著了。

葉開在街上來來回回走了兩遍，都沒有看見她們的人影。

他本來想到那小飯館吃點東西的，但忽然又改變了主意，卻走過去將巷口貼著的那張紅紙揭了下來，捲成一條，塞在靴子裡。

他靴筒裡好像還有條硬邦邦的東西，也不知是金條，還是短刀？

街上最窄的一扇門，就是這裡的銷金窟。

門雖最窄，屋子佔的地方卻最大。

窄門上既沒有招牌，也沒有標誌，只懸著一盞粉紅色的燈。

燈亮起的時候，就表示這地方已開始營業，開始準備收你囊裡的錢了。

燈熄著的時候，這門裡幾乎從未看到有人出來，當然也沒人進去。

這裡竟像是鎮上最安靜的地方。

葉開打了個呵欠，目中已有些疲倦之意，遲疑了半晌，終於又推門走了進去。

暗沉沉的屋子，居然有個人，居然不是蕭別離，是馬芳鈴。

葉開到處找不著的人，原來早已在這裡等著他。

女孩子的行動，豈非是令人難以捉摸的？

葉開笑了，道：「你怎麼會在這裡？」

馬芳鈴瞪了他一眼，忽然站起來，扭頭就走。

她本來一直坐在那裡發怔，看見葉開進來本已忍不住露出喜色，但也不知為了什麼，忽又板起了臉，扭頭就走。

葉開知道這位大小姐想必已等得生氣了。

你看到大小姐生氣的時候，最好的法子，就是等她氣消了再說。

在這種時候你若還想攔住她，勸勸她，你一定是個笨蛋。

葉開不是笨蛋。所以他什麼也沒說，只嘆了口氣，坐下來。

馬芳鈴本來已快衝出了門，突又轉回來，瞪著葉開道：「喂，你來幹什麼的？」

葉開眨了眨眼，道：「來找你。」

馬芳鈴冷笑道：「來找我？現在才來？你以為我一定會等你？」

葉開笑道：「你現在不是在等我？」

馬芳鈴道：「當然不是。」

葉開道：「不是等我，是在等誰？」

馬芳鈴道：「等三姨。」

葉開怔了怔，道：「三姨？她也要來？」

馬芳鈴道：「你以爲這地方只有男人才能來？」

葉開苦笑道：「我什麼都沒有以爲，也不知道你已經來了，所以滿街在找你。」

馬芳鈴瞪著他，又瞪了半天，道：「你一直都在找我？」

葉開道：「不找你找誰？」

馬芳鈴忽然「噗哧」一笑，道：「呆子，你以爲這裡只有一個門可以進來？」

原來她是從後門進來的，女孩子到這種地方來，當然要避旁人耳目。

葉開嘆了口氣，苦笑道：「我實在沒有想到你也會走後門。」

馬芳鈴道：「不是我要走，是三姨。」

葉開又怔了怔，道：「她也來了？」

馬芳鈴咬著嘴唇，笑道：「呆子，我剛才不是已告訴了你嗎？」

葉開道：「她的人呢？」

馬芳鈴向左面的第三扇門呶了呶嘴，道：「在裡面。」

這扇門裡，正是翠濃的香閨。

葉開瞪大了眼睛，訝道：「她在裡面？在裡面幹什麼？」

馬芳鈴道：「聊天。」

葉開道：「跟翠濃聊天？」

馬芳鈴道：「她們本來是朋友，三姨每次到鎮上來，都要找她聊聊的。」

她忽又瞪起了眼，瞪著葉開道：「你怎麼知道她叫翠濃？你也認得她？」

葉開吶吶道：「好像見過一次。」

馬芳鈴眼睛瞪得更大，道：「是好像見過？還是真的見過？」

葉開苦笑道：「真的見過。」

馬芳鈴歪起頭，用眼角瞟著他，道：「你好像是前天晚上來的。」

葉開道：「嗯。」

馬芳鈴道：「前天晚上你住在哪裡？」

葉開道：「好像……好像是……」

馬芳鈴咬著嘴唇，突又一扭頭，頭也不回的衝了出去。

這位大小姐的脾氣，真有點像是五月裡的天氣，變得真快。

葉開只有嘆息，除了嘆氣之外，他還能怎麼辦呢？

男人在女人面前說話，真應該小心些，尤其是喜歡你的女人。

也不知過了多久，門忽然又被輕推開了，馬芳鈴又慢慢的走了回來，走到葉開面前，在對面找了張椅子坐下。

她臉色已好看多了，似笑非笑的看著葉開，忽然道：「你怎麼不說話？」

葉開道：「我不敢說。」

馬芳鈴道：「不敢？」

葉開道：「我怕又說錯了話，讓你生氣。」

馬芳鈴道：「你怕我生氣？」

葉開道：「怕得厲害。」

馬芳鈴眼波流動，突又噗哧一笑道：「呆子，不該說的時候嘴巴不停，該說的時候反而不說了。」

她目光漸漸溫柔，凝視著葉開，道：「今天早上，別人問你昨天晚上在哪裡，你為什麼不說？」

葉開道：「不知道。」

馬芳鈴柔聲道：「我知道，你是怕連累了我，怕別人說我的閒話，是不是？」

葉開道：「不知道。」

聰明的男人總是會選個很適當的時候來裝裝傻的。

馬芳鈴眼波更溫柔，道：「你難道不怕他們真的殺了你？」

葉開道：「不怕，我只怕你生氣。」

馬芳鈴嫣然一笑，溫柔得就彷彿是可以令冰河解凍的春風。

葉開盯著她，似又有些癡了。

馬芳鈴慢慢的垂下頭，道：「我爹爹早上是不是找你談過話？」

葉開道：「嗯。」

馬芳鈴道：「他說了些什麼？」

葉開道：「他要我走，要我離開這地方。」

馬芳鈴咬著嘴唇，道：「你說什麼？」

葉開道：「我不走！」

馬芳鈴抬起頭，忽然站起來，握住了他的手，道：「你……你真的不走？」

葉開點了點頭。

馬芳鈴道：「別的地方沒有人等你？」

葉開柔聲道：「只有一個地方有人等我。」

馬芳鈴立刻問道：「哪裡？」

葉開道：「這裡。」

馬芳鈴又笑了，笑得更甜，眼波朦朦朧朧，就像是在做夢似的，輕輕道：「我這一輩子，從來也沒有人跟我這樣子說過話，從來也沒有人拉過我的手……你知不知道？相不相信？」

葉開道：「我相信。」

馬芳鈴道：「就因爲別人都覺得我很兇，所以我自己也愈來愈覺得自己兇了，其實……」

葉開忍不住笑道：「其實你本來就很兇。」

馬芳鈴嫣然一笑，道：「其實有時我跟你生氣，根本就是假的。」

葉開道：「爲什麼要假裝生氣？」

馬芳鈴道：「因爲……因爲我總覺得若不時常發發脾氣，別人就會來欺負我。」

葉開柔聲道：「以後絕沒有人敢再欺負你。」

馬芳鈴眨著眼，道：「若有人欺負我，你去跟他拚命？」

葉開道：「當然，只不過……你以後可不許假裝生氣了。」

馬芳鈴又咬起嘴唇，道：「但以後你若敢再住在這裡，我可真的生氣了。」

葉開什麼話也不說，從靴筒裡拿出了那捲紅紙。

馬芳鈴打開來一看，臉上立刻又露出春風般溫柔的微笑。

葉開看著她，從心裡覺得她真是個很可愛的少女，又直爽，又天真，有時簡直就像是個孩子一樣。

他忍不住捧起了她的手，輕輕的親了親。

她的臉又紅了，紅得發燙。

就在這時，忽然聽到有人輕輕咳嗽。

那人正帶著微笑，看著他們。

馬芳鈴的臉更紅，一雙手立刻藏到背後。

三姨微笑道：「我們該回去了！」

馬芳鈴紅著臉垂下頭，道：「嗯。」

三姨道：「我先到外面去等你。」

她出去的時候，似有意，似無意，又回眸向葉開一笑。

令人銷魂的一笑。

馬芳鈴的笑是明朗的、可愛的，就好像是初春的陽光。

她的笑卻如濃春，濃得令人化不開，濃得令人不飲自醉。

在她面前，馬芳鈴看來就更像個孩子。

無論誰看到她走出去，都會覺得有些特別的滋味，就彷彿被她偷走了什麼東西。

葉開當然不能將這種感覺露出來，所以忽然問道：「你們每次到鎮上，坐的都是那輛馬車？」

馬芳鈴顯然不明白他爲什麼要問這句話，但還是點了點頭。

葉開道：「像那樣的馬車，你們一共有幾輛？」

馬芳鈴道：「只有一輛。這裡的人，都比較喜歡騎馬。」

葉開嘆了口氣，道：「就因爲你們要坐這輛馬車，所以他們就只能自己回來了。」

馬芳鈴道：「他們是誰？」

葉開道：「昨天晚上跟我一起去的客人。」

馬芳鈴笑道：「他們又不是孩子了，自己回來又有什麼關係？你又何必嘆氣？」

葉開卻又嘆了口氣，道：「因爲他們十三個人來，現在已死了一個，不見了十一個。」

馬芳鈴睜大眼睛，道：「死的是誰？」

葉開道：「飛天蜘蛛。」

馬芳鈴道：「不見了的呢？」

葉開道：「樂大先生、慕容明珠，和他那九個跟班的。」

馬芳鈴道：「這麼大的人了，怎麼會不見呢？」

葉開緩緩道：「這地方本來就隨時都會有怪事發生的。」

馬芳鈴抿嘴一笑，道：「也許這只不過是你的疑心病，他們說不定很快就會回來的。」

葉開搖搖頭，忽又道：「我能不能隨便搭你們的馬車到前面去？」

馬芳鈴道：「當然可以。只不過……你到前面去幹什麼呢？」

葉開道：「去找那些不見了的人。」

馬芳鈴道：「你怎麼知道他們還在附近？也許他們從別的路回去了呢？」

葉開道：「不會的。」

馬芳鈴道：「爲什麼不會？」

葉開道：「我知道。」

馬芳鈴道：「怎麼知道的。」

葉開道：「有人告訴我。」

馬芳鈴道：「是什麼人告訴你的？」

葉開垂頭看著自己的手，一字字地說道：「是個死人……」

馬芳鈴駭然道：「死人？」

葉開點了點頭，緩緩道：「你知不知道，死人有時也會說話的，只不過他們說話的方法和活人不同而已。」

馬芳鈴吃驚的看著他，吶吶道：「死人說的話你也相信？」

葉開又點點頭，嘴角帶著種神秘的笑意，道：「只有死人告訴你的事，才永遠不會是假的……因爲他已根本不必騙你。」

這死人緊握著的雙拳已鬆開了，手指彎曲僵硬。死人縱然還能說出一些秘密，但他的手卻是絕不會自己鬆開的。飛天蜘蛛緊緊地握著的雙拳已鬆開，手指彎曲而僵硬。

馬空群站在棺材旁，目光炯炯，盯著這雙手。

他既不看這死人扭曲變形的臉，也不看那嘴角凝結了的血漬，只是盯著這雙手。

所以每個人都在盯著這雙手。

馬空群忽然道：「你們看出了什麼？」
花滿天和雲在天對望了一眼，沉默著。
公孫斷道：「這只不過是雙死人的手，和別的死人並沒有什麼地方不同。」
馬空群道：「有。」
公孫斷道：「有什麼不同？」
馬空群道：「這雙手本來握得很緊，後來才被人扳開來的。」
公孫斷道：「你看得出？」
馬空群道：「死人的骨頭和血已冷硬，想扳開死人的手並不容易，所以他的手指才會這樣子扭曲，而且上面還有傷痕。」
公孫斷道：「也許是他臨死前受的傷。」
馬空群道：「絕不是。」
公孫斷道：「爲什麼？」
馬空群道：「因爲若是生前受的傷，傷口一定有血漬，只有死了很久的人才不會流血。」
他忽然轉向雲在天，道：「你看見這屍體時，他是不是已死了很久？」
雲在天點點頭，道：「至少已死了一個時辰，因爲那時他的人已冷透。」
馬空群道：「那時他的手呢？是不是握得很緊？」
雲在天沉吟著，垂下頭，道：「那時我沒有留意他的手。」

馬空群沉下臉，冷冷道：「那時你留意著什麼？」

雲在天道：「我……我正急著去盤問別的人。」

馬空群道：「你問出了什麼？」

雲在天垂首道：「沒有。」

馬空群沉聲道：「下次你最好記得，死人能告訴你的事，也許比活人還多，而且也遠比活人可靠。」

雲在天道：「是。」

馬空群道：「他這雙手裡，必定緊握一樣東西，這樣東西必定是個很重要的線索，說不定就是他從兇手身上抓下來的，當時你若找出了這樣東西，現在我們說不定就已知道兇手是誰了。」

雲在天目中露出了敬畏之色，道：「下次我一定留意。」

馬空群臉色這才和緩了些，又問道：「當時除了你之外，還有誰在這口棺材附近？」

雲在天眼睛裡忽然閃出了光，道：「還有葉開！」

馬空群道：「你有沒有看見他動過這屍體？」

雲在天又垂下頭，搖頭道：「我也沒有留意，只不過……」

馬空群道：「只不過怎樣？」

雲在天道：「只不過他對這屍體，好像也很有興趣，站在棺材旁看了很久。」

馬空群冷笑著，道：「這少年看出的事，只怕遠比你想的多得多。」

公孫斷忍不住道：「這人只不過是個飛賊，他是死是活，和我們有什麼關係？」

馬空群道：「有。」

公孫斷道：「有關係？」

馬空群點點頭，道：「這人雖是個飛賊，卻是個最精明的飛賊，只要一出手，必定萬無一失，可見他對別人的觀察必是十分準確仔細。」

他緩緩接道：「所以，我才特地叫人找他到這裡來……」

公孫斷失聲道：「這人是你特地找來的？」

馬空群沉聲道：「是我花了五千兩銀子請來的。」

公孫斷道：「請他來幹什麼？」

馬空群道：「請他來替我在暗中偵查，誰是來尋仇的人。」

公孫斷道：「爲什麼要找他？」

馬空群道：「因爲他和這件事全沒有關係，別人對他的警戒自然就比較疏忽，他查出真相的機會，自然也比較多。」

公孫斷嘆了口氣，道：「只可惜他什麼也沒有查出來，就已死了。」

馬空群沉聲道：「他若什麼都沒有查出來，就不會死！」

公孫斷道：「哦？」

馬空群道：「就因爲他已發現了那兇手的秘密，所以才會被人殺了滅口！」

公孫斷瞪起了眼，道：「所以我們只要找出是誰殺他的，就可以知道誰是來找我們麻煩的人了。」

馬空群冷冷道：「所以他手裡握著的線索，關係才如此重要！」

公孫斷道：「我去問問葉開，那東西是不是他拿走的？」

馬空群道：「不必。」

公孫斷道：「爲什麼？」

馬空群道：「他死的時候，葉開在鎮上，所以殺他的兇手絕不是葉開。」

他冷冷接著道：「何況，葉開若真從他手上拿走了什麼，也沒有人能問得出來。」

公孫斷的手又按上刀柄，冷笑著，滿臉不服氣的樣子。

馬空群沉吟著，又道：「他臨死之前，是誰跟他在一起的？」

雲在天道：「樂大先生、慕容明珠、傅紅雪。」

馬空群道：「現在他們的人呢？」

雲在天道：「傅紅雪已回到鎮上，樂樂山和慕容明珠卻已失蹤了。」

馬空群沉下了臉，道：「去找他們，帶四十個人去找。」

雲在天道：「是。」

馬空群道：「十個人一組，分成四組，多帶食水口糧，找不到線索就不許回來！」

雲在天道：「是。」

無論馬空群說什麼，他臉色永遠都很恭順，在馬空群面前，這昔年也曾叱吒一方的武林高手，竟像是變成了個奴才。

公孫斷突又大聲道：「我去找傅紅雪！」

馬空群道：「不必。」

公孫斷怒道：「爲什麼又不必？難道這小子就找不得？」

馬空群嘆了口氣，道：「你難道看不出這人是怎麼死的？」

公孫斷垂下頭去看手裡的刀柄，道：「誰規定帶刀的一定要用刀殺人？」

馬空群沒有立刻回答這句話，雲在天即已知趣的退了出來，帶上門。

公孫斷的頭抬起，又問了一句：「誰規定他一定要用刀殺人？」

馬空群道：「他自己。」

公孫斷道：「他自己？」

馬空群道：「他若真是來復仇的，那麼他手裡的刀就是他復仇的象徵，他要殺人，就一定要用刀！」

他淡淡的笑了笑，接下去道：「他若不是來復仇的，你又何必去找他？」

公孫斷沒有再說話，他轉身走了出去，腳步聲沉重得像是條憤怒的公牛。

馬空群看著他巨大的背影，眼裡忽然露出憂鬱恐懼之色，彷彿已從這個人的身上，看出了一些十分悲慘不幸之事。

四十個人，四十匹馬。

四十個大羊皮袋中，裝滿了清水和乾糧。

刀已磨利，箭已上弦。

雲在天仔細的檢查了兩次，終於滿意的點了點頭，但聲音卻更嚴厲：「十個人一組，分頭去找，找不到你們自己也不必回來！」

公孫斷已回到自己的屋子。

屋裡雖顯得有些凌亂，但卻寬大而舒適，牆上排滿了光澤鮮艷的獸皮，桌上擺滿了各種香醇的美酒，在寂寞的晚上只要他願意，就有人會從鎮上爲他將女人送來。

這是他應得的享受。他流的血和汗都已夠多。

可是他從來未對這種生活覺得滿意，因爲在他內心深處，還埋藏著一柄刀，一條鞭子。

是他自己用自己沾滿血腥的手埋下去的！

無論他在做什麼，這柄刀總是在他心裡不停的攪動，這條鞭子也總是在不停的抽打著他的靈魂。

桌上的大金杯裡酒還滿著，他一口氣喝了下去，眼睛裡已被嗆出淚水。

現在終於已有人來復仇了，但他卻只能像是個見不得人的小媳婦般坐在屋子裡，用袖子偷偷擦眼角的淚水——無論是爲了什麼原因流下來的，眼淚總是眼淚。

他又倒了滿滿一杯酒，喝了下去。

「忍耐！爲什麼要忍耐？你既然有可能要來殺我，我爲什麼不能先去殺你？」

他衝了出去。

也許他並不想去殺人的，可是他心裡實在太恐懼。

不是仇恨，也不是憤怒，而是恐懼！

一個人想去殺人時，爲了仇恨和憤怒的反而少，爲了恐懼而殺人的反而多！

一個人想去殺人時，往往也不是爲了別人傷害了他，而是因爲他傷害了別人。

這也正是自古以來，人類最大的悲劇。

九 穩若磐石

黃昏。

斜陽從小窗裡斜照進來，照在傅紅雪的腿上，使他想起了前夜輕撫著他大腿的，那雙溫暖而又柔軟的手。

他躺在床上，疲倦得連靴子都懶得脫了。

但只要想起那雙手，那個女人，那光滑如絲緞的皮膚，那條結實修長的腿，和腿的奇異動作……

他心裡立刻就會湧起一種奇異的衝動，好像連褲襠都要被衝破。

他知道如何解決這種衝動。

他做過。

可是現在他已不同，因爲他已有過女人，真正的女人。

他本不該想這件事的——他所受的訓練也許比世上所有的男人都嚴厲艱苦。

但他也是個男人，被這種見鬼的夕陽曬著，除了這件事外，他簡直什麼都不願想——他太疲倦。

雨是什麼時候停的？

驟雨後的夕陽爲什麼總是特別溫暖？

他跳下床，衝出去！

他需要發洩，卻偏偏只能忍耐！

街上很安靜。

山城裡的居民，彷彿都已看出這地方將要有件驚人的大事發生，連平常喜歡在街上遊蕩的人，都寧可躲在家裡抱孩子了。

葉開站在屋簷下，看著街上的泥濘，似在思索著件很難解決的問題。

然後他就看到傅紅雪從對面的小巷裡走出來。

他微笑著打了個招呼，傅紅雪卻像是沒有看見他，蒼白的臉上，彷彿帶著種激動的紅暈，眼睛直勾勾的盯著對面的一道窄門。

門上的燈籠已燃起。

傅紅雪的眼睛似也如這盞燈一樣，也已在燃燒。

他手裡緊緊的握著他的刀，慢慢的，一步步的走過去。

葉開忽然發現這冷漠沉靜的少年，今天看來竟像是變得有些奇怪。

一個人若是忍耐得太久，憋得太久，有些時候總難免會想發洩一下的，否則無論誰都難免要爆炸。

葉開嘆了口氣，喃喃道：「看來他的確應該痛痛快快的喝頓酒了。」

最好能喝得爛醉如泥，不省人事，那麼等他醒來時，雖然會覺得頭痛如裂，他精神卻一定會覺得已鬆弛了下來。

當然最好還能有個女人。

葉開在奇怪，也不知道這少年一生是不是曾接觸過女人。

若是完全沒有接觸過女人，也許反倒好些——完全沒有接觸過女人的男人，就像是個嚴密的堤防，是很難崩潰的。

已有過很多女人的男人，也不危險——假如已根本沒有堤防，又怎會崩潰。

最危險的是，剛接觸到女人的男人，那就像是堤防上剛有了一點缺口，誰也不知道它會在什麼時候讓洪水衝進來。

傅紅雪慢慢的穿過街道，眼睛還是盯著那扇門，門上的燈籠。

燈籠亮著，就表示營業已開始。

今天的生意顯然不會好，這地方主要的客人就是馬場中的馬師和遠地來的馬販子，今天這兩種人只怕都不會上門。

傅紅雪推開了門，喉結上下滾動著。

屋子裡只有兩個剛和老婆嘔過氣的本地客人，蕭別離已下了樓，當然還是坐在那同樣的位子，正在享受著他的「早點」。

他的早點是一小片烤得很透的羊腰肉，一小碗用羊雜湯煮的粉條和一大杯酒，好像是從波斯來的葡萄酒，盛在夜光杯裡。

他是個懂得享受的人。

傅紅雪走進去，遲疑著，終於又在前夜他坐的那位子上坐下。

「喝什麼酒？」

他又遲疑了很久！

「不要酒。」

「要什麼？」

「除了酒之外，別的隨便什麼都行。」

蕭別離忽然笑了笑，轉頭吩咐他的伙計。

「這裡剛好有新鮮的羊奶，給這位傅公子一盅，算店裡的敬意。」

傅紅雪沒有看他，冷冷道：「用不著，我要的東西，我自己付帳。」

蕭別離又笑了笑，將最後一片羊腰肉送到嘴裡，慢慢的嚼著，享受著那極鮮美中微帶羶氣的滋味，他絕不是個喜歡爭執的人。

但他卻知道已有個喜歡爭執的人來了。

急驟的馬蹄聲停在門外。

「砰」的，門被用力推開，一條高山般的大漢，大步走了進來，不戴帽子，衣襟散開，腰上斜插著把銀柄彎刀。

公孫斷！

蕭別離微笑著招呼，他也沒有看見。

他已看見了傅紅雪。

他的眼睛立刻像是一隻發現了死屍的兀鷹。

羊奶已送上，果然很新鮮。

這種飲料只有邊城中的人才能享受得到，也只有邊城的人才懂得享受。

傅紅雪勉強喝了一口，微微皺了皺眉。

公孫斷突然冷笑，道：「只有羊才喝羊奶。」

傅紅雪聽不見，端起羊奶，又喝了一口。

公孫斷大聲道：「難怪這裡有羊騷臭，原來這裡有條臭羊。」

傅紅雪還是聽不見，可是他握著刀的手，青筋已凸起。

公孫斷忽然走過去，「砰」的一拍桌子，道：「走開！」

傅紅雪目光凝視著碗裡的羊奶，緩緩道：「你要我走開？」

公孫斷道：「這裡是人坐的，後面有羊欄，那才是你該去的地方。」

傅紅雪道：「我不是羊。」

公孫斷又一拍桌子，道：「不管你是什麼東西，都得滾開，老子喜歡坐在你這位子上。」

傅紅雪道：「誰是老子？」

公孫斷道：「我，我就是老子，老子就是我。」

「砰」的，碗碎了。

傅紅雪看著羊奶潑在桌子上，身子已激動得開始顫抖。

公孫斷瞪著他，巨大的手掌也已握住刀柄，冷笑道：「你是要自己滾，還是要人抬你出去？」

傅紅雪顫抖著，慢慢的站起來，努力控制著自己，不去看他。

公孫斷大笑道：「看來這條臭羊已要滾回他的羊欄去了，爲什麼不把桌上的奶舔乾淨再滾？」

傅紅雪霍的抬起頭，瞪著他。一雙眼睛似已變成了燃燒著的火炭。

公孫斷的眼睛也已因興奮而佈滿紅絲，獰笑道：「你想怎麼樣？想拔刀？」

傅紅雪的手握著刀，握得好緊。

公孫斷道：「只有人才會拔刀，臭羊是不會拔刀的，你若是個人，就拔出你的刀來。」

傅紅雪瞪著他，全身都已在顫抖。

本來在喝酒的兩個人早已退入角落裡，吃驚的看著他們。

蕭別離慢慢的啜著杯中酒，拿杯子的手似也已因緊張而僵硬。

屋裡靜得只剩下呼吸聲。

傅紅雪的呼吸聲輕而短促，公孫斷的呼吸聲長而短促，蕭別離的呼吸聲長而沉重。

別的人卻似連呼吸都已停止。

傅紅雪忽然轉過身，往外走，左腿先邁出一步，右腿再跟著拖了過去。

公孫斷重重的往地上啐了一口，冷笑道：「原來這條臭羊還是個跛子。」

傅紅雪的腳步突然加快，卻似已走不穩了，踉蹌衝了出去。

公孫斷大笑道：「滾吧，滾回你的羊欄去，再讓老子看見你，小心老子打斷你的那條腿。」

他拉開椅子坐下來，又用力一拍桌子，大聲道：「拿酒來，好酒。」

突聽門口一人大聲道：「拿酒來，好酒。」

葉開已走了進來，手裡居然還牽著一條羊。

公孫斷瞪著他，他卻好像沒有看見公孫斷，找了個位子坐下。

他找的位子恰好就在公孫斷對面。

公孫斷冷笑，又指著桌子道：「酒呢？趕快。」

葉開也拍著桌子，道：「酒呢？趕快。」

在這種情況下，酒當然很快就送了上來。

葉開倒了杯酒，自己沒有喝，卻捏著那條羊的脖子，將一杯酒灌了下去。

公孫斷的濃眉已皺起，蕭別離卻忍不住笑了。

葉開仰面大笑，道：「原來人喝奶，羊卻是來喝酒的。」

公孫斷的臉色變了，霍然飛身而起，厲聲道：「你說什麼？」

葉開淡淡笑道：「我正在跟羊說話，閣下難道是羊？」

蕭別離忽也笑道：「這地方又不是羊欄，哪來的這麼多羊？」

公孫斷轉過頭，瞪著他。

蕭別離微微笑道：「公孫兄莫非也想打斷我的腿？只可惜我的兩條腿都早已被人打斷了。」

公孫斷緊握雙拳，一字字道：「只可惜還有人的腿沒有斷。」

葉開笑道：「不錯，我的腿沒有斷。」

公孫斷怒道：「好，你站起來！」

葉開悠然道：「能坐著的時候，我通常都很少站起來。」

蕭別離道：「還能夠站著的時候，我通常都很少坐下去。」

葉開道：「我是個懶人。」

蕭別離道：「我是個沒有腿的人。」

兩人忽然一起大笑。

葉開輕拍著羊頭，眼角卻瞟向公孫斷，笑道：「羊兄羊兄，你爲什麼總是喜歡站著呢？」

公孫斷是站著的。

他額上已暴出青筋，突然反手握刀，大喝道：「坐著我也一樣能砍斷你的腿。」

銀光一閃，刀已出鞘。

「噗」的一響，堅實的桌子竟已被他一刀劈成了兩半！

桌子就在葉開面前裂開，倒下。刀光就在葉開面前劈下去。

葉開沒有動，甚至連眼睛都沒有眨。

他還是微笑著，淡淡道：「想不到你的刀是用來劈桌子的。」

公孫斷怒吼一聲，銀刀劃成圓弧。

葉開全身都已在刀光籠罩中，眼睛裡彷彿也有銀光閃動。

「叮」的一響，火星四濺。

一根銀拐忽然從旁邊伸過來，架住了銀刀。

蕭別離用一根鐵拐架住了銀刀，另一根鐵拐已釘入地下五寸。

這一刀的力量好可怕。

但蕭別離的身子卻還是穩穩的站著，手裡的鐵拐還是舉得很平。

因爲這一刀的力量，已被他移到另一根鐵拐上，再化入大地中。

公孫斷的臉上已無血色，瞪著他，一字字道：「這不干你的事。」

蕭別離淡淡道：「這裡也不是殺人的地方。」

公孫斷脖子上的血管不停跳動，但手裡的刀卻沒有動。

鐵拐也沒有動。

忽然間，刀鋒開始磨擦鐵拐，發出一陣陣刺耳的聲音。

另一枝鐵拐又開始一分分向地下陷落。

但蕭別離還是穩穩的掛在這根鐵拐上，穩如磐石。

公孫斷突然跺了跺腳，地上青石裂成碎片，他的人卻已大步走了出去。

他連一句話都沒有再說。

葉開長長地嘆了口氣，讚道：「蕭先生好高明的內功！」

蕭別離道：「慚愧。」

葉開微笑說道：「無論誰若已將內功練到『移花接木』這一層，世上就再也沒有什麼值得他慚愧的事了。」

蕭別離也笑了笑，道：「葉兄好高明的眼力。」

葉開道：「公孫斷的眼力想必也不錯，否則他怎麼肯走。」

蕭別離目中帶著深思的表情，道：「這也許只因爲他真正要殺的並不是你。」

葉開嘆道：「但若非蕭先生，今日我只怕已死在這裡了。」

蕭別離微笑道：「今日若不是我，只怕真的要有個人死在這裡，但卻絕不是你。」

葉開道：「不是我？是誰？」

蕭別離道：「是他。」

葉開道：「怎麼會是他？」

蕭別離也嘆了口氣，道：「他是個莽夫，竟看不出葉兄你的武功至少比他高明十倍。」

葉開又笑了笑，彷彿聽到了一件世上最可笑的事，搖著頭笑道：「蕭先生這次只怕算錯了。」

蕭別離淡淡道：「我兩腿雖斷，兩眼卻未瞎，否則我已在這裡忍了十幾年，今日又怎會出手。」

葉開在等著他說下去。

蕭別離道：「數十年來，我還未看見過像葉兄這樣的少年高手，不但武功深不可測，而且深藏不露，所以……」

他停住嘴，好像在等著葉開問下去。

葉開只有問道：「所以怎麼樣？」

蕭別離又長長嘆息了一聲，道：「一個無親無故的殘廢人，要在這裡活著並不容易，若能結交葉兄這樣的朋友……」

葉開忽然打斷了他的話，笑道：「若結交我這樣的朋友，以後你的麻煩就多了。」

蕭別離目光灼灼，凝視著他，道：「我若不怕麻煩呢？」

葉開道：「我們就是朋友。」

蕭別離立刻展顏而笑，道：「那麼你爲何不過來喝杯酒？」

葉開笑道：「你就算不想請我喝酒，我還是照樣要喝的。」

一個人騎馬馳過長街，突然間，一隻巨大的手掌將他從馬上拉下，重重的跌坐地上。

他正想怒罵，又忍住。

因爲他已看出拉他下馬的人正是公孫斷，也看出了公孫斷面上的怒容，正在發怒的公孫斷，是沒有人敢惹的。

公孫斷已飛身上馬，打馬而去。

他自己的馬呢？

公孫斷的馬正在草原上狂奔，那鞍上的人卻是傅紅雪。

他衝出門，就跳上這匹馬，用刀鞘打馬，打得很用力。

就好像已將這匹馬當做公孫斷一樣。

他需要發洩，否則他只怕就要瘋狂。

馬也似瘋狂，由長街狂奔入草原，由黃昏狂奔入黑暗，無邊無際的黑暗。

星群猶未升起，他寧願天上永遠都沒有星，沒有月，他寧願黑暗。

一陣陣風飈在臉上，一粒粒砂子打在臉上，他沒有閃避，反而迎了上去。

連那樣的羞侮都已忍受，世上還有什麼是他不能忍受的？

他咬著牙，牙齦已出血。

血是苦的，又苦又鹹。

忽然間，黑暗中有一粒孤星升起。

不是星，是萬馬堂旗桿上的大燈，卻比星還亮。

星有沉落的時候，這盞燈呢？

他用力抓住馬鬃，用力以刀鞘打馬，他需要發洩，速度也是種發洩。

但是馬已倒下，長嘶一聲，前蹄跪倒。

他的人也從馬背上竄出，重重的摔在地上。

地上沒有草，只有砂。

砂石磨擦著他的臉，他的臉已出血。

他的心也已出血。

忍耐！忍耐！無數次忍耐，忍耐到幾時爲止？

有誰能知道這種忍耐之中帶有多少痛苦？多少辛酸？

他眼淚忍不住流了下來——帶著血的淚，帶著淚的血。

星已升起，繁星。

星光下忽然有匹馬踩著砂粒奔來，馬上人的眸子宛如星光般明亮燦爛。

鸞鈴清悅如音樂——馬芳鈴。

她臉上帶著甜蜜的微笑，眸子裡充滿了幸福的憧憬，她比以前無論什麼時候看來都美。

這並不是因爲星光明媚，也不是因爲夜色悽迷，而是因爲她心裡的愛情。

愛情本就能令最平凡的女人變得嫵媚，最醜陋的女人變得美麗。

「他一定在等我，看到我又忽然來了，他一定比什麼都高興。」

她本不該出來的。

可是她心裡的熱情，卻使得她忘去一切顧忌。

她本不能出來的。

可是愛情卻使得她有了勇氣，不顧一切的勇氣。

她希望能看到他，只要能看到他，別的事她全不放在心上。

風是冷的，冷得像刀。

但在她感覺中，連這冷風都是溫柔的，但就在這時，她已聽到風中傳來的啜泣聲音。

是誰在如此黑暗寒冷的荒漠上偷偷啜泣？

她本已走過去，又轉回來，愛情不但使得她的人更美，也使得她的心更美。

她忽然變得很仁慈、很溫柔、很容易同情別人，了解別人。

她找到了那匹已力竭倒地的馬，然後就看見了傅紅雪。

傅紅雪蜷曲在地上，不停的顫抖。

他似乎完全沒有聽見她的馬蹄聲，也沒有看見她跳下馬走過來。

他正在忍受著世上最痛苦的煎熬，最可怕的折磨。

他的臉在星光下蒼白如紙，蒼白的臉上正流著帶血的淚，帶淚的血。

馬芳鈴已看清了他，吃驚的瞪大了眼睛，失聲道：「是你？」

她還記得這奇特的少年，也沒有忘記這少年臉上被她抽出來的鞭痕。

傅紅雪也看到了她，目光迷惘而散亂，就像是一匹將瘋狂的野馬。

他掙扎著，想站起來，但四肢卻彷彿被一雙看不見的巨手擰絞著，剛站起，又倒下。

馬芳鈴皺起眉，道：「你病了？」

傅紅雪咬著牙，嘴角已流出了白沫，正像是那匹死馬嘴角流出的白沫。

他的確病了。

這種可怕的病，已折磨了他十幾年，每當他被逼得太緊，覺得再也無法忍耐時，這種病就會突然的發作。

他從不願被人看到他這種病發作的時候，他寧可死，寧可入地獄，也不願被人看到。

但現在他卻偏偏被人看到了。

他緊咬著牙，用刀鞘抽打著自己。

他恨自己。

一個最倔強、最驕傲的人，老天爲什麼偏偏要叫他染上這種可怕的病痛？

這是多麼殘忍的煎熬折磨？

馬芳鈴也看出這種病了，嘆了口氣，柔聲道：「你何必打自己？這種病又死不了人的，而且還很快就會……」

傅紅雪突然用盡全身力氣，拔出了他的刀，大吼道：「你滾，快滾，否則我就殺了你！」

他第一次拔出了他的刀。

好亮的刀！

刀光映著他的臉，帶著血淚的臉。

蒼白的刀光，使他的臉看來既瘋狂，又獰惡。

馬芳鈴情不自禁的後退了兩步，目中也已露出了驚懼之色。

她想走，但這少年四肢突又一陣痙攣，又倒了下去。

他倒在地上掙扎著，像是一匹落在陷阱裡的野馬，孤獨、絕望、無助。

刀還在他手裡，出了鞘的刀。

他突然反手一刀，刺在他自己的腿上。

刺得好深。

鮮血沿著刀鋒湧出。

他身子的抽動和痙攣卻漸漸平息。

但是他還在不停的顫抖，抖得整個人都縮成了一團。

抖得就像是個受了驚駭的孩子。

馬芳鈴目中的恐懼已變爲同情和憐憫。

如此黑暗，如此寒冷，一個孤獨的孩子……

她忍不住輕輕嘆息了一聲，走了過去，輕撫著他的頭髮，柔聲道：「這又不是你的錯，你何必這樣子折磨自己？」

她的聲音溫柔像慈母。

這孤獨無助的少年，已激發了她與生俱來的母性。

傅紅雪的淚已流下。

無論他多麼堅強，多麼驕傲，在這種時候也被深深打動。

他流著淚，突然嘶聲大叫，道：「我錯了，我根本就不該生下來，根本就不該活在這世上的。」

呼聲中充滿了絕望的悲哀。

馬芳鈴心中又是一陣刺痛——同情和憐憫有時也像是一根針，同樣會刺痛人的心。

她忍不住抱起了他，將他抱在懷裡，柔聲道：「你用不著難過，你很快就會好的……」

她沒有說完這句話，因爲她的眼淚也已流了下來。

風在呼嘯，草也在呼嘯。

一望無際的大草原，看來就像是浪濤洶湧的海洋，你只要稍微不小心，立刻就會被它吞沒。

但人類情感的澎湃衝擊，豈非遠比海浪還要可怕，還要險惡？

傅紅雪的顫抖已經停止，喘息卻更急更重。

馬芳鈴可以感覺到他呼吸的熱氣，已透過了她的衣服。

她的胸膛似已漸漸發熱。

一種毫無目的、全無保留的同情和憐憫，本已使她忘了自己抱著的是個男人。

那本來是人類最崇高偉大的情操，足以令人忘記一切。

但現在，她心裡卻忽然有了種奇異的感覺，這種感覺來得竟是如此強烈。

她幾乎立刻推開他，卻又不忍。

傅紅雪忽然道：「你是誰？」

馬芳鈴道：「我姓馬……」

她聲音停頓，因爲她已感覺到這少年的呼吸似也突然停頓。

她想不出這是爲了什麼。

沒有人能想到仇恨的力量是多麼強烈，有時遠比愛情更強烈。

因爲愛是柔和的、溫暖的，就像是春日的風，春風中的流水。

仇恨卻尖銳得像是一把刀，一下子就可以刺入你的心臟。

傅紅雪沒有再問，突然用力抱住她，一把撕開了她的衣裳。

這變化來得太快，太可怕。

馬芳鈴已完全被震驚，竟忘了閃避，也忘了抵抗。

傅紅雪冰冷的手已滑入她溫暖的胸膛，用力抓住了她……

這種奇異的感覺也像是一把刀。

馬芳鈴的心已被這一刀刺破，驚慌、恐懼、羞侮、憤怒，一下子全都湧出。

她的人躍起，用力猛摑傅紅雪的臉。

傅紅雪也沒有閃避抵抗，但一雙手卻還是緊緊的抓住她。

她疼得眼淚又已流出，握緊雙拳，痛擊他的鼻樑。

他一隻手放開，一隻手捉住她的拳。

她的胸立刻裸露在寒風中，硬而堅挺。

他眼睛已有了紅絲，再撲上去。

她彎起膝蓋，用力去撞。

也不知爲了什麼，兩個人都沒有說話，也沒有呼喊，呼喊在這種時候也沒有用。

兩個人就像是野獸般在地上翻滾、掙扎、撕咬。

她身上裸露的地方更多。

他已接近瘋狂，她也憤怒得如同瘋狂，但卻已漸漸無力抵抗。

忽然間，她放聲嘶喊：「放開我，放開我……你爲什麼要這樣對我？爲什麼……」

她知道這時絕不可能有人來救她，也知道他絕不會放過她。

她這是向天哀呼。

傅紅雪喘息著，道：「這本就是你自己要的，我知道你要。」

馬芳鈴已幾乎放棄掙扎，聽了這句話，突然用盡全身力氣，一口咬在他肩上。

他疼得全身都收縮，但還是緊緊壓著她，彷彿想將她的生命和慾望一起壓出來。

她的嘴卻已離開他的肩，嘴裡咬著他的血，他的肉……

她突然嘔吐。

嘔吐使得她更無力抵抗，只有高呼。

「求求你，求求你，你不能這樣做。」

他已幾乎佔有她，含糊低語：「爲什麼不能？誰說不能？」

突聽一人道：「我說的！你不能！」

聲音很冷靜，冷靜得可怕。

憤怒到了極點，有時反而會變得冷靜——刀豈非也是冷靜。

這聲音聽在傅紅雪耳裡，的確也像是一把刀。

他的人立刻滾出。

然後就看見了葉開！

十 殺人滅口

葉開站在黑暗裡，站在星光下，就像是石像，冰冷的石像。

馬芳鈴也看見了他，立刻掙扎著，撲過來，撲在他懷裡，緊緊抱住了他，失聲痛哭，哭得連一個字都說不出來。

葉開也沒有說話。

在這種時候，安慰和勸解都是多餘的。

他只是除下了自己的長衫，無言的披在她身上。

這時傅紅雪已握住了他的刀，翻身掠起，瞪著葉開，眼睛裡也不知是憤怒，還是羞慚。

葉開根本連看都沒有看他一眼。

傅紅雪咬著牙，一字字道：「我要殺了你！」

葉開還是不理他。

傅紅雪突然揮刀撲了過來。

他一條腿雖然已殘廢，腿上雖然還在流著血，但此刻身形一展，卻還輕捷如飛鳥，驃悍如虎豹。

沒有人能想像一個殘廢的行動能如此輕捷驃悍。

沒有人能形容這一刀的速度和威力！

「我要殺了你！」

沒有人能形容這一刀的速度和威力，刀光已閃電般向葉開劈下。

葉開沒有動。

刀光還未劈下，突然停頓。

傅紅雪瞪著他，握刀的手漸漸發抖，突然轉過身，彎下腰，猛然的嘔吐。

葉開還是沒有看他，但目中卻已露出了同情憐憫之色。

他了解這少年，沒有人比他了解得更深更多，因爲他也經歷過同樣的煎熬和痛苦。

馬芳鈴還在哭。

他輕拍著她的肩，柔聲道：「你先回去。」

馬芳鈴道：「你……你不送我？」

葉開道：「我不能送你。」

馬芳鈴道：「爲什麼？」

葉開道：「我還要留在這裡。」

馬芳鈴用力咬著嘴唇，道：「那麼我也……」

葉開道：「你一定要回去，好好的睡一覺，忘記今天的事，到了明天……」

馬芳鈴仰面看著他，目中充滿期望渴求之色，道：「明天你來看我？」

葉開眼睛裡的表情卻很奇特，過了很久，才緩緩地道：「我當然會去看你。」

馬芳鈴用力握著他的手，眼淚又慢慢地流下，黯然道：「你就算不去，我也不怪你。」

她突然轉身，掩著臉狂奔而去。

她的哭聲眨眼間就被狂風淹沒。

馬蹄聲也已遠去，天地間又歸於寂靜，大地卻像是一面煎鍋，鍋下仍有看不見也聽不見的火焰在燃燒著，煎熬著它的子民。

傅紅雪嘔吐得整個人都已彎曲。

葉開靜靜的看著他，等他吐完了，忽然冷冷道：「你現在還可以殺我。」

傅紅雪彎著腰，衝出幾步，抄起了他的刀鞘，直往前衝。

他一口氣衝出很遠的一段路，才停下來，仰面望天，滿面血淚交流。

他整個人都似已將虛脫。

葉開卻也跟了過來，正在他身後，靜靜的看著他，冷冷道：「你爲什麼不動手？」

傅紅雪握刀的手又開始顫抖，突然轉身，瞪著他，嘶聲道：「你一定要逼我？」

葉開道：「沒有人逼你，是你自己在逼自己，而且逼得太緊。」

他的話就像是條鞭子，重重的抽在傅紅雪身上。

葉開慢慢的接著道：「我知道你需要發洩，現在你想必已舒服得多。」
傅紅雪握緊雙手，道：「你還知道什麼？」
葉開笑了笑，道：「我也知道你絕不會殺我，也不想殺我。」
傅紅雪道：「我不想？」
葉開道：「也許你唯一真正想傷害的人，就是你自己，因爲你……」
傅紅雪目露痛苦之色，突然大喝道：「住口！」
葉開嘆了口氣，還是接著說了下去，道：「你雖然自覺做錯了事，但這些事其實並不是你的錯。」
傅紅雪道：「是誰的錯？」
葉開凝注著他，道：「你應該知道是誰……你當然知道。」
傅紅雪的瞳孔在收縮，突又大聲道：「你究竟是誰？」
葉開又笑了笑，淡淡道：「我就是我，姓葉，叫葉開。」
傅紅雪厲聲道：「你真的姓葉？」
葉開道：「你真的姓傅？」
兩個人互相凝視著，像是都想看到對方心裡去，挖出對方心裡的秘密。
只不過葉開永遠是鬆弛的，冷靜的，傅紅雪卻總是緊張得像是一張繃緊了的弓。
然後他們突然同時聽到一種很奇怪的聲音，彷彿是馬蹄踏在爛泥上發出的聲音，又像是屠夫在斬肉。

這聲音本來很輕，可是夜太靜，他們兩人的耳朵又太靈。而且風也正是從那裡吹過來的。

葉開忽然道：「我到這裡來，本來不是爲了來找你的。」

傅紅雪道：「你找誰？」

葉開道：「殺死飛天蜘蛛的人。」

傅紅雪道：「你知道是誰？」

葉開道：「我沒有把握，現在我就要去找出來。」

他翻身掠出幾丈，又停了停，像是在等傅紅雪。

傅紅雪遲疑著，終於也追了上去。

葉開笑了笑，道：「我知道你會來的。」

傅紅雪道：「爲什麼？」

葉開道：「因爲這裡發生的每件事，也許都跟你有關係。」

傅紅雪的人又繃緊，道：「你知道我是誰？」

葉開微笑道：「你就是你，你姓傅，叫傅紅雪。」

狂風撲面，異聲已停止。

傅紅雪緊閉著嘴，不再說話，始終和葉開保持著同樣的速度。

他的輕功身法很奇特、很輕巧，而且居然還十分優美。

在他施展輕功的時候，絕沒有人能看出他是個負了傷的殘廢。

葉開一直在注意著他，忽然嘆了口氣，道：「你好像是從一出娘胎就練武功的。」

傅紅雪板著臉，冷冷道：「你呢？」

葉開笑了，道：「我不同。」

傅紅雪道：「有什麼不同？」

葉開道：「我是個天才。」

傅紅雪冷笑，道：「天才都死得快。」

葉開淡淡道：「能快點死，有時也未嘗不是一件好事。」

傅紅雪目中又露出痛苦之色。

「我不能死，絕不能死……」他心裡一直在不停的吶喊。

然後他就聽到葉開突然發出一聲輕呼。

狂風中忽然又充滿了血腥氣，慘淡的星光照著一堆死屍。

人的生命在這大草原中，竟似已變得牛馬一樣，全無價值。

屍首旁挖了個大坑，挖得並不深，旁邊還有七八柄鏟子。

顯然是他們殺了人後，正想將屍體掩埋，卻已發現有人來了，所以匆匆而退。

殺人的是誰？

誰也不知道。

被殺的卻是慕容明珠和他手下的九個少年劍客。慕容明珠的劍已出鞘，但這九個人卻連劍都沒有拔出，就已遭了毒手。

葉開嘆了口氣，喃喃道：「好快的出手，好毒辣的出手！」

若非殺人的專家，又怎會有如此快而毒辣的出手。

傅紅雪握緊雙手，彷彿又開始激動，他好像很怕看見死人和血腥。

葉開卻不在乎。

他忽從身上拿出一塊碎布，碎布上還連著個鈕扣。

這塊碎布正和慕容明珠身上的衣服同樣質料，鈕扣的形式也完全一樣。

葉開長長嘆了口氣，道：「果然是他。」

傅紅雪皺了皺眉，顯然不懂。

葉開道：「這塊碎布，是我從飛天蜘蛛手裡拿出來的，他至死還緊緊握著這塊布。」

傅紅雪道：「爲什麼？」

葉開道：「因爲慕容明珠就是殺他的兇手！他要將這秘密告訴別人知道。」

傅紅雪道：「告訴你？要你爲他復仇？」

葉開道：「他不是想告訴我。」

傅紅雪道：「他想告訴誰？」

葉開嘆了口氣，道：「我也希望我能夠知道。」

傅紅雪道：「慕容明珠爲什麼要殺他？」

葉開搖搖頭。

傅紅雪道：「他怎會在那棺材裡？」

葉開又搖搖頭，傅紅雪道：「是誰又殺了慕容明珠？」

葉開沉吟著，道：「我只知道殺死慕容明珠的人，是爲了滅口。」

傅紅雪道：「滅口？」

葉開道：「因爲這人不願別人發現，飛天蜘蛛是死在慕容明珠手裡，更不願別人找慕容明珠。」

傅紅雪道：「爲什麼？」

葉開道：「因爲他生怕別人查出他和慕容明珠之間的關係。」

傅紅雪道：「你猜不出他是誰？」

葉開忽然不說話了，似已陷入沉思中。

過了很久，他緩緩道：「你知不知道今天下午，雲在天去找過你？」

傅紅雪道：「不知道。」

葉開道：「他說他去找你，但他看到你時，卻連一句話都沒有說。」

傅紅雪道：「因爲他找的根本不是我！」

葉開點點頭，道：「不錯，他找的當然不是你，但他找的是誰呢？——蕭別離？翠濃？他若是去找這兩人，爲什麼要說謊？」

風更大了。

黃沙漫天，野草悲泣，蒼穹就像是一塊鑲滿了鑽石的墨玉，輝煌而美麗，但大地卻是陰沉而悲愴的。

風中偶而傳來一兩聲馬嘶，卻襯得這原野更寂寞遼闊。

傅紅雪慢慢的在前面走，葉開慢慢的在後面跟著。

他本來當然可以趕到前面去，可是他沒有。

他們兩個人之間，彷彿總是保持著一段奇異的距離，卻又彷彿有種奇異的聯繫。

遠處已現出點點燈火。

傅紅雪忽然緩緩道：「總有一天，不是你殺了我，就是我殺了你！」

葉開道：「總有一天？」

傅紅雪還是沒有回頭，一字字道：「這一天也許很快就會來了。」

葉開道：「也許這一天永遠都不會來。」

傅紅雪冷笑道：「爲什麼？」

葉開長長嘆息了一聲，目光凝視著遠方的黑暗，緩緩道：「因爲我們說不定全都死在別人手裡！」

馬芳鈴伏在枕上，眼淚已沾濕了枕頭。

直到現在，她情緒還是不能恢復平靜，愛和恨就像是兩隻強而有力的手，已快將她的心撕裂。

這是兩個多麼奇怪的人。

葉開、傅紅雪。

草原本來是寂寞而平靜的，自從這兩個人來了之後，所有的事都立刻發生了極可怕的變化。

誰也不知道這種變化還要發展到多麼可怕的地步。

這兩個人究竟是誰？他們爲什麼要來？

想到那天晚上，在黃沙上，在星空下，她蜷伏在葉開懷裡。

葉開的手是那麼溫柔甜蜜，她已準備獻出一切。

但是他沒有接受。

她說她要回去的時候，只希望被他留下來，甚至用暴力留下她，她都不在乎。

但是他卻就這樣讓她走了。

他看來是那麼狡黠，那麼可惡，但他卻讓她走了。

另一天晚上，在同樣的星空下，在同樣的黃沙上，她卻遇見了個完全不同的人。

她從沒有想到傅紅雪會做出那種事。

他看來本是個沉默而孤獨的孩子，但忽然間，他竟變成了野獸。

是什麼原因使他改變的？

只要一想起這件事，馬芳鈴的心就立刻開始刺痛。

她從未見過兩個如此不同的人，但奇怪的是，這兩人竟忽然變得同樣令她難以忘懷。

她知道她這一生，已必定將爲這兩人改變了。

她眼淚又流了下來……

屋頂上傳來一陣陣沉重的腳步聲，她知道這是她父親的腳步聲。

馬空群就住在他女兒樓上。

本來每天晚上，他都要下來看看他的女兒，可是這兩天晚上，他卻似已忘了。

這兩天他也沒有睡，這種沉重的腳步，總要繼續到天亮時才停止。

馬芳鈴也已隱隱看出了她父親心裡的煩惱和恐懼，這是她以前從未見過的。

她自己心裡也同樣有很多煩惱恐懼。

她很想去安慰她的父親，也很想讓他來安慰她。

但馬空群是嚴父，雖然愛他的女兒，但父女兩人間，總像是有段很大的距離。

三姨呢？這兩天爲什麼也沒有去陪他？

馬芳鈴悄悄的跳下床，赤著足，披起了衣裳，對著菱花銅鏡，弄著頭髮。

「是找三姨聊聊呢？還是再到鎮上去找他？」

她拿不定主意，只知道絕不能一個人再待在屋裡。

她的心實在太亂。

但就在這時，她忽然聽到一陣很急的馬蹄聲自牧場上直馳而來。

只聽這馬蹄聲，就知道來的必定是匹千中選一的快馬，馬上騎士也必定是萬馬堂的高手。

如此深夜，若不是爲了很急的事，絕沒有人敢來打擾她父親的。

她皺了皺眉，就聽見了她父親嚴厲的聲音：「是不是找到了？」

「找到了慕容明珠。」這是雲在天的聲音。

「爲什麼不帶來？」

「他也已遭了毒手，郝師傅在四里外發現了他的屍體，被人亂刀砍死。」

樓上一陣沉默，然後就聽到一陣衣袂帶風聲從窗前掠下。

蹄聲又響起，急馳而去。

馬芳鈴心裡忽然湧出一陣恐懼，慕容明珠也死了，她見過這態度傲慢、衣著華麗的年輕人，昨天他還是那麼有生氣，今夜卻已變成屍體。

還有那些馬師，在她幼年時，其中有兩個教過她騎術。

接下去會輪到什麼人呢?葉開?雲在天?公孫斷?她父親?

這地方所有的人,頭上似乎都籠罩了一重死亡的陰影。

她覺得自己在發抖,很快的拉開門,赤著足跑出去,走廊上的木板冷得像是冰。

三姨的房間就在走廊盡端左面。

她輕輕敲門,沒有回應,再用力敲,還是沒回應。

這麼晚了,三姨怎麼會不在房裡?

她從後面的一扇門繞了出去,庭院寂寂,三姨的窗內燈火已熄。

星光照著蒼白的窗紙,她用力一推,窗子開了,她輕輕呼喚:「三姨。」

還是沒有回應。

屋裡根本沒有人,三姨的被窩裡,堆著兩個大枕頭。

風吹過院子。

馬芳鈴忽然忍不住機伶伶打了個寒噤。

她忽然發現這地方的人,除了她自己外,每個人好像都有些秘密。

連她父親都一樣。

她從不知道她父親的過去,也從不敢問。

她抬起頭,窗戶上赫然已多了個巨大的人影,然後就聽到公孫斷厲聲道:「回房去。」

她不敢回頭面對他，萬馬堂中上上下下的人，無論誰都對公孫斷懷有幾分畏懼之心。

她拉緊衣襟，垂著頭，匆匆奔了回去，彷彿聽到公孫斷正對著三姨的窗子冷笑。

用力關上門，馬芳鈴的心還在跳。

外面又有蹄聲響起，急馳而去。

她跳上床，拉起被，蒙住頭，身子忽然抖個不停。

因為她知道這地方必將又有悲慘的事發生，她實在不願再看，不願再聽。

「……我根本就不該生下來，根本就不該活在這世上的。」

想起傅紅雪說的話，她自己又不禁淚流滿面。

她忍不住問自己：「我為什麼要生下來？為什麼要生在這裡？……」

傅紅雪的枕頭也是濕的，可是他已睡著。

他醒的時候沒有哭，他發誓，從今以後，絕不再流淚。

但他的淚卻在他睡夢中流了下來。

因為他的良知只有在睡夢中才能戰勝仇恨，告訴他今天做了件多麼可恥的事。

報復，本來是人類所有行為中最古老的一種，幾乎已和生育同樣古老。

這種行為雖然不值得贊同，但卻是莊嚴的。

今天他卻冒瀆了這種莊嚴。

他流淚的時候，正在夢中，一個極可怕的噩夢，他夢見他的父母流著血，在冰雪中掙扎，向他呼喊，要他復仇。

然後他忽然感覺到一隻冰冷的手伸入他被窩裡，輕撫著他赤裸的背脊。

他想跳起來，但這雙手卻溫柔的按住了他，一個溫柔的聲音在他耳畔低語：「你在流汗。」

他整個人忽然鬆弛崩潰——她畢竟來了。

黑暗。

窗戶已關起，窗簾已拉上，屋子裡黑暗如墳墓。

為什麼她每次都是在黑暗中悄悄出現，然後又在黑暗中慢慢消失？

他翻過身，想坐起。

她卻又按住他！

「你要什麼？」

「點燈。」

「不許點燈。」

「為什麼？我不能看看你？」

「不能。」她俯下身，壓在他胸膛上，帶著輕輕的笑：「但我卻可以向你保證，我絕不是個很難看的女人，你難道感覺不出？」

「我爲什麼不能看看你？」

「因爲你若知道我是誰，在別的地方看到我時，神情就難免會改變的，我們絕不能讓任何人看出我跟你之間的關係。」

「可是……」

「可是以後我總會讓你看到的，這件事過了之後，你隨便要看我多久都沒關係。」

他沒有再說，他的手已在忙著找她的衣鈕。

她卻又抓住他的手。

「不許亂動。」

「爲什麼？」

「我還要趕著回去。」她嘆了口氣：「我剛說過，我絕不能讓別人知道我們的關係。」

他在冷笑。

她知道男人在這種時候被拒絕，總是難免會十分憤怒的。

「我在這裡忍耐了七八年，忍受著痛苦，你永遠想不到的痛苦，我爲的是什麼？」她聲音漸漸嚴厲：「我爲的就是等你來，等你來復仇，我們這一生，本就是爲這件事而活的，我從沒有忘記，你也絕不能忘記。」

傅紅雪的身子忽然冰涼僵硬，冷汗已濕透被褥。

他本不是來享樂的。

她將她自己奉獻給他，爲的也只不過是復仇！

「你總應該知道馬空群是個多麼可怕的人，再加上他那些幫手。」她又嘆息了一聲：「我們這一擊若不能得手，以後恐怕就永遠沒有機會了。」

「公孫斷、花滿天、雲在天，這三個人加起來也不可怕。」

「我說的不是他們，花滿天和雲在天，根本就沒有參與那件事。」

「你說的是誰？」

「一些不敢露面的人，到現在爲止，我還沒有查出他們是誰。」

「也許根本沒有別人。」

「你父親和你二叔，是何等的英雄，就憑馬空群和公孫斷兩個人，怎麼敢妄動他們？何況，他們的夫人也都是女中豪傑……」

說到這時，她自己的聲音也已硬咽，傅紅雪更已無法成聲。

過了很久，她才接著說了下去：「自從你父親他們慘死之後，江湖中本就有很多人在懷疑，有誰能將這兩對蓋世無雙的英雄夫婦置之於死地？」

「當然沒有人會想到馬空群這人面獸心的畜牲！」

他的聲音中充滿了憤怒和仇恨。

「但除了馬空群外，一定還有別的人，我到這裡來，主要就是爲了探聽這件事，只可惜我從未見過他和江湖中的高手有任何往來，他自己當然更守口如瓶，從來就沒有說起過這件事。」

「你查了七八年，都沒有查出來，現在我們難道就能查出來？」

「現在我們至少已有了機會。」

「什麼機會？」

「現在還有別的人在逼他，他被逼得無路可走時，自然就會將那些人牽出來。」

「是哪些人在逼他？」

她沒有回答，卻反問道：「昨天晚上，那十三個人是不是你殺的？」

「不是。」

「那些馬呢？」

「也不是。」

「既然不是你，是誰？」

「我本就在奇怪。」

「你想不出？」

傅紅雪沉吟著：「葉開？」

「這人的確很神秘，到這裡來也一定有目的，但那些人卻絕不是他殺的。」

「哦？」

「我知道他昨天晚上跟誰在一起。」

幸好屋裡很暗，沒有人能看見傅紅雪的表情——他臉上的表情實在很奇怪。

就在這時，突聽屋頂上「格」的一響。

她臉色變了，沉聲道：「你留在屋裡，千萬不要出去。」

這十一個字說完，她已推開窗子，穿窗而出。

傅紅雪只看到一條纖長的人影一閃，轉瞬間就沒了蹤影。

這裡已有四個人醉倒，四個人都是萬馬堂裡資格很老的馬師。

他們本來也常常醉，但今天晚上卻醉得特別快，特別厲害。

眼見著十三個活生生的伙伴突然慘死，眼見著一件件可怕的禍事接連發生，他們怎麼能不醉呢？

第四個倒下的時候，葉開正提著衣襟，從後面一扇門裡走進來。

他早已在這裡，剛才去方便了一次，酒喝得多，方便的次數也一定多的，只不過他這次方便的時候好像太長了些。

他剛進門，就看到蕭別離在以眼角向他示意，他走過去。

蕭別離在微笑中彷彿帶著些神秘，微笑著道：「有人要我轉交樣東西給你。」

葉開眨眨眼，道：「翠濃？」

蕭別離也眨了眨眼，道：「你是不是一向都這麼聰明？」

葉開微笑道：「只可惜在我喜歡的女人面前，我就會變成呆子。」

他接過蕭別離給他的一張疊成如意結的紙。

淡紫色的紙箋上，只寫著一行字：「你有沒有將珠花送給別人？」

葉開輕輕撫著襟上的珠花，似已有些癡了。

蕭別離看著他，忽然輕輕嘆息了一聲，道：「我若年輕二十歲，一定會跟你打架的。」

葉開又笑了，道：「無論你年紀多大，都絕不是那種肯爲女人打架的男人。」

蕭別離嘆道：「你看錯了我。」

葉開道：「哦？」

蕭別離道：「你知不知道我這兩條腿是怎麼樣會斷的？」

葉開道：「爲了女人？」

蕭別離苦笑道：「等我知道那女人只不過是條母狗時，已經遲了。」

他忽又展顏道：「但她卻絕不是那種女人，她比我們看見的所有女人都乾淨得多，她雖然在我這裡，卻從來沒有出賣過自己。」

葉開又眨眨眼，道：「她賣的是什麼？」

蕭別離微笑道：「她賣的是男人那種愈買不到，愈想買的毛病。」

推開第二扇門，是條走道，很寬的走道，旁邊還擺著排桌椅。

走到盡頭，又是一扇門，敲不開這扇門，就得在走道裡等。

葉開在敲門。

過了很久，門裡才有應聲：「誰在敲門？」

葉開道：「客人。」

「今天小姐不見客。」

葉開道：「會一腳踢破門的客人呢？見不見？」

門裡發出銀鈴般的笑聲：「一定是葉公子。」

一個大眼睛的小姑娘，嬌笑著開了門，道：「果然是葉公子。」

葉開笑道：「你們這裡會踢破門的客人只有我一個麼？」

小姑娘眼珠子滑溜一轉，抿著嘴笑道：「還有一個。」

葉開道：「誰？」

小姑娘道：「來替我們推磨的驢子。」

十一 夜半私語

小院子裡疏疏落落的種著幾十竿翠竹，襯著角落裡的天竺葵，和一叢淡淡的小黃花，顯得清雅而有餘韻。

竹簾已捲起，一個淡掃蛾眉、不施脂粉的麗人，正手托著香腮，坐在窗口，癡癡的看著他。

她長得也許並不算太美，但卻有雙會說話的眼睛，靈巧的嘴。

她雖然只是靜靜的坐在那裡，但卻自然地有種醉人的風姿和氣質，和你們見到的大多數女人都不同。

一個這樣的女人，無論對任何男人說來都已足夠。

為了要博取這樣一個女人的青睞，大多數男人到了這裡，都會勉強做出君子正人的模樣，一個又有錢、又有教養的君子。

但葉開推開門，就走了進去，往她的床上一躺，連靴子都沒有脫，露出了靴底的兩個大洞。

翠濃春柳般的眉尖輕輕皺了皺，道：「你能不能買雙新靴子？」

葉開道：「不能。」

翠濃道：「不能？」

葉開道：「因爲這雙靴子能保護我。」

翠濃道：「保護你？」

葉開蹺起腳，指著靴底的洞，道：「你看見這兩個洞沒有？它會咬人的，誰若對我不客氣，它就會咬他一口。」

翠濃笑了，站起來走過去，笑道：「我倒要看它敢不敢咬我。」

葉開一把拉住了她，道：「它不敢咬你，我敢。」

翠濃「嚶嚀」一聲，已倒在他懷裡。

門沒有關，就算關，也關不住屋裡的春色。

小姑娘紅著臉，遠遠的躲起來了，心裡卻真想過來偷偷的看兩眼。

簷下的黃鶯兒也被驚醒了，「吱吱喳喳」的叫個不停。

翠濃，春也濃。

黑暗中的屋脊上，伏著條人影，淡淡的星光照著她纖長苗條的身子，她臉上蒙著塊紗巾。

她是追一個人追到這裡來的，她看見那人的身形在這邊屋脊上一閃。

等她追過來時，人卻已不見了。

她知道這下面是什麼地方，可是她不能下去——這地方不歡迎女人。

「他是誰？爲什麼要在屋脊上偷聽我們說話？他究竟聽到了什麼？」

若有人能看見她的臉，一定可以看出她臉上的驚惶與恐懼。

她的秘密絕不能讓人知道，絕不能！

她遲疑著，終於咬了咬牙，躍了下去。

她決心冒一次險。

這一生中，她看見過很多男人很多種奇怪的表情，可是只有天曉得，當男人們看到一個女人走進妓院時，臉上會是什麼樣的表情。

每個人的眼睛都瞪大了，就像是忽然看到一頭綿羊走進了狼窩。

對狼說來，這不僅是挑戰，簡直已是種侮辱。

天曉得這見鬼的女人爲什麼要到這裡來，可是這女人可真他媽的漂亮。

有個喝得半醉的屠夫眼睛瞪得最大。

他是從外地到這裡來買羊的，他不認得這女人，不知道這女人是誰。

反正在這裡的女人，就算不是婊子，也差不多了。

他搖搖晃晃的站起來，想走過去。

但旁邊的一個人卻立刻拉住了他。

「這女人不行。」

「為什麼？」

「她已經有了戶頭。」

「誰是她的戶頭？」

「萬馬堂。」

這三個字就像是有種特別的力量，剛漲起的皮球立刻洩了氣。

三娘昂著頭走進來，臉上帶著微笑，假裝聽不見別人的竊竊私語，假裝不在乎的樣子。

其實她還是不能不在乎。

有些男人盯著她的時候，那種眼色就好像將她當做是完全赤裸的。

幸好蕭別離已在招呼她，微笑著道：「沈三娘怎麼來了？倒真是個稀客。」

她立刻走過去，嫣然道：「蕭先生不歡迎我？」

蕭別離微笑著嘆了口氣，道：「只可惜我不能站起來歡迎你。」

沈三娘道：「我是來找人的。」

蕭別離眨眨眼，道：「找我？」

沈三娘又笑了，輕輕道：「我若要找你，一定會在沒人的時候來。」

蕭別離也輕輕道：「我一定等你，反正我已不怕被人砍掉兩條腿。」

兩個人都笑了。

兩個人心裡都明白，對方是條不折不扣的老狐狸。

沈三娘道：「翠濃在不在？」

蕭別離道：「在，你要找她？」

沈三娘道：「嗯。」

蕭別離又嘆了口氣，道：「爲什麼不管男人女人，都想找她？」

沈三娘道：「我睡不著，想找她聊聊。」

蕭別離道：「只可惜你來遲了。」

沈三娘皺了皺眉，道：「難道她屋裡晚上也會留客人？」

蕭別離道：「這是個很特別的客人。」

沈三娘道：「怎麼特別？」

蕭別離笑道：「特別窮。」

沈三娘也笑了，道：「特別窮的客人，你也會讓他進去？」

蕭別離道：「我本想攔住他的，只可惜打又打不過他，跑又跑得沒他快。」

沈三娘眼波流動，道：「你沒有騙我？」

蕭別離嘆道：「世上有幾個人能騙得了你。」

沈三娘嫣然一笑，道：「那個人是誰？」

蕭別離道：「葉開。」

沈三娘皺眉道：「葉開？」

蕭別離笑了笑，道：「你當然不會認得他的，但他一共只來了兩天，認得他的人可真不少。」

沈三娘笑得還是很動人，但瞳孔裡卻已露出一點尖針般的刺。

然後她的瞳孔突然渙散。

她看到一個人「砰」的推開門，大步走了進來。

一個魔神般的巨人！

公孫斷手扶著刀柄，站在門口，臉上那種憤怒獰惡的表情，足以令人呼吸停頓。

沈三娘呼吸已停頓。

蕭別離嘆了口氣，喃喃道：「該來的人全沒來，不該來的人全來了。」

他拈起一塊骨牌，慢慢的放下，搖著頭道：「看來明天一定又有暴風雨，沒事還是少出門的好。」

公孫斷突然大喝一聲：「過來！」

沈三娘咬著嘴唇，道：「你……你叫誰過去？」

公孫斷道：「你！」

那屠戶忽然跳起，旁邊的人已來不及拉他，他已衝到公孫斷面前，指著公孫斷的鼻子，大聲道：「對小姐、太太們說話，怎麼能這樣不客氣，小心我……」

他的話還沒有說完，公孫斷已反手一個耳光摑了過去。

這屠戶也很高大，他百把斤重的身子，竟被這一耳光打得飛了起來，飛過兩張桌子，「砰」的，重重的撞在牆上。

他跌下來的時候，嘴裡在流血，頭上也在流血——連血裡好像都有酒氣。

公孫斷卻連看都沒有看他，眼睛瞪著沈三娘，厲聲道：「過來。」

這次沈三娘什麼話都沒有說，就垂著頭，慢慢的走了過去。

公孫斷也沒有再說話，「砰」的，推開了門，道：「跟我出去。」

公孫斷在前面走，沈三娘在後面跟著。

他的腳步實在太大，沈三娘很勉強才能跟得上，剛才那種一掠三丈的輕功，她現在似已完全忘了。

夜已很深。

長街上的泥濘還未乾透，一腳踩上去，就是一個大洞。

風從原野上吹過來，好冷。

公孫斷大步走出長街，一直沒有回頭，突然道：「你出來幹什麼？」

沈三娘的臉色蒼白，道：「我不是囚犯，我隨便什麼時候想出來都行。」
公孫斷一字字道：「我問你，你出來幹什麼？」
他的聲音雖緩慢，但每個字裡都帶種說不出的兇猛和殺機。
沈三娘咬起了嘴唇，終於垂首道：「我想出來找個人。」
公孫斷道：「找誰？」
沈三娘道：「這也關你的事？」
公孫斷道：「馬空群的事，就是我公孫斷的事，沒有人能對不起他。」
沈三娘道：「我幾時對不起他了？」
公孫斷厲聲道：「剛才！」
沈三娘嘆了一聲，道：「想跟女人們聊聊，也算對不起他，莫忘記我也是個女人，女人總是喜歡找女人聊天的。」
公孫斷道：「你找誰？」
沈三娘道：「翠濃姑娘。」
公孫斷冷笑道：「她不是女人，是個婊子。」
沈三娘也冷笑道：「婊子？你嫖過她？你能嫖得到她？」
公孫斷突然回身，一拳打在她肚子上。
她沒有閃避，也沒有抵抗。

她的人已被打得彎曲，彎著腰退出七八步，重重的坐在地上，立刻開始嘔吐，連胃裡的苦水都吐了出來。

公孫斷又竄過去，一把揪著她的頭髮，將她從地上揪了起來，厲聲道：「我知道你也是個婊子，但你這婊子現在已不能再賣了。」

沈三娘咬著牙，勉強忍耐著，但淚水還是忍不住流了下來，顫聲道：「你……你想怎麼樣？」

公孫斷道：「我問你的話，你就得好好的回答，懂不懂？」

沈三娘閉著嘴不說話。

公孫斷巨大的手掌已橫砍在她腰上。

她整個人都被打得縮成了一團，眼淚又如泉水般流下來。

公孫斷盯著她，道：「你懂不懂？」

沈三娘流著淚，抽搐著，終於點了點頭。

公孫斷道：「你幾時出來的？」

沈三娘道：「剛才。」

公孫斷道：「一出來就到了哪裡？」

沈三娘道：「你可以去問得到的。」

公孫斷道：「你見過了那婊子？」

沈三娘道：「沒有。」

公孫斷道：「爲什麼沒有？」

沈三娘道：「她屋裡有客人。」

公孫斷道：「你沒有找過別人？沒有到別的地方去過？」

沈三娘道：「沒有。」

公孫斷道：「沒有？」

他又一拳打過去，拳頭打在肉上，發出種奇怪的聲音，他好像很喜歡聽這種聲音似的。

沈三娘忍不住大叫了起來，道：「真的沒有，真的沒有……」

公孫斷看著她，眼睛裡露出兇光，拳頭又已握緊。

沈三娘突然撲過去，用力抱住了他，大哭著叫道：「你若喜歡打我，就打死我好了……你打死我好了……」

她用兩隻手抱住他的脖子，又用兩條腿勾住了他的腰。

他的身體突然起了種奇異的變化，他自己可以感覺到。

她立刻伏在他肩上，痛哭著，道：「我知道你喜歡打我，你打吧，打吧……」

她的身子奇異的扭動著，腿也同樣在動。

公孫斷目中的憤怒已變成慾望，緊握著的拳頭已漸漸放開。

她的呼吸就在他耳旁，就在他頸子上。

他的呼吸忽然變得很粗。

沈三娘呻吟著道：「你打死我也沒關係，反正我也不會告訴別人的……」

公孫斷已開始發抖。

誰也想不到這麼樣一個人也會發抖。

更想像不到這麼樣一個巨大健壯的人，在發抖時是什麼模樣。

你若能看見，絕不會覺得可笑，只會覺得可怕，非常可怕。

他面上也露出痛苦之色，因爲他知道自己必須遏制心裡這種可怕的慾望。

然後他又一拳重重的打在她小肚子上。

她身子又一陣痙攣，手鬆開，像一堆泥似的倒在地上。

他握緊雙拳，看著她，用力吐了口口水在她臉上，從她身上邁過去，去找他的馬。

他恨的不是這女人，而是恨自己，恨自己既不能拒絕這種誘惑，又不敢接受它。

沈三娘已揩乾了眼淚。

公孫斷的手就像是牛角，被他打過的地方，從肌肉一直疼到骨頭裡，在明天早上以前，這些地方一定會變得又青又腫。

可是她心裡並沒有覺得憤恨沮喪，因爲她知道公孫斷已絕不會將這件事洩露出去了，她不願馬空群知道她晚上出來過。

現在知道她秘密的已只有一個人，那個在屋頂上偷聽的人。

是不是葉開？

她希望這人是葉開。

因爲一個自己也有秘密的人，通常都不會將別人的秘密洩露。

她覺得自己有對付葉開的把握。

「你真的是葉開？」

「我不能是葉開？」

「但葉開是個怎麼樣的人呢？」

「一個男人，很窮，卻很聰明，對女人也有點小小的手段。」

「你有過多少女人？」

「你猜呢？」

「她們都是些什麼樣的女人？」

「都不是好女人，但卻都對我不壞。」

「她們都在什麼地方？」

「什麼地方都有，我平生最怕一個人上床睡覺，那就跟一個人下棋同樣無味。」

「沒有人管你？」

「我自己都管不住自己。」

「你家裡沒有別的人？」

「我連家都沒有。」

「那麼，你是從什麼地方來的？」

「從來的地方。」

「到要去的地方去？」

「這次你說對了。」

「你從不跟別人談起你的過去？」

「從不。」

「你是不是有很多秘密不願讓別人知道？」

葉開從她身旁坐起來，看著她，在朦朧的燈光下看來，她顯得有些蒼白疲倦。

但眼睛卻還是睜得很大。

他忽然道：「我只有一個秘密。」

翠濃的眼睛睜得更大，道：「什麼秘密？」

葉開道：「我是條活了九千七百年，已修煉成人形的老狐狸。」

他跳下床，套起靴子，披著衣裳走出去。

翠濃咬著嘴唇，看著他走出去，突然用力搥打枕頭，好像只希望這枕頭就是葉開。

十二 暗器高手

小院裡悄然無聲，後面小樓上有燈光亮著。

蕭別離已上了樓？

他留在小樓上的時候，能做些什麼事？

小樓上是不是也有副骨牌？還是有個秘密的女人？

葉開總覺得他是個神秘而有趣的人，就在這時，窗戶上忽然出現了人的影子。

三個人。

他們剛站起來，人影就被燈光照上窗戶，然後又忽然消失。

上面怎麼會有三個人？另外兩個人是誰？

葉開目光閃動著，他實在無法遏止自己的好奇心。

這院子和小樓距離並不遠，他束了束衣襟，飛身掠過去。

小樓四面都圍著欄杆，建築得就像是一個小小的亭閣。

他足尖在欄杆上一點，人已倒掛在簷下。

最上面的一格窗戶開了一線，從這裡看過去，恰巧可以看見屋子中間的一張圓桌。

桌上擺著酒菜。

有兩個人正在喝酒，面對著門的一個人，正是蕭別離。

還有個人穿著很華麗，華麗得已接近奢侈，握著筷子的手上，還戴著三枚形式很奇怪的戒指。

看來就像是三顆星。

這人赫然竟是個駝子。

屋裡的燈光也並不太亮，酒菜卻非常精緻。

那衣著華麗的駝子，正用他戴著星形戒指的手，舉起了酒杯。

酒杯晶瑩剔透，是用整個紫水晶雕成的。

蕭別離微笑道：「酒如何？」

駝子道：「酒普通，酒杯還不錯。」

這駝子看來竟是個比蕭別離還懂得享受的人。

蕭別離嘆了口氣，道：「我早知你難侍候，所以特地托人從南面捎來真正的波斯葡萄酒，想不到只換得你『普通』兩個字。」

駝子道：「波斯的葡萄酒也有好幾等，這種本來就是最普通的。」

蕭別離道：「你自己為什麼不帶些好的來？」

駝子道：「我本來也想帶些來的，只可惜臨走時又出了些事，走得太匆忙。」

看來他們原來是早已約好的。

葉開覺得更有趣了，因爲他已看出這駝子正是「金背駝龍」丁求。

誰能想到「金背駝龍」丁求竟會躲在這裡？而且是已跟蕭別離約好的。

他爲什麼要帶那些棺材來？

他跟蕭別離是不是也有陰謀要對付萬馬堂？

葉開只希望蕭別離問問丁求，他臨走時究竟又出了什麼事！

但蕭別離卻已改變話題，道：「你這次來有沒有在路上遇見過特別精彩的女人？」

丁求道：「沒有，近來精彩的女人，好像已愈來愈少了。」

蕭別離笑道：「那也許只因爲你對女人的興趣已愈來愈少。」

丁求道：「聽說你這裡有個女人還不錯。」

蕭別離道：「何止不錯，簡直精彩。」

丁求道：「你爲什麼不找她來陪我們喝酒？」

蕭別離道：「這兩天不行。」

丁求道：「爲什麼？」

蕭別離道：「這兩天她心裡有別人。」

丁求道：「誰？」

蕭別離道：「能令這種女人動心的男人，當然總有幾手。」

丁求點點頭。

他一向很少同意別人說的話，但這點卻同意。

蕭別離忽又笑了笑，道：「但這人有時卻又像是個笨蛋。」

丁求道：「笨蛋？」

蕭別離淡淡道：「他放著又熱又暖的被窩不睡，卻寧願躲在外面喝西北風。」

葉開心裡本來覺得很舒服。

無論什麼樣的男子，聽到別人說他在女人那方面很有幾手，心裡總是很舒服的。

但後面的這句話卻令他很不舒服了。

他忽然覺得自己就像是個剛被一把從床底下拖出來的小偷。

蕭別離已轉過頭，正微笑著，看著他這面的窗戶。

那隻戴著星形戒指的手，已放下酒杯，手的姿勢很奇怪。

葉開也笑了，大笑著道：「主人在裡面喝酒，卻讓客人在外面喝風，這樣的主人也有點不像話吧。」

他推開窗子，一掠而入。

桌上只有兩副杯筷。

剛才窗戶上明明出現了三個人的影子，現在第三個人呢？

他是誰？是不是雲在天？

他爲什麼要忽然溜走？

屋子裡佈置得精緻而舒服，每樣東西都恰巧擺在你最容易拿到的地方。

蕭別離一伸手，就從旁邊的棗枝木架上，取了個漢玉圓杯，微笑道：「我是個懶人，又是個殘廢，能不動的時候就不想動。」

葉開嘆了口氣，道：「像你這樣的懶人若是多些，世人一定也可以過得舒服得多。」

他說的並不是恭維話。

一些精巧而偉大的發明，本就是爲了要人們可以過得更懶些，更舒服些。

蕭別離道：「就憑這句話，已值得一杯最好的波斯葡萄酒。」

葉開笑道：「只可惜這酒是最普通的一種。」

他舉杯向丁求，接著道：「上次見到丁先生，多有失禮之處，抱歉抱歉。」

丁求沉著臉，冷冷道：「你並沒有失禮，也用不著抱歉。」

葉開道：「只不過我對一個非常懂得酒和女人的男人，總是特別尊敬些的。」

丁求蒼白醜陋的臉，也忽然變得比較令人愉快了，道：「蕭老闆剛才只說錯了一件事。」

葉開道：「哦？」

丁求道：「你不但對付女人有兩手，對付男人也一樣。」

葉開道：「那也得看他是不是個真正的男人，近來真正的男人也已不多。」

丁求忍不住笑了。

醜陋的男人總覺得自己比漂亮小伙子更有男人氣概，就正如醜陋的女人總覺得自己比美女聰明些。

葉開這才將杯裡的酒喝下去。

屋裡的氣氛已輕鬆愉快很多，他知道自己恭維的話也已說夠。

接下去應該說什麼呢？

葉開慢慢的坐下去，這本來應該是那「第三個人」的座位。

要怎麼樣才能查出這人是誰？要怎麼樣才能問出他們的秘密？

那不但要問得非常技巧，而且還得問得完全不著痕跡。

葉開正在沉吟著，考慮著，丁求忽然道：「我知道你一定有很多話要問我。」

他面上還帶著笑容，但眸子裡卻已全無笑意。慢慢的接道：「你一定想問我，爲什麼要到這地方來？爲什麼要送那些棺材？怎麼會和蕭老闆認得的？在這裡跟他商量什麼事？」

葉開也笑了，眸子裡也全無笑意。

他已發現丁求遠比他想像中更難對付得多。

丁求道：「你爲什麼不問？」

葉開微笑道：「我若問了，有沒有用？」

丁求道：「沒有。」

葉開道：「所以我也沒有問。」

丁求道：「但有件事我卻可以告訴你。」

葉開道：「哦？」

丁求道：「有些人說我全身上下每一處都帶著暗器，你聽說過沒有？」

葉開道：「聽說過。」

丁求道：「江湖中的傳說，通常都不太可靠，但這件事卻是例外。」

葉開道：「你全身上下都帶著暗器？」

丁求道：「不錯。」

葉開眨眨眼問道：「一共有多少種？」

丁求道：「二十三種。」

葉開道：「每種都有毒？」

丁求道：「只有十三種是有毒的，因為有時我還想留下別人的活口。」

葉開道：「還有人說你同時可以發出七八種不同的暗器來。」

丁求道：「七種。」

葉開嘆了口氣，道：「好快的出手。」

丁求道：「但卻還有個人比我更快。」

葉開道：「誰？」

丁求道：「就是在你旁邊坐著的蕭老闆。」

蕭別離面上一直帶著微笑，這時才輕輕嘆了一聲，道：「一個又懶又殘廢的人，若不練幾樣暗器，怎麼活得下去。」

葉開又嘆了口氣，道：「有理。」

丁求道：「你看不看得出他暗器藏在哪裡？」

葉開道：「鐵枴裡？」

丁求忽然一拍桌子，道：「好，好眼力，除了鐵枴之外呢？」

葉開道：「別的地方也有？」

丁求道：「只不過還有八種，但他卻能在一瞬間將這九種暗器全發出來。」

葉開嘆道：「江湖中能比兩位功夫更高的人，只怕已沒有幾個了。」

丁求淡淡道：「只怕已連一個都沒有。」

葉開道：「想不到我竟能坐在當世兩大暗器高手之間，當真榮幸得很。」

丁求道：「這種機會的確不多，所以你最好還是安安靜靜的坐著，因為你只要一動，至少就有十六種暗器要向你招呼過去。」

他沉下了臉，冷冷又說道：「我可以保證，世上絕沒有任何人能在這種距離中，將這十六種暗器躲開的。」

葉開苦笑道：「我相信。」

丁求道：「所以無論我們問你什麼，你也最好還是立刻回答出來。」

葉開又嘆了口氣，道：「幸好我這人本就沒有什麼不可告人的秘密。」

丁求道：「你最好沒有。」

他忽然從衣袖中取出一捲紙展開，道：「你姓葉，叫葉開？」

葉開道：「是。」

丁求道：「你是屬虎的？」

葉開道：「是。」

丁求道：「你生在這地方附近？」

葉開道：「是。」

丁求道：「但你襁褓中就已經離開這裡？」

葉開道：「是。」

丁求道：「十四歲以前，你一直住在黃山上的道觀裡？」

葉開道：「是。」

丁求道：「你練的本是黃山劍法，後來在江湖中流浪時，又偷偷學了很多種武功，十六歲的時候，還做過幾個月和尚，爲的就是要偷學少林的伏虎拳？」

葉開道：「是。」

丁求道：「後來你又在京城的鏢局裡混過些時候，欠了一身賭債，才不能不離開？」

葉開道：「是。」

丁求道：「在江南你爲了一個叫小北京的女人，殺了蓋氏三雄，所以又逃回中原？」

葉開道：「是。」

丁求道：「這幾年來，你幾乎走遍了大河兩岸，到處惹事生非，卻也闖出了個不小的名頭。」

葉開嘆了口氣，苦笑道：「我的事你們好像比我自己知道得還多，又何必再來問我。」

丁求目光灼灼，盯著他，道：「現在我只問你，你爲什麼要到這裡來？」

葉開道：「我若說葉落歸根，這裡既然是我的老家，我當然也想回來看看——我若這麼樣說，你們信不信？」

丁求道：「不信。」

葉開道：「爲什麼？」

丁求道：「因爲你天生就是個浪子。」

葉開嘆道：「我若說除了這見鬼的地方外，根本已無處可走呢？你們信不信？」

丁求道：「這麼樣說聽來就比較像話了。」

他又展開那捲紙，接著道：「你賺到的最後一筆錢，是不是從一個老關東那裡贏來的一袋金豆了？」

葉開道：「是。」

丁求道：「現在這袋金豆子只怕已經是別人的了，對嗎？」

葉開苦笑道：「我討厭豆子，無論是蠶豆、豌豆、扁豆，還是金豆子都一樣討厭。」

丁求又抬起頭，盯著他，道：「沒有別人請你到這裡來？」

葉開道：「沒有。」

丁求道：「你知不知道這地方能賺錢的機會並不很多？」

葉開道：「我看得出。」

丁求道：「那麼你準備怎麼樣活下去？」

葉開笑了笑，道：「我還未看到這裡有人餓死。」

丁求道：「假如你知道別的地方有萬兩銀子可賺，你去不去？」

葉開道：「不去。」

丁求道：「爲什麼？」

葉開答道：「因爲這地方說不定會有更多的銀子可賺。」

丁求道：「哦？」

葉開道：「我看得出這地方已漸漸開始需要我這種人。」

丁求道：「你是哪種人？」

葉開悠然答道：「一個武功不錯，而且能夠守口如瓶的人，若有人肯出錢要我去替他做事，一定不會失望的。」

丁求沉吟著，眼睛裡漸漸發出了光，忽然道：「你殺人的價錢通常是多少？」

葉開道：「那就得看是殺誰了。」

丁求道：「最貴的一種呢？」

葉開道：「三萬。」

丁求道：「好，我先付一萬，事成後再付兩萬。」

葉開眼睛裡也發出了光，道：「你要殺誰？傅紅雪？」

丁求冷笑道：「他還不值三萬。」

葉開道：「誰值？」

丁求道：「馬空群！」

蕭別離靜靜的坐著，就好像在聽著兩個和他完全無關的人，在談論著一件和他完全無關的交易。

丁求的眸子卻是熾熱的，正眨也不眨的盯著葉開，那隻戴著三顆星形戒指的手，又擺出了一種很奇特的手勢。

葉開終於長長嘆出了口氣，苦笑道：「原來是你們，要殺馬空群的人，原來是你們。」

丁求目光閃動，道：「你想不到？」

葉開道：「你們跟他有什麼仇恨？爲什麼一定要殺他？」

丁求冷冷道：「你最好明白現在發問的人是我們，不是你。」

葉開道：「我明白。」

丁求道：「你想不想賺這三萬兩？」

葉開沒有回答，也已用不著回答。

他已伸出手來。

二十張嶄新的銀票，每張一千兩。

葉開道：「這是兩萬？」

丁求道：「是。」

葉開笑了笑，道：「你至少很大方。」

丁求道：「不是大方，是小心。」

葉開道：「小心？」

丁求道：「你一個人殺不了馬空群。」

葉開道：「哦。」

丁求道：「所以你還需要個幫手。」

葉開道：「一萬給我，一萬給我的幫手？」

丁求道：「不錯。」

葉開道：「這地方誰值得這麼多？」

丁求道：「你應該知道。」

葉開眼睛裡又發出了光，道：「你要我去找傅紅雪？」

丁求默認。

葉開道：「你怎知道我能收買他？」

丁求道：「你不是他的朋友？」

葉開道：「他沒有朋友。」

丁求道：「一萬兩已足夠交個朋友。」

葉開道：「有人若不賣呢？」

丁求道：「你至少該去試試。」

葉開道：「你自己爲何不去試試？」

丁求冷冷道：「你若不想賺這三萬兩，現在退回還來得及。」

葉開笑了，站起來就走。

蕭別離忽然笑道：「爲什麼不先喝兩杯再走？急什麼？」

葉開揚了揚手裡的銀票，微笑道：「急著去先花光這一萬兩。」

蕭別離道：「銀子既已在你手裡，又何必心急？」

葉開道：「因為現在我若不花光，以後再花的機會只怕已不多。」

蕭別離看著他掠出窗子，忽然輕輕嘆息了一聲，道：「這是個聰明人。」

丁求道：「的確是。」

蕭別離道：「你信任他？」

丁求道：「完全不。」

蕭別離瞇起了眼睛，道：「所以你才要跟他談交易？」

丁求也微笑道：「這的確是件很特別的交易。」

一個囊空如洗的人，身上若是忽然多了一萬兩銀子，連走路都會覺得輕飄飄的。

但葉開的腳步卻反而更沉重。

這也許只因為他已太疲倦。

翠濃本就是個很容易令男人疲倦的女人。

現在翠濃屋子裡的燈已熄了，想必已睡著。能在她身旁舒舒服服的一覺睡到天亮，呼吸著她香甜的髮香，輕撫著她光滑的背脊。

這誘惑連葉開都無法拒絕。

他輕輕走過去，推開門——房門本是虛掩著的，她一定還在等他。

星光從窗外漏進來，她用被蒙住了頭，睡得彷彿很甜。

葉開微笑著，輕輕掀起了絲被一角。

突然間，劍光一閃，一柄劍毒蛇般從被裡刺出，刺向他胸膛。

在這種情況下，這麼近的距離內，幾乎沒有人能避開這一劍。

但葉開卻像是條被獵人追捕已久的狐狸，隨時隨地都沒有忘記保持警覺。

他的腰就像是已突然折斷，突然向後彎曲。

劍光點著他胸膛刺過。

他的人已倒竄而出，一腳踢向握劍的手腕。

被踢中的人也已跳起，沒有追擊，劍光一圈，護住了自己的面目，撲向後面的窗子。

葉開也沒有追，卻微笑道：「雲在天，我已認出了你，你走也沒有用。」

這人眼見已將撞開窗戶，身影突然停頓、僵硬，過了很久，才慢慢的回過頭。

果然是雲在天。

他握著劍的手青筋凸起，目中已露出殺機。

葉開道：「原來你來找的人既不是傅紅雪，也不是蕭別離，你來找的是翠濃。」

雲在天冷冷道：「我能不能來找她？」

葉開道：「當然能。」

他微笑著，接著道：「一個像你這樣的男人，來找她這樣的女人，本是很正當的事，卻不知你爲什麼要瞞著我？」

雲在天目光閃動，忽然也笑了笑，道：「我怕你吃醋。」

葉開大笑道：「吃醋的應該是你，不是我。」

雲在天沉吟著，忽又問道：「她的人呢？」

葉開道：「這句話本也是我正想問你的。」

雲在天道：「你沒有看見她？」

葉開道：「我走的時候，她還在這裡。」

雲在天臉色變了變，道：「但我來的時候，她已不在了。」

葉開皺了皺眉，道：「也許她去找別的男人……」

雲在天打斷了他的話，道：「她從不去找男人，來找她的男人已夠多。」

葉開又笑了笑，道：「這你就不懂了，來找她的男人，當然和她要去找的男人不同。」

雲在天沉下了臉，道：「你想她會去找誰？」

葉開道：「這地方值得她找的男人有幾個？」

雲在天臉色又變了變，突然轉身衝了出去。

這次葉開並沒有攔阻，因爲他已發現了幾樣他想知道的事。

他發現翠濃也是個很神秘的女人，一定也隱藏著很多秘密。

像她這樣的女人，若要做這種職業，有很多地方都可以去，本不必埋沒在這裡。

她留在這裡，必定也有某種很特別的目的。

但雲在天來找她的目的，卻顯然和別的男人不同，他們兩人之間，想必也有某種不可告人的秘密。

葉開忽然發覺這地方每個人好像都有秘密，他自己當然也有。

現在這所有的秘密，好像都已漸漸到了將要揭穿的時候。

葉開嘆了口氣，明天要做的事想必更多，他決定先睡一覺再說。

他脫下靴子，躺進被窩。

然後他就發現了她脫在被裡的內衣。——是她脫下來的。

她的人既已走了，內衣怎麼會留在被裡？

莫非她走得太匆忙，連內衣都來不及穿起，莫非是她被人逼著走的？

她爲什麼沒有掙扎呼救？

葉開決定在這裡等下去，等她回來。

可是她始終沒有再回來。

這時距離黎明還有一個多時辰。

傅紅雪還沒有睡著。

馬芳鈴也沒有。

蕭別離和丁求還在喝酒。在小樓上。

公孫斷也在喝酒。在小樓下。

每個人好像在等，等待著某種神秘的消息。

馬空群、花滿天、樂樂山、沈三娘呢？他們在哪裡？是不是也在等？

這一夜真長得很。

這一夜中萬馬堂又死了十八個人！

風沙捲舞，黎明前的這一段時候，荒野上總是特別黑暗，特別寒冷。

狂風中傳來斷續的馬蹄聲。

七八個人東倒西歪的坐在馬上，都已接近爛醉。

幸好他們的馬還認得回去。

這些寂寞的馬師們，終年在野馬背上顛沛掙扎，大腿上都已被磨出了老繭，除了偶而到鎮上來猛醉一場，他們幾乎已沒有別的樂趣。

也不知是誰在含糊著低語？

「明天輪不到我當值，今天晚上我本該找個騷娘們摟著睡一宵的。」

「誰叫你的腰包不爭氣，有幾個錢又都灌了黃湯。」

「下次發餉，我一定要記著留幾個。」

「我看你還是找條母牛湊合湊合算了，反正也沒有女人能受得了你。」

於是大家大笑。

他們笑得瘋狂而放肆，又有誰能聽得出他們笑聲中的辛酸血淚。

沒有錢，沒有女人，也沒有家。

就算忽然在這黑暗的荒野上倒下去，也沒有人去爲他們流淚。

這算是什麼樣的生活？什麼樣的人生？

一個人突然夾緊馬股，用力打馬，向前衝出去，大聲呼嘯著。別的人卻在大笑。

「小黑子好像快瘋了。」

「他至少有七八個月沒有碰過女人，上次找的還是個五六十歲的老幫子。」

「像翠濃那樣的女人，若能陪我睡一宵，我死了也甘心。」

「我寧可要三姨，那娘們倒全身都嫩得好像能擰出水來。」

突然間，一聲慘呼。

剛衝入黑暗中的「小黑子」，突然慘呼著從馬背上栽倒。

倒在一個人腳下。

一個人忽然鬼魅般從黑暗中出現，手裡倒提著斬馬刀！

熱酒立刻變成了冷汗。

「你是什麼人？是人是鬼？」

這人卻笑了：「連我是誰你們都看不出？」

最前面的兩個人終於看清了他，這才鬆了口氣，陪笑道：「原來是……」

他的聲音剛發出，斬馬刀已迎面劈下。

鮮血在他眼前濺開，在夜色中看來就像是黑的。

他身子慢慢的栽倒，一雙眼睛還在死盯著這個人，眼睛裡充滿了驚懼和不信。

他死也想不通這個人怎會對他下這種毒手！

健馬驚嘶，人群悲呼。

有的人轉身打馬，想逃走，但這人忽然間已鬼魅般追上來。

刀光只一閃，立刻就有個人自馬背上栽倒。

又有人在悲嘶大呼：「爲什麼？你這究竟是爲了什麼？」

「這不能怪我，只怪你爲什麼要入萬馬堂！」

天地肅殺，火焰在狂風中捲舞，遠處的天燈已漸漸黯了。

兩個人蜷曲在火堆旁，疲倦的眼睛茫然凝視著火上架著的鐵鍋。

鍋裡的水已沸了，一縷縷熱氣隨氣四散。

一個人慢慢的將兩塊又乾又硬的馬肉投入鍋裡，忽然笑了笑，笑容中帶著種尖針般的譏誚之意。

「我是在江南長大的，小時候總想著要嚐嚐馬肉是什麼滋味，現在總算嚐到了。」

他咬了咬牙：「下輩子若還要我吃馬肉，我他媽的寧可留在十八層地獄裡。」

另一個人沒有理他，正將一隻手慢慢的伸進自己褲袋裡。

手伸出來時，手掌上已滿是血跡。

「怎麼？又磨破了，誰叫你的肉長得這麼嫩？頭一天你就受不了，明天還有得你好受的。」

其實，又有誰真受得了，每天六個時辰不停的奔馳。開始時還好，到第五個時辰時，馬鞍上已像是佈滿了尖針。

他眼看自己手上的血，忍不住低聲詛咒：「樂樂山，你這狗娘養的，你他媽的躲到哪裡去了，要我們這樣子苦苦找你。」

「聽說這人是個酒鬼，說不定已從馬背上跌斷了脖子。」

旁邊的帳篷裡，傳出了七八個人同時打鼾的聲音，鍋裡的水又沸了。

不知道馬肉煮爛了沒有？

年紀較長的一人，剛撿起根枯枝，想去攪動鍋裡的肉。

就在這時，黑暗中忽然有一人一騎急馳而來。

兩個人同時抄住了刀柄，霍然長身而起，厲聲喝問：「來的是誰？」

「是我。」

這聲音彷彿很熟悉。

年輕人用沾滿血跡的手，拿起了一根燃燒著的枯枝，舉起。

火光照亮了馬上人的臉。

兩個人立刻同時笑了，陪著笑道：「這麼晚了，你老人家怎麼還沒歇下？」

「我找你們有事。」

「什麼事？」

沒有回答，馬上忽有刀光一閃，一個人的頭顱已落地。

年輕人張大了嘴巴，連驚呼聲都已被駭得陷在咽喉裡。

這人爲什麼要對他們下這種毒手？他死也想不通。

帳篷裡的鼾聲還在繼續著。

已經勞苦了一天的人，本就很難被驚醒。

第一個被驚醒的人最痛苦，因爲他聽見了一種馬踏泥漿的聲音，也看見了雨點般的鮮血正從半空中灑下。

他正想驚呼，刀鋒已砍在他咽喉上。

這時距離黎明還有半個時辰。

葉開閉著眼睛躺在床上，似已睡著。

傅紅雪從後面的廚房舀了盆冷水，正在洗臉。

公孫斷已喝得大醉，正踉蹌地衝出門，躍上了他的馬。

小樓上燈光也已熄了。

現在只剩下馬芳鈴一個人，還睜大了眼睛在等。

馬空群、雲在天、花滿天、樂樂山、沈三娘呢？

荒野上的鮮血開始濺出的時候，他們在哪裡？

翠濃又在哪裡？

馬芳鈴的手緊緊抓住了被，身上還在淌冷汗。

她剛才好像聽見遠處傳來慘厲的呼喊聲，若是平時，她也許會出去看個究竟。

但現在她已看見了太多可怕的事，她已不敢再看，不忍再看。

屋子裡悶得很，她卻連窗戶都不敢打開。

這是棟獨立的屋子，建築得堅固而寬敞，除了兩個年紀很大的老媽子外，只有她們父女、公孫斷和沈三娘住在這裡。

也許只因馬空群只信任他們這幾個人。

現在小虎子當然已睡得很沉，那個老媽子已半聾半瞎，醒著時也跟睡著差不多。

現在屋子裡等於只剩下她一個人。

孤獨的本身就是種恐懼。

何況還有黑暗，這死一般寂靜的黑暗，黑暗中那鬼魅般的復仇人。

馬芳鈴咬著唇，坐起來。

風吹著新換的窗紙，窗戶上突然出現了一條人影。

一個長而瘦削的人影，絕不是她父親，也絕不是公孫斷。

馬芳鈴只覺得自己的胃在收縮、僵硬，連肚子都似已僵硬。

床頭的椅子上掛著一柄劍。

窗上的人影沒有動，似乎正在傾聽著屋子裡的動靜，正在等機會闖進來。

馬芳鈴用力咬著唇，伸出手，輕輕的，慢慢的，拔出了床頭的劍，握緊。

窗上的人影開始動了，似乎想撬開窗子，馬芳鈴掌心的冷汗，已濕透了纏在劍柄上的紫綾。

她勉強控制著自己，不讓自己的手發抖，然後再慢慢的將氣力提在掌心。

她準備就從這裡躍起，一劍刺過去。

屋子裡很暗，她已做好了準備的動作，只希望窗外的人沒有看見她的動作。

可是她這一劍還未刺出，窗上的人影竟已忽然不見了。

然後，她就聽見了風中的馬蹄聲。

窗外的人想必也已發現有人回來，才被驚走的。

「總算已有人回來了。」

馬芳鈴倒在床上，全身都似已將虛脫崩潰。她第一次了解到真正的恐懼是什麼滋味。

窗外的人呢？

等她再次鼓起力氣，想推開窗子去看時，馬蹄聲已到了窗外。

她聽見父親嚴厲的聲音在發令：「不許出聲，跟我上去！」

馬空群不是一個人回來的！

跟他回來的是誰？

回來的只有一匹馬，馬空群怎麼會跟別人合乘一騎的呢？

她正在覺得驚奇，忽然又聽到一聲女人的輕輕呻吟，然後他們的腳步聲就已在樓梯上。

馬空群怎麼會帶了個女人回來？

她知道這女人絕不會是三姨，那一聲呻吟聽來嬌媚而年輕。

她剛坐起，又悄悄躺下去。

她很體諒她的父親。

男人愈緊張時，愈需要女人，年紀愈大的男人，愈需要年輕的女人。

三姨畢竟已快老了。

馬芳鈴忽然覺得她很可憐，男人可以隨時出去帶女人回來，但女人半夜時若不在屋裡，卻是件不可原諒的事。

窗紙彷彿已漸漸發白。

方才那個人呢？

他當然不會真的像鬼魅般突然消失，他一定還躲藏在這地方某個神秘的角落裡，等著用他冰冷的手，去扼住別人的咽喉。

「他第一個對象也許就是我。」

馬芳鈴忽然又有種恐懼，幸好這時她父親已回來，天已快亮了。

她遲疑著，終於握緊了劍，赤著足走出去——若不能找到那個人，她坐立都無法安心。

走廊上的燈已熄了，很暗，很靜。

她赤著足走在冰冷的地板上，一心只希望能找到那個人，卻又生怕那個人會突然出現。

就在這裡，她忽然聽到一陣倒水的聲音。

聲音竟是從三姨房裡傳出來的。

是三姨已回來了？還是那個人藏在她房裡？

馬芳鈴只覺自己的心跳得好像隨時都可能跳出嗓子來。

她用力咬著牙，輕輕的，慢慢的走過去，突然間，地板「吱」的一響。

她自己幾乎被嚇得跳了起來，然後就發現三姨的房門開了一線。

一雙明亮的眼睛正在門後看著她，是三姨的眼睛。

馬芳鈴這才長長吐出口氣，悄悄道：「謝天謝地，你總算回來了。」

十三　沈三娘的秘密

這屋子裡也沒有燃燈。

沈三娘披著件寬大的衣衫，彷彿正在洗臉，她的臉看來蒼白而痛苦。

剛才她用過的面巾上，竟赫然帶著血跡。

馬芳鈴道：「你……你受了傷？」

沈三娘沒有回答這句話，卻反問道：「你知道我剛才出去過？」

馬芳鈴笑了，眨著眼笑道：「你放心，我也是個女人，我可以裝做不知道。」

她在笑，因爲她第一次覺得自己是個大人。

替別人保守秘密，本就是種只有完全成熟了的人才能做到的事。

沈三娘沒有再說什麼，慢慢的將帶血的絲巾浸入水裡，看著血在水裡溶化。

她嘴裡還帶著血的鹹味，這口血一直忍耐到回屋後才吐出來。

公孫斷的拳頭真不輕。

馬芳鈴已跳上床，盤起了腿。

她在這屋裡本來總有些拘謹，但現在卻已變得很隨便，忽又道：「你這裡有沒有酒，我想喝一杯！」

沈三娘皺了皺眉，道：「你是什麼時候學會喝酒的？」

馬芳鈴道：「你在我這樣的年紀，難道還沒有學會喝酒？」

沈三娘嘆了口氣，道：「酒就在那邊櫃子最下面的一節抽屜裡。」

馬芳鈴又笑了，道：「我就知道你這裡一定有酒藏著，我若是你，晚上睡不著的時候，也會一個人起來喝兩杯的。」

沈三娘嘆道：「這兩天來，你的確好像已長大了很多。」

馬芳鈴已找到了酒，拔開瓶蓋，嘴對著嘴喝了一口，帶著笑道：「我本來就已是個大人，所以你一定要告訴我，剛才你出去找的是誰？」

沈三娘道：「你放心，不是葉開。」

馬芳鈴眼波流動，道：「是誰？傅紅雪？」

沈三娘正在擰著絲巾的手突然僵硬，過了很久，才慢慢的轉過身，盯著她。

馬芳鈴道：「你盯著我幹什麼？是不是因爲我猜對了？」

沈三娘忽然奪過她手裡的酒瓶，冷冷道：「你醉了，爲什麼不回去睡一覺，等清醒了再來找我。」

馬芳鈴也板起了臉，冷笑道：「我只不過想知道你是用什麼法子勾引他的，那法子一定不錯，否則他怎麼會看上你這麼老的女人？」

沈三娘冷冷的看著她，一字字道：「你喜歡的難道是他？不是葉開？」

馬芳鈴就好像突然被人在臉上摑了一掌，蒼白立刻變得赤紅。

她似乎想過來在沈三娘臉上摑一巴掌，但這時她已聽到走廊上的腳步聲。

腳步聲緩慢而沉重，已停在門外，接著就有人在輕喚：「三娘，你醒了嗎？」

這是馬空群的聲音。

馬芳鈴和沈三娘的臉上立刻全都變了顏色，沈三娘向床下吸了吸嘴，馬芳鈴咬著嘴唇，終於很快的鑽了進去。

她也和沈三娘同樣心虛，因爲她心裡也有不可告人的秘密。

幸好馬空群沒有進來，只站在門口問：「剛起來？」

「嗯。」

「睡得好不好？」

「不好。」

「跟我上去好不好？」

「好。」

他們已有多年的關係了，所以他們的對話簡單而親密。

馬芳鈴又在奇怪。

她父親明明已帶了個女人回來，現在爲什麼又要三姨上去？

他帶回來的女人是誰呢？

馬空群一個人佔據了樓上的三間房，一間是書齋，一間是臥房，還有一間是他的密室，甚至連沈三娘都從未進去過。

他上樓的時候，腰幹還是挺得筆直，看他的背影，誰也看不出他已是個老人。

沈三娘默默的跟著他。只要他要她上去，她從未拒絕過，她對他既不太熱，也不太冷。有時她也會對他奉獻出完全滿足的熱情。

這正是馬空群需要的女人，太熱的女人已不適於他這種年紀。

樓上的房門是關著的，馬空群在門外停下來，忽然轉身，盯著她，問道：「你知不知道我找你上來做什麼？」

沈三娘垂下頭，柔聲道：「隨便你要做什麼都沒關係。」

馬空群道：「我若要殺了你呢？」

他的語氣很嚴肅，臉上也沒有絲毫笑意。

沈三娘忽然覺得一陣寒意自足底升起，這才發現自己也是赤著足的。

馬空群忽又笑了笑，道：「我當然不會殺你，屋裡還有個人在等你。」

沈三娘道：「有人在等我？誰？」

馬空群笑得很奇怪，緩緩道：「你永遠猜不到他是誰的！」

他轉身推開了門，沈三娘卻已幾乎沒有勇氣走進去了。

天終於亮了。

傅紅雪正慢慢的在啜著剛煮好的熱粥。

葉開已隱隱感覺到翠濃不會再回來，正在穿他的靴子。

小樓上靜寂無聲，公孫斷正將頭埋入飲馬的水槽裡，像馬一樣在喝著冷水，但現在只怕連一條河的水也無法使他清醒。

荒野上的晨風中，還帶著一陣淡淡的血腥氣。

花滿天和雲在天也回到他們自己的屋裡，開始準備到大堂來用早餐。

每天早上他們都要到大堂來用早餐，這是馬空群的規矩。

沈三娘終於鼓起勇氣，走進了馬空群的房門。

在裡面等她的是誰呢？

翠濃手抱膝蓋，蜷曲在書房裡一張寬大的檀木椅上。

她看來既疲倦又恐懼。

沈三娘看見她的時候，兩個人好像都吃了一驚。

馬空群冷冷的觀察著她們臉上的表情，忽然道：「你們當然是認得的。」

沈三娘點點頭。

馬空群道：「現在我已將她帶回來了，也免得你以後再三更半夜的去找她。」

沈三娘的反應很奇特，她好像在沉思著，好像根本沒有聽見馬空群的話。

過了很久，她才慢慢的轉身，面對著馬空群，緩緩道：「我昨天晚上的確出去過。」

馬空群道：「我知道。」

沈三娘道：「我要找的人也不是翠濃。」

馬空群道：「我知道。」

他已坐了下來，神色還是很平靜，誰也無法從他臉上的表情看出他心裡的喜怒。

沈三娘凝視著他，一字字道：「我去找的人是傅紅雪！」

馬空群在聽著，甚至連眼角的肌肉都沒有牽動。

他目光中非但沒有驚奇和憤怒，反而帶著種奇異的了解與同情。

沈三娘也很平靜，慢慢的接著道：「我去找他，只因爲我總覺得他就是殺死那些人的兇手。」

馬空群道：「他不是。」

沈三娘又慢慢的點了點頭，道：「他的確不是，但我在沒有查明白之前，總是不能安心。」

馬空群道：「我明白。」

沈三娘道：「我可以從他對我的態度上看出來，女人天生就有種微妙的感覺，他若恨你，對我的態度也一定不同。」

馬空群道：「我懂。」

沈三娘道：「可是他卻對我很客氣，我去的時候，他雖然顯得有些吃驚，我要走的時候，他卻並沒有留難我。」

馬空群道：「他是個君子。」

沈三娘道：「只可惜你有個朋友並不是君子。」

馬空群道：「哦？」

沈三娘咬著牙，眼眶已發紅，忽然解開了衣襟，衣襟下是赤裸著的。

她雖然已是個三十多歲的女人，但身材仍保養得非常好。她的胸膛堅挺，小腹平坦，雙腿修長結實，只可惜現在這晶瑩雪白的胴體上，已多了好幾塊瘀青和青腫。

翠濃忍不住發出了一聲輕叫，沈三娘的淚已落下，顫聲道：「你知道這是被誰打的？」

馬空群凝視著她腰腹上的傷痕，目中已露出憤怒之色，過了很久，才沉聲道：「我不想知道。」

他的意思沈三娘當然明白，不想知道的意思，就是他已知道。

沈三娘也沒有再說，慢慢的掩起衣襟，黯然道：「你不知道也好，我只不過要你明白，爲了你，我什麼事都肯做。」

馬空群目中的憤怒已變爲痛苦，又過了很久，才長長嘆息了一聲，道：「這些年來，你的確爲我做了很多事，吃了很多苦。」

沈三娘哽咽著，突然跪倒，伏在他膝上，失聲痛哭了起來。

馬空群輕輕撫著她的柔髮，目光凝視著窗外。

清晨的微風吹過草原，雜草如波浪起伏，旭日剛剛升起，金黃色的陽光照在翠綠的草浪上，馬群正奔向陽光。

馬空群嘆息著，柔聲道：「這地方本是一片荒漠，沒有你，我也許根本就不能將這地方改變得如此美麗，沒有人知道你對我的幫助有多麼大。」

沈三娘輕泣著，道：「只要你知道，我就已心滿意足了。」

馬空群道：「我當然知道，你幫助我將這塊地方改變得如此美麗，只不過是要我在失去它時覺得更痛苦。」

沈三娘霍然抬起頭，失聲道：「你……你……你在說什麼？」

馬空群不再看她，緩緩道：「我在說一件秘密。」

沈三娘道：「什麼秘密？」

馬空群道：「你的秘密。」

沈三娘道：「我……我有什麼秘密？」

馬空群目中的痛苦之色更深，一字字道：「從你第一天到這裡來的時候，我已知道你是誰了！」

沈三娘身子一陣震顫，就好像有一雙看不見的手突然扼住了她咽喉。

她連呼吸都已停頓，慢慢的站起來，一步步向後退，目中也充滿了恐懼之色。

馬空群道：「你不姓沈，姓花。」

這句話又像是一柄鐵鎚，重重的敲擊在沈三娘的頭上。

她剛站起來，又將跌倒。

馬空群道：「白先羽的外室花白鳳，才是你嫡親的姐姐。」

沈三娘道：「你……你怎麼知道？」

馬空群嘆息了一聲，道：「你也許不信，但你還未到這裡來時，我已見過你，見過你們姐妹和白先羽在一起，那時你還小，你姐姐肚子裡卻已有了白先羽的孩子。」

沈三娘顫抖突然停止，全身似已僵硬。

馬空群道：「白先羽死了後，我也曾找過你們姐妹，但你姐姐卻一直隱藏得很好，又有誰能想到你居然到這裡來了？」

沈三娘慢慢的向後退，終於找著張椅子坐下來，看著他。

就是這個人，七年來，每個月她至少有十天要陪他上床，忍受著他那隻沒有手指的手笨拙的撫摸，忍受著他的汗臭。

有時她甚至會覺得睡在她旁邊的是一匹馬，一匹老馬。

她忍受了七年，因爲她總認爲自己必有收穫，這一切他遲早必將付出代價。

現在她才知道自己錯了，錯得可笑，錯得可怕。

她忽然發覺自己就像是一條孩子手裡的蚯蚓，一直在被人玩弄。

馬空群道：「我早已知道你是誰，但卻一直沒有說出來，你知不知道是爲了什麼？」

沈三娘搖搖頭。

馬空群道：「因爲我喜歡你，而且很需要你這樣一個女人。」

沈三娘忽然笑了笑道：「而且還是自己心甘情願的免費送上門來的。」

她的確在笑，但這笑卻比哭還要痛苦。

她忽然覺得要嘔吐。

馬空群道：「我早就知道你跟翠濃的關係。」

沈三娘道：「哦？」

馬空群道：「我這邊的消息，由翠濃轉出去，外邊的消息，也是由翠濃轉給你的。」

他也笑了笑，道：「你用她這種人來轉達消息，倒的確是個聰明的主意。」

沈三娘嘆道：「只可惜還是早已被你知道。」

馬空群道：「我一直沒有阻止你們，只因爲我根本就沒有重要的消息給你。」

沈三娘道：「你也許還想從我這裡得到外面的消息。」

馬空群也嘆了口氣，道：「只可惜你姐姐比你精明得多，這麼多年來，我竟始終查不出她的蹤跡。」

沈三娘道：「所以她直到現在還活著。」

馬空群道：「她的兒子呢？」

沈三娘道：「也還活著。」

馬空群道：「現在是不是已經到這裡來了？」

沈三娘道：「你猜呢？」

馬空群道：「是葉開？還是傅紅雪？」

沈三娘道：「你猜不出？」

馬空群又笑了笑，道：「就算你不說，我也有法子知道的。」

沈三娘道：「那麼你又何必問我？」

馬空群忽然又嘆息了一聲，道：「其實直到今天爲止，我還是不想揭穿你的秘密，因爲我還是不忍中斷我們現在的這種關係。」

沈三娘道：「只可惜你現在已到了非揭穿我不可的時候。」

馬空群道：「因爲這件事已不能再拖下去。」

沈三娘道：「既然已拖了十幾年，又何妨再拖幾天？」

馬空群神情更沉重的說道：「我有兒有女，還有幾百個兄弟，我不忍眼見著他們再一個個死在我的眼前。」

沈三娘道：「昨天晚上又死了多少？」

馬空群黯然道：「死的已夠多。」

沈三娘道：「你認爲誰是兇手？葉開？傅紅雪？」

馬空群目中露出憎恨之色，緩緩道：「不管兇手是誰，我可以向你保證，他一定逃不了的！」

沈三娘盯著他，一字字道：「天網恢恢，疏而不漏，殺人者死……對不對？」

馬空群道：「不錯。」

沈三娘突然冷笑，道：「那麼你自己呢？」

馬空群目中的憤怒突又變爲恐懼，一種深入骨髓的恐懼。

他忽然站起來，面對著窗子，彷彿不願被沈三娘看到他面上的表情。

就在這時，外面響起了一陣銅鈴聲。

馬空群嘆了口氣，喃喃道：「好快，又是一天，早膳的時候又到了。」

沈三娘道：「你今天還吃得下？」

馬空群道：「這是我自己訂下的規矩，至少我自己不能破壞它！」

他沒有再看沈三娘一眼，忽然大步走了出去。

沈三娘道：「等一等。」

馬空群在等。

沈三娘道：「你怎麼能就這樣走了？」

馬空群道：「爲什麼不能？」

沈三娘道：「你……你準備對我怎麼樣？」

馬空群道：「不怎麼樣。」

沈三娘道：「我不懂你的意思。」

馬空群道：「我沒有意思。」

沈三娘道：「你既已揭穿了我的隱密，爲什麼不殺了我？」

馬空群道：「揭穿你的秘密是一回事，殺你又是另外一回事了！」

沈三娘道：「可是……」

馬空群道：「我知道你當然也不能再留在這裡。」

沈三娘道：「你讓我走？」

馬空群笑了笑，笑得很淒涼，緩緩道：「我爲什麼不讓你走？難道我真能殺了你？」

沈三娘看著他，目中露出了驚奇之色。

直到現在，她發覺自己還是不能了解這個人，也許始終都沒有真的了解過他。

她忍不住又問道：「你既然已準備讓我走，爲什麼又要揭穿我的秘密？」

馬空群又笑了笑，淡淡道：「那也許只因爲我要讓你知道，我並不是個呆子。」

沈三娘咬著嘴唇，道：「那也許只因爲你已不願我再留在這裡。」

馬空群道：「也許。」

他沒有再說什麼，頭也不回的走了出去。

腳步聲已下了樓，緩慢而沉重。他的心情也許更沉重。

「他爲什麼不殺我？難道他真的對我不錯？」

沈三娘握緊雙拳，自己決定絕不能再想下去，想下去只有更痛苦。

就是這個人，欺騙了她，玩弄了她，但卻在別人非殺不可的時候放過了她。

也許並不是他要欺騙她，而是她要欺騙他。

無論他以前做什麼，但是他對她這個人，卻並沒有虧負。

沈三娘心裡忽然覺得一陣刺痛。

她本不該有這種感覺，更從未想到自己會有這種感覺。

但人總是人。

人總有人的情感、矛盾和痛苦。

翠濃已站了起來，走到她面前，柔聲道：「他既然已讓我們走，我們爲什麼還不走？」

沈三娘長長嘆息了一聲，道：「當然要走，只不過……也許我根本不該來的。」

十四 健馬長嘶

馬空群慢慢的坐了下來。

長桌在他面前筆直的伸展出去，就好像一條漫長的道路一樣。

從泥沼和血泊中走到這裡，他的確已走了段長路，長得可怕。

從這裡開始，又要往哪裡走呢？

難道又要走向泥沼和血泊中？

馬空群慢慢的伸出手，放在桌上，面上的皺紋在清晨的光線中顯得更多、更深，每一條皺紋都不知是多少辛酸血淚刻劃出來的。

那其中有他自己的血，也有別人的！

花滿天和雲在天已等在這裡，靜靜的坐著，也顯得心事重重。

然後公孫斷才踉蹌走了進來，帶著一身令人作嘔的酒臭。

馬空群沒有抬頭看他，也沒有說什麼。

公孫斷只有自己坐下，垂下了頭，他懂得馬空群的意思。

這種時候，的確不是應該喝醉的時候。

他心裡既羞慚，又憤怒——對他自己的憤怒。

他恨不得抽出刀，將自己的胸膛劃破，讓血裡的酒流出來。

大堂裡的氣氛更沉重。

早膳已經搬上來，有新鮮的蔬菜和剛烤好的小牛腿肉。

馬空群忽然微笑，道：「今天的菜還不錯。」

花滿天點點頭，雲在天也點點頭。

菜的確不錯，但又有誰能吃得下？天氣也的確不錯，但清風中卻彷彿還帶著種血腥氣。

雲在天垂著頭，道：「派出去巡邏的第一隊人，昨天晚上已經……」

馬空群打斷了他的話，道：「這些話等吃完了再說。」

雲在天道：「是。」

於是大家都垂下頭，默默的吃著。

鮮美的小牛腿肉，到了他們嘴裡，卻似已變得又酸又苦。

只有馬空群卻還是吃得津津有味。

他嘴嚼的也許並不是食物，而是他的思想。

所有的事，都已到了必須解決的時候。

有些事絕不是只靠武力就能解決的，一定還得要用思想。

他想的實在太多，太亂，一定要慢慢咀嚼，才能消化。

馬空群還沒有放下筷子的時候，無論誰都最好也莫要放下筷子。

現在他終於已放下筷子。

窗子很高。

陽光斜斜的照進來，照出了大堂中的塵土。

他看著在陽光中浮動跳躍的塵土，忽然道：「爲什麼只有在陽光照射到的地方，才有灰塵？」

沒有人回答，沒有人能回答。

這根本不能算是個問題。

這問題太愚蠢。

馬空群目光慢慢的在他們面上掃過，忽然笑了笑，道：「因爲只有在陽光照射到的地方，你才能看得見灰塵，因爲你們若看不見那樣東西，往往就會認爲它根本不存在。」

他慢慢的接著道：「其實無論你看不看得見，灰塵總是存在的。」

愚蠢的問題，聰明的答案。

但卻沒有人明白他爲什麼要忽然說出這句話來，所以也沒有人開口。

所以馬空群自己又接著道：「世上還有許多別的事也一樣，和灰塵一樣，它雖然早在你身旁，你卻一直看不見它，所以就一直以爲它根本不存在。」

他凝視著雲在天和花滿天，又道：「幸好陽光總是會照進來的，遲早總是會照進來的……」

花滿天垂首看著面前剩下的半碗粥，既沒有開口，也沒有表情。

但沒有表情卻往往是種很奇怪的表情。

他忽然站起來，道：「派出去巡邏的第一隊人，大半是我屬下，我得去替他們料理後事。」

馬空群道：「等一等。」

花滿天道：「堂主還有吩咐？」

馬空群道：「沒有。」

花滿天道：「那等什麼？」

馬空群道：「等一個人來。」

花滿天道：「等誰？」

馬空群道：「一個遲早總會來的人。」

花滿天終於慢慢的坐下，卻又忍不住道：「他若不來呢？」

馬空群沉下了臉，一字字道：「我們就一直等下去好了。」

他沉下臉的時候，就表示有關這問題的談話已結束，已沒有爭辯的餘地。

所以大家就坐著，等。

等誰呢？

就在這時，他們已聽到一陣急驟的馬蹄聲。

然後就有條白衣大漢快步而入，躬身道：「外面有人求見。」

馬空群道：「誰？」

大漢道：「葉開。」

馬空群道：「只有他一個人？」

大漢道：「只有他一個人。」

馬空群面上忽然露出一種很奇特的微笑，喃喃道：「他果然來了，來的好快。」

他站起來，走出去。

花滿天忍不住道：「堂主等的就是他？」

馬空群沒有承認，也沒有否認，卻沉聲道：「你們最好就留在這裡等我回來。」

他忽又笑了笑，接著道：「但這次你們卻不必一直等下去，因為我一定很快就會回來的。」

馬空群若說你們最好留在這裡，那意思就是你們非留在這裡不可。

這意思每個人都明白。

雲在天仰面看著窗外照進來的陽光，眼目中帶著深思的表情，彷彿還在體味著馬空群那幾句話中的意思。

公孫斷緊握雙拳，眼睛裡滿佈血絲。

今天馬空群竟始終沒有看過他一眼，這爲的是什麼呢？

花滿天卻在問自己：葉開怎麼會突然來了？爲什麼而來的？

馬空群怎麼會知道他要來？

每個人心裡都有問題，只有一個人能解答的問題。

這個人當然不是他們自己。

陽光燦爛。

葉開站在陽光下。

只要有陽光的時候，他好像就永遠都一定是站在陽光下的。

他絕不會站到陰影中去。

現在他正仰著臉，看著那面迎風招展的白綾大旗，好像根本沒有覺察到馬空群已走過來。

馬空群已走過來，站在他身旁，也仰起臉，去看那面大旗。

大旗上五個鮮紅的大字。

「關東萬馬堂」。

葉開忽然長長嘆了口氣，道：「好一面大旗，不知道你們是不是天天都將它升上去？」

馬空群道：「是。」

他一直都在凝視葉開，觀察著葉開面上的表情，觀察得很仔細。

現在葉開終於也轉過頭，凝視著他，緩緩道：「要讓這面大旗天天升上去，想必不是件容易事。」

馬空群沉默了很久，也長長嘆息了一聲，道：「的確不容易。」

葉開道：「不知道世上有沒有容易事？」

馬空群道：「只有一樣。」

葉開道：「什麼事？」

馬空群道：「騙自己。」

葉開笑了。

馬空群卻沒有笑，淡淡接著道：「你要騙別人雖很困難，要騙自己卻很容易。」

葉開微笑著，道：「但一個人究竟爲什麼要騙他自己呢？」

馬空群道：「因爲一個人若能自己騙自己，他日子就會過得愉快些。」

葉開道：「你呢？你能不能自己騙自己？」

馬空群道：「不能。」

葉開道：「所以你日子過得並不愉快。」

馬空群沒有回答，也不必回答。

葉開看著他面上的皺紋，目中似已露出一些同情傷感之色。

這些皺紋都是鞭子抽出來的，一條藏在他心裡的鞭子。

柵欄裡的院子並不太大，外面的大草原卻遼闊得無邊無際。

人爲什麼總是將自己用一道柵欄圈住呢？

他們不知不覺的同時轉過身，慢慢的走出了高大的拱門。

晴空如洗，長草如波浪般起伏，天地間卻彷彿帶著種濃冽的悲愴之意。

馬空群縱目四顧，又長長嘆息，黯然道：「這地方死的人已太多了。」

葉開道：「死的全是不該死的人。」

馬空群霍然回頭，目光灼灼，盯著他道：「該死的是誰？」

葉開笑了笑，道：「有人認爲該死的是我，也有人認爲該死的是你，所以……」

馬空群道：「所以怎麼樣？」

葉開一字字道：「所以有人要我來殺你！」

馬空群停下腳步，看著他，面上並沒有露出驚奇的表情。

這件事好像本就在他意料之中。

幾匹失群的馬，也不知從哪裡跑了過來。

馬空群突然縱身，掠上了一匹馬，向葉開招了招手，就打馬而出。

他似已算準葉開會跟去。

葉開果然跟去。

這地方本已在天邊，這山坡更似在另一個天地裡。

葉開來過。

馬空群要說機密話的時候，總喜歡將人帶來這裡。

他好像只有在這裡才能將自己心裡圍著的欄柵撤開去。

石碑上仍有公孫斷那一刀砍出的痕跡。

馬空群輕撫著碑上的裂痕，就像是在輕撫著自己身上的刀疤一樣。

是不是因爲這墓碑總要令他憶起昔日那些慘痛的往事？

良久良久，他才轉過身。

風吹到這裡，似也變得更淒涼蕭索。

他鬢邊白髮已被吹亂，看來彷彿又蒼老了些。

但他的眼睛卻還是鷹隼般銳利，他盯著葉開，道：「有人要你來殺我？」

葉開點點頭。

馬空群道：「但你卻不想殺我？」

葉開道：「你怎麼知道？」

馬空群道：「因爲你若想殺我，就不會來告訴我了。」

葉開笑了笑，也不知是承認？還是否認？

馬空群道：「你想必也已看出，要殺我並不是一件容易的事。」

葉開沉吟著，道：「你爲何不問我，是誰要我來殺你？」

馬空群道：「我不必問。」

葉開道：「爲什麼？」

馬空群冷冷道：「因爲我根本就從未將那些人看在眼裡。」

他慢慢的接著道：「要殺我的人很多，但值得重視的卻只有一個人。」

葉開道：「誰？」

馬空群道：「我本來也不能斷定這人究竟是你還是傅紅雪。」

葉開道：「現在你已能斷定？」

馬空群點點頭，瞳孔似在收縮，緩緩道：「其實我本來早就該看出來的。」

葉開目光閃動，道：「你認爲那些人全是被傅紅雪殺了的？」

馬空群道：「不是。」

葉開道：「不是他是誰？」

馬空群目中又露出痛恨之色，慢慢的轉過身，眺望著山坡下的草原。

他沒有回葉開的話，過了很久，才沉聲道：「我說過，這地方是我用血汗換來的，絕沒有任何人能從我手上搶去。」

這句話也不是回答。

葉開卻像是已從他這句話中聽出了一些特殊的意義，所以也不再問了。

天是藍的，湛藍中帶著種神秘的銀灰色，就像是海洋。

那面迎風招展的大旗，在這裡看來已渺小得很，旗幟上的字跡也已不能辨認。

世上有很多事都是這樣子的。

你本來若覺得一件事非常嚴重，但若能換個方向去看看，就會發現這件事原來也沒什麼了不起。

過了很久，馬空群忽然說道：「你知道我有一個女兒吧？」

葉開幾乎忍不住要笑了。

他當然知道馬空群有個女兒。

馬空群道：「你也認得她？」

葉開點點頭，道：「我認得！」

馬空群道：「你認爲她是個怎麼樣的人？」

葉開道：「她很好。」

他的確認爲她很好。

有時她雖然像是個被寵壞了的孩子，但內心卻還是溫柔而善良的。

馬空群又沉默了很久，忽又轉身盯著葉開，道：「你是不是真的很喜歡她？」

葉開忽然發覺自己被問得怔住了，他從未想到馬空群會問出這句話來。

馬空群道：「你一定很奇怪，我爲什麼要問你這句話？」

葉開苦笑道：「我的確有點奇怪。」

馬空群道：「我問你，只因我希望你能帶她走。」

葉開又一怔，道：「帶她走？到哪裡去？」

馬空群道：「隨便你帶她到哪裡去，只要是你願意去的地方，你都可以帶她去，這裡的東西，無論什麼你們都可以帶走。」

葉開忍不住問道：「你爲什麼要我帶她走？」

馬空群道：「因爲……因爲我知道她很喜歡你。」

葉開目光閃動，道：「她喜歡我，我們難道就不能留在這裡？」

馬空群的臉上掠過一層陰影，緩緩道：「這裡馬上就有很多事要發生了，我不願意她也被牽連到裡面去，因爲她本來就跟這些事全無關係。」

葉開凝視著他，忽然長長嘆了口氣，道：「的確是個很好的父親。」

馬空群道：「你答不答應？」

葉開目中忽然露出一種很奇怪的表情，也慢慢的轉過身，去眺望山坡下的草原。

他也沒有回答馬空群的話，過了很久，才緩緩道：「我說過，這裡就是我的家，我既已回來，就不願再走了。」

馬空群變色道：「你不答應。」

葉開道：「我不能帶她走，但卻可以保證，無論這裡發生了什麼事，她都絕不會被牽連進去。」

他眼睛裡發出了光，慢慢的接著道：「因爲那些事本來就跟她毫無關係。」

馬空群看著他，眼睛裡也發出了光，忽然拍了拍他的肩，道：「我請你喝杯酒去。」

酒在桌上。

酒並不能解決任何人的痛苦，但卻能使你自己騙自己。

公孫斷緊握著他的金杯，他也不知道自己爲什麼又要喝酒，現在根本不是應該喝酒的時候。

但這杯酒卻已是他今天早上的第五杯。

花滿天和雲在天看著他，既沒有勸他不要喝，也沒有陪他喝。

他們和公孫斷之間，本就是有段距離的。

現在這距離好像更遠了。

公孫斷看著自己杯中的酒，忽然覺得一種說不出的寂寞孤獨。

他流血，流汗，奮鬥了一生，到頭來換到的是什麼呢？

什麼都是別人的。

自己騙自己本就有兩種形式，一種是自大；一種是自憐。

一個孩子悄悄的溜了進來，鮮紅的衣裳，漆黑的辮子。

孩子雖也是別人的，但他卻一直很喜歡。

因爲這孩子也很喜歡他——也許只有這孩子才是世上唯一真正喜歡他的人吧！

他伸手攬住了孩子的肩，帶著笑道：「小鬼，是不是又想來偷口酒喝了？」

孩子搖搖頭，忽然輕輕道：「你……你爲什麼要打三姨？」

公孫斷動容道：「誰說的？」

孩子道：「三姨自己說的，她好像還在爹爹面前告了你一狀，你最好小心些。」

公孫斷的臉沉了下去，心也沉了下去。

他忽然明白馬空群今天早上對他的態度爲什麼和以前不同了。

當然不是真的明白，只不過是他自己覺得已明白了而已。

這遠比什麼都不明白糟糕得多。

他放開了孩子，沉聲道：「三姨呢？」

孩子道：「出去了。」

公孫斷一句話都沒有再問，他已經跳了起來，衝了出去。

他衝出去的時候，看來就像是一隻負了傷的野獸。

雲在天和花滿天還是坐著沒有動。

因爲馬空群要他們留在這裡。

所以他們就留在這裡。

風吹長草，萬馬堂的大旗在遠處迎風招展。

沙子是熱的。

傅紅雪彎下腰，抓起把黃沙。

雪有時也是熱的——被熱血染紅了的時候。

他緊握著這把黃沙，沙粒都似已嵌入肉裡。

然後他就看見了沈三娘，事實上，他只不過看見了兩個陌生而美麗的女人。

她們都騎著馬，馬走得很急，她們的神色看來很匆忙。

傅紅雪垂下頭。

他從來沒有盯著女人看的習慣，他根本從未見過沈三娘。

兩匹馬卻已忽然在他面前停下。

他腳步並沒有停下，左腳先邁出一腳後，右腳再跟著慢慢的從地上拖過去。

陽光照在他臉上，他的臉卻像是遠山上的冰雪雕成的。

一種從不溶化的冰雪。

誰知馬上的女人卻已跳了下來，攔住了他的去路。

傅紅雪還是沒有抬頭。

他可以不去看別人，但卻沒法子不去聽別人說話的聲音。

他忽然聽到這女人在說：「你不是一直都想看看我的嗎？」

傅紅雪整個人都似已僵硬，灼熱而僵硬。

他沒有看見過沈三娘，但卻聽見過這聲音。

這聲音在陽光下聽來，竟和在黑暗中同樣溫柔。

那溫柔而輕巧的手，那溫暖而潮濕的嘴唇，那種秘密而甜蜜的慾望……本來全都遙遠得有如虛幻的夢境。

但在這一瞬間，這所有的一切，忽然全都變得真實了。

傅紅雪緊握著雙手，全身都已因緊張興奮而顫抖，幾乎連頭都不敢抬起。

但他的確是一直都想看看她的。

他終於抬起頭，終於看見了那溫柔的眼波，動人的微笑。

他看見的是翠濃。

站在他面前的人是翠濃。

她帶著動人的微笑，凝視著他，沈三娘卻像是個陌生人般遠遠站著。

翠濃柔聲道：「現在你總算看見我了。」

傅紅雪點了點頭，喃喃的說道：「現在我總算看見你了。」

他冷漠的眼睛裡，忽然充滿了火一樣的熱情。

在這一瞬間，他已將所有的情感，全都給了此刻站在他面前的這個女人。

這是他第一個女人，沈三娘遠遠的站著，看著，臉上完全沒有任何表情。

因爲她心裡本就沒有他那種情感。

她只不過做了一件應該做的事，爲了復仇，無論做什麼她都覺得應該的。

但現在一切事情都已變得不同了，她已沒有再做下去的必要。

她也不能讓任何人知道她和傅紅雪之間的那一段秘密，更不能讓傅紅雪自己知道。

她忽然覺得自己很噁心。

傅紅雪還在看著翠濃，全心全意的看著翠濃，蒼白的臉上，也已起了紅暈。

翠濃嫣然一笑，道：「你還沒有看夠？」

傅紅雪沒有回答，也不知該如何回答。

翠濃笑道：「好，我就讓你看個夠吧。」

在風塵中混過的女人，對男人說話總有一種特別的方式。

遠山上的冰雪似乎也已溶化。

沈三娘忍不住道：「莫忘了我剛才所告訴你的那些話。」

翠濃點點頭，忽然輕輕嘆息，道：「我現在讓你看，因爲情況已變了。」

傅紅雪道：「什麼情況變了？」

翠濃道：「萬馬堂已經……」

突然間，一陣蹄聲打斷了她的話。

一匹馬衝了過來，馬上的人魁偉雄壯如山嶽，但行動卻矯健如脫兔。

健馬長嘶，人已躍下。

沈三娘的臉色變了，很快的躲到翠濃身後。

公孫斷就跟著衝過去，一手摑向翠濃的臉，厲聲道：「閃開！」

他的喝聲突然停頓。

他的手並沒有摑上翠濃的臉。

一柄刀突然從旁邊伸過來，格住了他的手腕，刀鞘漆黑，刀柄漆黑。

握刀的手卻是蒼白的。

公孫斷額上青筋暴起，轉過頭，瞪著傅紅雪，厲聲道：「又是你。」

傅紅雪道：「是我。」

公孫斷道：「今天我不想殺你。」

傅紅雪道：「今天我也不想殺你。」

公孫斷道：「那麼你最好走遠些。」

傅紅雪道：「我喜歡站在這裡。」

公孫斷看了看他，又看了看翠濃，好像很驚奇，道：「難道她是你的女人？」

傅紅雪道：「是。」

公孫斷突然大笑起來，道：「難道你不知道她是個婊子？」

傅紅雪的人突又僵硬。

他慢慢的後退了兩步，看看公孫斷，蒼白的臉似已白得透明。

公孫斷還在笑，好像這一生中從未遇見過如此可笑的事。

傅紅雪就在等。

他握刀的手似也白得透明。

每一根筋絡和血管都可以看得很清楚。

等公孫斷的笑聲一停，他就一字字的道：「拔你的刀！」

只有四個字，他說得很輕，輕得就像是呼吸。

一種魔鬼的呼吸。

他也說得很慢，慢得就像是來自地獄的詛咒。

公孫斷的人似也僵硬，但眸子裡卻突然有火焰燃燒起來。

他盯著傅紅雪，道：「你在說什麼？」

傅紅雪道：「拔你的刀。」

烈日。

大地上黃沙飛捲，草色如金。

大地雖然是輝煌而燦爛的，但卻又帶著種殘暴霸道的殺機。

在這裡，生命雖然不停的滋長，卻又隨時都可能被毀滅。

在這裡，萬事萬物都是殘暴剛烈的，絕沒有絲毫柔情。

公孫斷的手已握著刀柄。

彎刀，銀柄。

冰涼的銀刀，現在也已變得烙鐵般灼熱。

他掌心在流著汗，額上也在流著汗，他整個人都似已將在烈日下燃燒。

「拔你的刀！」

他血液裡的酒，就像是火焰般在流動著。

實在太熱。

熱得令人無法忍受。

傅紅雪冷冷的站在對面，卻像是一塊從不溶化的寒冰。

一塊透明的冰。

這無情的酷日，對他竟像是全無影響。

他無論站在哪裡，都像是站在遠山之巔的冰雪中。

公孫斷不安的喘息著，甚至連他自己都可能聽到自己的喘息聲。

一隻大蜥蜴，慢慢的從砂石裡爬出來，從他腳下爬過去。

「拔你的刀！」

大旗在遠方飛捲，風中不時傳來馬嘶聲。

「拔你的刀！」

汗珠流過他的眼角，流入他鋼針般的虬髯裡，濕透了的衣衫緊貼著背脊。

傅紅雪難道從不流汗的？

他的手，還是以同樣的姿勢握著刀鞘。

公孫斷突然大吼一聲，拔刀！揮刀！

刀光如銀虹掣電。

刀光是圓的。

圓弧般的刀光，急斬傅紅雪左頸後的大血管。

傅紅雪沒有閃避，也沒招架。

他突然衝過來。

他左手的刀鞘，突然格住了彎刀。

他的刀也已拔出。

「噗」的一聲，沒有人能形容出這是什麼聲音。

甚至連公孫斷自己都不知道這是什麼聲音。

他沒有感覺到痛苦，只覺得胃部突然收縮，似將嘔吐。

他低下頭，就看到了自己肚子上的刀柄。

漆黑的刀柄。

刀已完全刺入他肚子裡，只剩下刀柄。

然後他就覺得全身力量突然奇跡般消失，再也無法支持下去。

他看著這刀柄，慢慢的倒下。

只看見刀柄。

他至死還是沒有看見傅紅雪的刀。

黃沙，碧血。

公孫斷倒臥在血泊。

他的生命已結束，他的災難和不幸也已結束。

但別人的災難卻剛開始。

正午，酷熱。

無論在多麼酷熱的天氣中，血一流出來，還是很快就會凝結。

汗卻永不凝結。

雲在天不停的擦汗，一面擦汗，一面喝水，他顯然是個不慣吃苦的人。

花滿天卻遠比他能忍耐。

一匹馬在烈日下慢慢的踱入馬場。

馬背上伏著一個人。

一條蜥蜴，正在舐著他的血。

他的血已凝結。

一柄閃亮的彎刀，斜插在他腰帶上，烈日照著他滿頭亂髮。

他已不再流汗。

突然間，一聲響雷擊下，暴雨傾盆而落。

萬馬堂中已陰黯了下來，簷前的雨絲密如珠簾。

花滿天和雲在天的臉色正和這天色同樣陰暗。

兩條全身被淋得濕透了的大漢，抬著公孫斷的屍身走進來，放在長桌上。

然後他們就悄悄的退了下去。

他們不敢看馬空群的臉。

他靜靜的站在屏風後的陰影裡，只有在閃電亮起時，才能看到他的臉。

但卻沒有人敢去看。

他慢慢的坐下來，坐在長桌前，用力握住了公孫斷的手。

手粗糙、冰冷、僵硬。

他沒有流淚，但面上的表情卻遠比流淚更悲慘。

公孫斷眼珠凸起，眼睛裡彷彿還帶著臨死前的痛苦和恐懼。

他這一生，幾乎永遠都是在痛苦和恐懼中活著的，所以他永遠暴躁不安。

只可惜別人只能看見他憤怒剛烈的外表，卻看不到他的心。

雨已小了些，但天色卻更陰黯。

馬空群忽然道：「這個人是我的兄弟，只有他是我的兄弟。」

他也不知是在喃喃自語，還是在對花滿天和雲在天說話。

他接著又道：「若沒有他的話，我也絕不能活到現在。」

雲在天終於忍不住長長嘆息一聲，黯然道：「我們都知道他是個好人。」

馬空群道：「他的確是個好人，沒有人比他更忠實，沒有人比他更勇敢，可是他自己這一生中，卻從未有過一天好日子。」

雲在天只有聽著，只有嘆息。

馬空群聲音已哽咽，道：「他本不該死的，但現在卻已死了。」

雲在天恨恨道：「一定是傅紅雪殺了他。」

馬空群咬著牙，點了點頭，道：「我對不起他，我本該聽他的話，先將那些人殺了的。」

雲在天道：「現在……」

馬空群黯然道：「現在已太遲了，太遲了……」

雲在天道：「但我們卻更不能放過傅紅雪，我們一定要爲他復仇。」

馬空群道：「當然要復仇，只不過……」

他忽然抬起頭，厲聲道：「只不過，復仇之前，我還有件事要做。」

雲在天目光閃動，試探著問道：「什麼事？」

馬空群道：「你過來，我跟你說。」

雲在天當然立刻就走過去。

馬空群道：「我要你替我做件事。」

雲在天躬身道：「堂主就吩咐。」

馬空群道：「我要你死！」

他的手一翻，已抄起了公孫斷的彎刀，刀光已閃電般向雲在天削過去。

沒有人能形容這一刀的速度，也沒有人能想到他會突然向雲在天出手。

奇怪的是，雲在天自己卻似乎早已在提防著他這一著。

刀光揮出，雲在天的人也已掠起，一個「推窗望月飛雲式」，身子凌空翻出。

鮮血也跟著飛出。

他的輕功雖高，應變雖快，卻還是比不上馬空群的刀快。

這一刀竟將他右手齊腕砍了下來。

斷手帶著鮮血落下。

雲在天的人居然還沒有倒下。

一個身經百戰的武林高手，絕不是很容易就會倒下去的。

他背倚著牆，臉上已全無血色，眼睛裡充滿了驚訝和恐懼。

馬空群並沒有追過去，還是靜靜的坐在那裡，凝視著自刀尖滴落的鮮血。

花滿天居然也只是冷冷的站在一旁看著，臉上居然全無表情。

這一刀砍下去的，只要不是他的手，他就絕不會動心。

過了很久，雲在天才能開口說話。

他咬著牙，顫聲道：「我不懂，我……我真的實在不懂。」

馬空群冷冷道：「你應該懂的。」

他抬起頭，凝視著壁上奔騰的馬群，緩緩接著道：「這地方本來是我的，無論誰想從我手上奪走，他都得死！」

雲在天沉默了很久，忽然長嘆了一聲，道：「原來你已全都知道。」

馬空群道：「我早已知道。」

雲在天苦笑道：「我低估了你。」

馬空群道：「我早就說過，世上有很多事都和灰塵一樣，雖然早已在你身旁，你卻一直看不見它——我也一直沒有看清你。」

雲在天的臉已扭曲，冷汗如雨，咬著牙笑道：「可是陽光遲早總會照進來的。」

他雖然在笑，但那表情卻比哭還痛苦。

馬空群道：「現在你已懂了麼？」

雲在天道：「我懂了。」

馬空群看著他，忽然也長嘆了一聲，道：「你本不該出賣我的，你本該很了解我這個人。」

雲在天臉上突然露出一絲奇特的笑意，道：「我雖然出賣了你，可是……」

他沒有說完這句話。

他目光剛轉向花滿天，花滿天的劍已刺入他胸膛，將他整個人釘在牆上。

他已永遠沒有機會說出他想說的那句話。

花滿天慢慢的拔出了劍。

然後雲在天就倒下。

每個人遲早總會倒下。

無論他生前多麼顯赫，等他倒下去時，看來也和別人完全一樣。

十五　滿天飛花

劍尖的血已滴乾。

花滿天轉過身，看著馬空群。

馬空群也在看著他，淡淡道：「你殺了他！」

花滿天道：「因爲他出賣了你。」

馬空群道：「現在你也懂了？」

花滿天道：「我不懂，我只知道出賣你的人，就得死！」

馬空群道：「你知不知道他怎麼樣出賣了我？」

花滿天道：「我很想知道。」

馬空群道：「慕容明珠、樂樂山他們全都是他找來的。」

花滿天面上露出吃驚之色，失聲道：「怎麼會是他找來的？這兩人跟他又有什麼關係？」

馬空群道：「沒有關係。」

花滿天道：「既然沒有關係，爲什麼要找他們來？我不明白。」

這兩句話都問得很愚蠢，「滿天飛花」本不是個愚蠢的人。

但馬空群卻並不在意，他本也不是慣於回答別人愚蠢問題的人。

他還是回答了這問題：「就因爲他們和他本來全無關係，所以他才要找他們來。」

花滿天道：「來幹什麼？」

馬空群握緊了彎刀，緩緩道：「來殺人！這兩天裡死的兄弟，全是被他們殺了的。」

花滿天吃驚道：「是他們殺了的？不是傅紅雪？」

馬空群搖搖頭，冷冷道：「傅紅雪想殺的人只有一個。」

花滿天就算真的很愚蠢，也不會再問了，他當然知道傅紅雪要殺的人是誰。

「但雲在天爲什麼要找他們來殺那些人呢？」

馬空群道：「因爲他想逼我走。」

花滿天皺眉道：「逼你走？」

馬空群冷笑道：「我若走了，這地方豈非就是他的了。」

花滿天嘆了口氣，道：「他本該知道你絕不是個輕易就會被逼走的人。」

馬空群說道：「但他也知道我有個極厲害的仇家，他這樣做，只不過要我以爲仇家已找上門來。」

他嘴角露出一絲譏誚的笑意，接著道：「開始時我竟也幾乎真的相信。」

花滿天道：「是什麼令你開始懷疑？」

馬空群冷笑道：「他計劃雖然周密，卻還是算錯了幾件事。」

花滿天道：「哦？」

馬空群道：「他當然想不到我那真的仇家竟在此時趕來了。」

花滿天嘆道：「這倒真巧得很。」

馬空群道：「傅紅雪並不是湊巧趕來的。就因爲他知道雲在天有這個計劃，所以才會來，只有在萬馬堂發生變亂時，他才有比較好的機會。」

花滿天道：「雲在天的計劃，他又怎麼會知道？」

馬空群目中露出痛苦之色，過了很久，才緩緩道：「因爲沈三娘本就是他們的人。」

花滿天又顯得很驚訝，道：「但這件事沈三娘又怎會知道的。」

馬空群道：「因爲翠濃也是他們的人。」

花滿天道：「翠濃？」

馬空群冷笑道：「他收買了翠濃，用翠濃來傳遞消息，卻不知翠濃同時也將消息告訴了沈三娘。」

花滿天長長嘆了口氣，道：「看來一個男人若是太信任女人，他無論做什麼事都注定要失敗的。」

馬空群冷冷道：「他看錯了翠濃，也看錯了飛天蜘蛛。」

花滿天道：「當時無論誰都沒有想到飛天蜘蛛是你找來的人。」

馬空群道：「所以他們才會被飛天蜘蛛發現了秘密。」

花滿天道：「所以飛天蜘蛛才會死。」

馬空群道：「不錯，他想必是被慕容明珠殺了滅口的。」

花滿天道：「但慕容明珠又怎會死了呢？」

馬空群道：「飛天蜘蛛臨死時，手裡必定握著一樣證據，這樣證據想必是慕容明珠身上的。」

花滿天點點頭，他也想起了飛天蜘蛛那隻緊握著的手。

馬空群道：「雲在天當然不會注意到飛天蜘蛛這隻手，因爲只有他知道飛天蜘蛛是死在誰手上的。」

花滿天道：「但他卻未想到居然還有別人會注意到這隻手，而且拿走了手裡的證據。」

馬空群道：「他生怕別人查出他們之間的關係，所以索性將慕容明珠也殺了滅口。」

花滿天嘆道：「看不出他竟是一個如此心狠手辣的人。」

馬空群道：「現在你已完全明白了麼？」

花滿天沉吟著，道：「還有兩件事不明白。」

馬空群道：「你可以問。」

花滿天道：「樂樂山乃武林名宿，慕容明珠也是家資鉅萬的世家子弟，以他們的身分地位，怎麼會輕易的被他找來？」

馬空群道：「慕容明珠早已在垂涎萬馬堂這片基業，一心想擁爲己有，一個人若有了貪心，就難免要被別人利用了。」

花滿天點點頭，道：「愈富有的人愈貪心，這道理我們也明白，只不過……樂樂山又是怎麼會被他打動的呢？」

馬空群沉吟著，緩緩地道：「樂樂山並不是他找來的。」

花滿天皺眉道：「不是他是誰？」

馬空群道：「雲在天本來就不是這計劃的真正主謀人。」

花滿天道：「哦？」

馬空群道：「前天晚上，樂樂山、慕容明珠、傅紅雪、飛天蜘蛛，全都在自己屋裡閉門未出，但你的馬場中，卻死了十三位兄弟。」

花滿天恨恨道：「當時我還以為那是葉開下的毒手。」

馬空群道：「兇手本來是想嫁禍給葉開的，想不到葉開居然也有人證。」

花滿天道：「你認為兇手是雲在天？」

馬空群道：「也不是。」

花滿天又皺眉道：「為什麼不是？」

馬空群沉著臉道：「我很了解他的武功，也很清楚那十三位兄弟的身手，就憑他要殺死那十三位兄弟只怕還很不容易。」

花滿天神色也很凝重，道：「所以你認為這其中必定還有另一個人。」

馬空群道：「不錯。」

花滿天道：「你認爲這人才是真正的主謀？」

馬空群道：「不錯。」

花滿天道：「你知道這人是誰？」

馬空群並沒有直接回答這句話，緩緩道：「第一，這人和樂樂山的關係必定很深，所以樂樂山才會被他說動，來做這種事。」

花滿天慢慢的點了點頭，道：「有道理。」

馬空群道：「第二，這人在萬馬堂中的身分地位必定很高。」

花滿天道：「怎見得？」

馬空群淡淡道：「就因爲他有這種身分，將我逼走後，他才能接管萬馬堂。」

花滿天沉思著，終於又慢慢的點了點頭，道：「有道理。」

馬空群道：「他想必是雲在天平日很信服的人，所以雲在天才會聽命於他。」

花滿天道：「有道理。」

馬空群臉色沉重，道：「第四，他當然也是那十三位兄弟很信服的人，就因爲他們對這人全沒有絲毫防範之心，所以才會遭了他的毒手。」

花滿天忽然笑了笑，笑得非常奇怪，緩緩道：「就因爲他和樂樂山的關係極深，所以才故意在別人面前作出互相厭惡之態，叫人看不出他們之間的關係。」

馬空群道：「正是如此。」

花滿天凝視著他，道：「這件事真是你自己看出來的？」

馬空群道：「並不完全是。」

花滿天道：「還有人洩漏了秘密給你？」

馬空群道：「不錯。」

花滿天道：「這人是誰？」

馬空群道：「翠濃！」

花滿天皺眉道：「又是她？」

馬空群道：「雲在天以為翠濃已對他死心塌地，沈三娘也認為翠濃對她忠心耿耿，卻不知……」

花滿天忍不住打斷了他的話，搶著說道：「他們全錯了。」

馬空群點點頭，道：「他們全錯了，而且錯得很可笑。」

花滿天道：「其實翠濃是你的人。」

馬空群道：「也不是。」

花滿天道：「那麼她究竟是……」

馬空群忽也打斷了他的話，道：「你知道她是幹什麼的？」

花滿天目中露出憎惡之色，冷笑道：「我當然知道，她是個婊子。」

馬空群道：「你幾時聽說婊子對人忠心耿耿過？」

花滿天恨道：「不錯，一個人若連自己都能出賣，當然也能出賣別人。」

馬空群淡淡道：「只不過她看來的確並不像是這種人。」

花滿天忽又笑了笑，道：「這件事倒也給了我個教訓。」

馬空群道：「什麼教訓？」

花滿天道：「婊子就是婊子，就算她長得像天仙一樣，她還是個婊子。」

馬空群道：「你好像很少說這種粗話。」

花滿天道：「我今天非但說了不少粗話，也說了不少笨話。」

馬空群道：「現在你總該已明白了。」

花滿天道：「現在是不是已太遲了？」

馬空群冷冷道：「好像已太遲。」

花滿天垂下頭，沉默了很久，才緩緩道：「你真正的仇人是傅紅雪？」

馬空群道：「是的。」

花滿天道：「我可以替你殺了他。」

馬空群道：「你殺不了他。」

花滿天道：「現在公孫斷和雲在天都已死了，你若再殺了我，豈非孤掌難鳴？」

馬空群道：「那是我的事。」

花滿天又沉默了很久，嘆息著道：「我跟著你總算已有十幾年。」

馬空群道：「十六年。」

花滿天道：「這十六年來，我也曾爲這地方流過血，流過汗。」

馬空群緩緩道：「這地方能有今日的局面，本不是一人之力所能造成的。」

花滿天道：「我也只不過想將你逼走而已，並沒有想要殺你。」

馬空群道：「院子裡那棵大樹，你想必總是看到過的。」

花滿天點點頭。

馬空群道：「這些年來，它一直長得很快，長得很好。」

花滿天目中露出一絲傷感之色，緩緩道：「我來的時候，它還沒有柵欄高，現在卻已連兩個人都抱不過來了。」

馬空群道：「但你若要將它移走，它還是很快就會枯死。」

花滿天只能承認。

馬空群道：「我也和這棵樹一樣，我的根已生在這裡，若有人要我走，我也會枯死。」

花滿天握緊雙拳，道：「所以……所以你一定也要我死。」

馬空群看著他，緩緩道：「你自己說過，無論誰出賣我，都得死。」

花滿天看著自己握劍的手，長嘆一聲道：「我的確說過。」

馬空群目中也有些黯然之色，道：「我本可逼你去跟傅紅雪交手的。」

花滿天道：「我也一定會去。」

馬空群道：「但我寧可自己動手，也不願別人來殺你。」

他一字字接著道：「因爲你是萬馬堂的人，因爲你也曾是我的朋友。」

花滿天道：「我……我明白。」

馬空群長嘆道：「你明白就好。」

花滿天道：「現在我只想再問你一句話。」

馬空群道：「你問。」

花滿天忽然抬起頭，盯著他，厲聲道：「我辛苦奮鬥十餘年，到現在還是一無所有，還得像奴才般聽命於你，你若是我，你會不會也像我這麼做？」

馬空群想也不想，立刻接口說道：「我會的，只不過……」

他目中露出刀一般的光，接著道：「我若做得不機密，被人發現，我也死而無怨。」

花滿天盯著他，突然仰面而笑，道：「好，好一個死而無怨，只可惜我還未必就會死在你手裡。」

他長劍一揮，劍花如落花飛舞，厲聲道：「只要你能殺得了我，我也一樣死而無怨。」

馬空群道：「很好，這才是男子漢說的話。」

花滿天道：「你爲何還不站起來？」

馬空群淡淡道：「我坐在這裡，也一樣能殺你！」

花滿天笑聲已停止，握劍的手背上，已有一條條青筋凸起。

馬空群卻還是靜靜的坐在那裡，靜靜的凝視著掌中彎刀。

他竟連看都不再看花滿天一眼。他全身的血肉卻似已突然變成鋼鐵。

花滿天盯著他，一步步走過來，劍尖不停的顫動，握劍的手似也在顫抖。

突然間，他輕叱一聲，劍光化爲長虹，人也跟著飛起。

這一劍並沒有攻向馬空群，他連人帶劍，閃電般向窗外衝了出去。

馬空群突然嘆道：「可惜……」

這兩個字出口，他的人也已掠起，彎刀也化為了銀虹。

「叮」的一聲，刀劍相擊，刀光突然一緊，沿著劍鋒削過去。

花滿天並不是個不懂得用劍的人，他劍法變化之快，海內很少有人能比得上。

但這一次，他忽然發現自己所有的變化已全部被人先一步封死。

他身子凌空，正是新力未生，餘力將盡的時候，亮銀般的刀光已封住了他的臉，閉住了他的呼吸。

他突然覺得很冷，冷得可怕。

「你若有勇氣和我一戰，我也許會饒了你的。」

這就是他聽到的最後一句話。

雷電已停了，天色卻更陰黯。

馬空群又靜靜的坐在那裡，看來彷彿很疲倦，也很傷感。

在他面前的，是公孫斷、雲在天、花滿天三個人的屍身。這本是他最親近的朋友，最得力的部下，現在卻已都變成了沒有生命，沒有情感的屍體，就和三個陌生人的屍體一樣。

但活著的人卻絕不會沒有情感的。又有誰能了解，這身經百戰的垂暮老人的心情，他究竟有過什麼？現在還剩下些什麼？

牆上的血也已乾了，一串串血珠，就像是用顏料畫上去的。

兩個人悄悄的走進來，看見這情況，立刻屏住了呼吸。

馬空群沒有回頭，過了很久，才沉聲道：「傳下令去，萬馬堂內所有兄弟，一律齋戒茹素，即刻準備兩位場主和公孫先生的後事。」

十六 一入萬馬堂，休想回故鄉

草原上有個茶亭。

馬師們喜歡將這地方稱做「安樂窩」，事實上這地方卻只不過是個草篷而已。

但這裡卻是附近唯一能避雨的地方。

暴雨剛來的時候，葉開和馬芳鈴就已避了進來。

雨，密如珠簾。

遼闊無邊的牧場，在雨中看來，簡直就像是夢境一樣。

馬芳鈴坐在茶亭中的那條長板凳上，用兩隻手拍著膝蓋，癡癡的看著雨中的草原。

她已有很久沒有說話。

女人不說話的時候，葉開也從不去要她們開口說話的。

他一向認為女人若是少說些話，男人就會變得長命些。

閃電的光，照著馬芳鈴的臉。

她臉色很不好，顯然是睡眠不足，而且有很多心事的樣子。

但這種臉色卻使她看來變得成熟了些，懂事了些。

葉開倒了碗茶，一口氣喝了下去，只希望茶桶裡裝的是酒。

他並不是酒鬼，只有在很開心的時候，或者是很不開心的時候，他才會想喝酒。

現在他並不開心。

現在他忽然想喝酒。

馬芳鈴抬起頭，看了他一眼，忽然道：「我爹爹一向不贊成我們來往的。」

葉開道：「哦？」

馬芳鈴道：「但今天他卻特地叫我出來，陪你到四面逛逛。」

葉開笑了笑，道：「他選的人雖然對了，選的時候卻不對。」

馬芳鈴咬著嘴唇，道：「你知不知道他怎麼會忽然改變主意的？」

葉開道：「不知道。」

馬芳鈴盯著他道：「今天早上，你一定跟他說了很多話。」

葉開又笑了笑，道：「你該知道他不是個多話的人，我也不是。」

馬芳鈴忽然跳起來，大聲道：「你們一定說了很多不願讓我知道的話，否則你爲什麼不肯告訴我。」

葉開沉吟著，緩緩道：「你真的要我告訴你？」

馬芳鈴道：「當然是真的。」

葉開面對著她，道：「我若說他要把你嫁給我，你信不信？」

馬芳鈴道：「當然不信。」

葉開道：「爲什麼不信？」

馬芳鈴道：「我……」

她突然跺了跺腳，扭轉身，道：「人家的心亂死了，你還要開人家的玩笑。」

葉開道：「爲什麼會心亂？」

馬芳鈴道：「我也不知道，我若知道，心就不會亂了。」

葉開笑了笑，道：「這句話聽起來倒也好像蠻有道理。」

馬芳鈴道：「本來就很有道理。」

她忽又轉回身，盯著葉開，道：「你難道從來不會心亂的？」

葉開道：「很少。」

馬芳鈴道：「你難道從來沒有動過心？」

葉開道：「很少。」

馬芳鈴咬了咬嘴唇，道：「你……你對我也不動心麼？」

葉開道：「動過。」

這回答實在很乾脆。

馬芳鈴卻像是吃了一驚，臉已紅了，紅著臉垂下頭，用力擰著衣角，過了很久，才輕輕道：「這種時候，這種地方，你若真的喜歡我，早就該抱我了。」

葉開沒有說話，卻又倒了碗茶。

馬芳鈴等了半天，忍不住道：「嗯，我說的話你聽見了沒有？」

葉開道：「沒有。」

馬芳鈴道：「你是個聾子？」

葉開道：「不是。」

馬芳鈴道：「不是聾子爲什麼聽不見？」

葉開嘆了口氣，苦笑道：「因爲我雖然不是聾子，有時卻會裝聾。」

馬芳鈴抬起頭，瞪著他，忽然撲過來，用力抱住了他。

她抱得好緊。

外面的風很大，雨更大，她的胴體卻是溫暖、柔軟而乾燥的。

她的嘴唇灼熱。

她的心跳得就好像暴雨打在草原上。

葉開卻輕輕的推開了她。

在這種時候，葉開竟推開了她，馬芳鈴瞪著他，狠狠的瞪著他，整個人卻似已僵硬了似的。

她用力咬著嘴唇，好像要哭出來的樣子，道：「你……你變了。」

葉開柔聲道：「我不會變。」

馬芳鈴道：「你以前對我不是這樣子的。」

葉開沉默著，過了很久，才嘆息著道：「那也許只因爲我現在比以前更了解你。」

馬芳鈴道：「你了解我什麼？」

葉開道：「你並不是真的喜歡我。」

馬芳鈴道：「我不是真的喜歡你？我……我難道瘋了？」

葉開道：「你這麼樣對我，只不過因爲你太怕。」

馬芳鈴道：「怕什麼？」

葉開道：「怕寂寞，怕孤獨，你總覺得世上沒有一個人真的關心你。」

馬芳鈴的眼睛突然紅了，垂下頭，輕輕道：「就算我真的是這樣子，你就更應對我好些。」

葉開道：「要怎麼樣才算對你好？趁沒有人的時候抱住你，要你……」

他的話沒有說完。

馬芳鈴突然伸出手，用力在他臉上摑了一耳光。

她打得自己的手都麻了，但葉開卻像是連一點感覺都沒有，還是淡淡的看著她，看著她眼淚流出來。

她流著淚，跺著腳，大聲道：「你不是人，我現在才知道你簡直不是個人，我恨你……我恨死你了……」

她大叫著跑了出去，奔入暴雨中。

雨下得真大。

她的人很快就消失在珠簾般的密雨中。

葉開並沒有追出去，他甚至連動都沒有動。

但也不知爲了什麼，只見他臉上的表情卻顯得非常痛苦。

因爲他心裡也有種強烈的慾望，幾乎已忍不住要衝出去，追上她，抱住她。

可是他並沒有這麼樣做。

他什麼都沒有做，只是石像般地站在這裡，等著雨停……

雨停了。

葉開穿過積水的長街，走入了那窄門。

屋子裡靜得很，只有一種聲音，洗骨牌的聲音。

蕭別離並沒有回頭看他，似已將全部精神都放在這副骨牌上。

葉開走過去，坐下。

蕭別離凝視著面前的骨牌，神情間彷彿帶著種說不出的憂慮。

葉開道：「今天你看出了什麼？」

蕭別離長長嘆息，道：「今天我什麼都看不出。」

葉開道：「既然看不出，爲什麼嘆息？」

蕭別離道：「就因爲看不出，所以才嘆息。」

他終於抬起頭，凝視著葉開，緩緩接著道：「只有最兇險、最可怕的事，才是我看不出的。」

葉開沉默了很久，忽然笑了笑，道：「但我卻看出了一樣事。」

蕭別離道：「哦？」

葉開道：「今天你至少不會破財。」

蕭別離在等著他說下去。

他卻並沒有再說什麼，只不過從懷裡取出了那疊嶄新的銀票，輕輕的放在桌上，慢慢的推到蕭別離面前。

蕭別離看著這疊銀票，居然也沒有再問什麼。

有些事是根本用不著說，也用不著問的。

過了很久，葉開才微笑著道：「其實我本不必將這銀票還給你的。」

蕭別離道：「哦？」

葉開道：「因爲你本來也並不是真的要我去殺他的，是嗎？」

蕭別離道：「哦？」

葉開道：「你只不過是想試探試探我，是不是想殺他而已。」

蕭別離忽然也笑了，道：「你想得太多，想得太多並不是件好事。」

葉開道：「無論如何，你現在總該已知道，我並不是那個想殺他的人。」

蕭別離道：「現在無論誰都已知道。」

葉開道：「爲什麼？」

蕭別離道：「因爲公孫斷已死了，死在傅紅雪的刀下！」

葉開的微笑突然凍結。

他臉上從未出現過如此奇怪的表情。

蕭別離慢慢的接著道：「不但公孫斷死了，雲在天和花滿天也死了。」

葉開失聲道：「難道也是死在傅紅雪刀下的？」

蕭別離搖搖頭。

葉開皺眉道：「是誰殺了他們？」

蕭別離道：「馬空群。」

葉開又怔住。

又過了很久，他才長長嘆了口氣，喃喃道：「我想不通，實在想不通。」

蕭別離道：「有什麼想不通的？」

葉開道：「現在他明知有個最可怕的仇敵隨時都在等著機會殺他，爲什麼要將自己最得力的兩個幫手在這種時候殺了呢？」

蕭別離淡淡道：「這也許只因爲他本來就是個很奇怪的人，所以總是會做出令人想不到的事。」

這回答根本就不能算是回答，但葉開卻居然似已接受了。

他忽然改變話題，問道：「昨天晚上樓上那位貴客呢？」

蕭別離道：「貴客？」

葉開道：「金背駝龍丁求。」

蕭別離似乎現在才想起丁求這個人，微笑道：「他也是個怪人，也常常會做出些令人想不到的事。」

葉開道：「哦？」

蕭別離道：「我就從未想到他會到這種地方來。」

葉開道：「他不是來找你的？」

蕭別離悠悠的一笑，道：「又有誰還會來找我這個殘廢。」

葉開也笑了笑，道：「他還在上面？」

蕭別離搖搖頭，道：「已經走了。」

葉開道：「哪裡去了？」

蕭別離道：「去找人。」

葉開道：「找人？找誰？」

蕭別離道：「樂樂山。」

葉開很詫異，道：「他們也是朋友？」

蕭別離道：「不是朋友，是對頭，而且是多年的對頭。」

葉開沉吟著，道：「丁求這次來，難道就是為了要找樂樂山？」

蕭別離道：「也許。」

葉開道：「他們究竟是什麼過節？」

蕭別離嘆了口氣，道：「誰知道，江湖中人的恩怨，本就是糾纏不清的。」

葉開又沉吟了很久，忽又問道：「昔年江湖中，有位手段最毒辣的暗器高手，據說是那紅花婆婆的唯一傳人。」

蕭別離道：「你說的是『斷腸針』杜婆婆？」

葉開道：「不錯。」

蕭別離道：「這名字我倒聽說過。」

葉開道：「見過她沒有？」

蕭別離苦笑道：「我寧願還是一輩子不要見著她的好。」

葉開道：「昔年『千面人魔』門下的四大弟子，最後剩下的一個叫『無骨蛇』西門春的，你當然也聽說他的名字。」

蕭別離道：「我寧願見到杜婆婆，也不想見到這個人。」

葉開緩緩道：「只不過，據我所知，這兩人也都到這裡來了。」

蕭別離動容道：「什麼時候來的？」

葉開道：「來了已很久。」

蕭別離沉默了半晌，突又搖搖頭，道：「不會，絕不會，他們若到了這裡，我一定會知道。」

葉開凝視著他，道：「也許他們已到了，萬馬堂豈非本就是藏龍臥虎之地？」

蕭別離點了點頭，又搖了搖頭。

葉開道：「也許萬馬堂就因爲有了這種幫手，所以才有恃無恐。」

蕭別離忽然笑了笑，道：「這是萬馬堂的事，和我們有什麼關係？」

葉開也笑了，道：「今天我的話確實好像太多了一些。」

他好像已想告辭了，但就在這時，門外已走進了一個人。

一個白衣人，腰上繫著條麻布，手裡捧著疊東西，像是信封，又像是請帖。

那既不是信封，也不是請帖。

是訃聞。

公孫斷、雲在天，和花滿天的訃聞，具名的是馬空群。大殮的日子就在後天。

清晨大祭，正午入殮，然後當然還有素酒招待弔客們。葉開居然也接到了一份。

那白衣戴孝的馬師雙手送上了訃聞，又躬身道：「三老闆再三吩咐，到時務必請蕭先生和葉公子去一趟，以盡故人之思。」

蕭別離長長嘆息，黯然道：「多年好友，一旦永別，我怎會不去？」

葉開道：「我也會去的。」

白衣人再三拜謝。葉開忽又道：「這次訃聞好像發的不少。」

白衣人道：「三老闆和公孫先生數十年過命的友情，總盼望能將這喪事做得體面些。」

葉開道：「只要在這地方的人，都有一份？」

白衣人道：「差不多都請到了。」

葉開道：「傅紅雪呢？」

白衣人目中露出憎恨之色，冷冷道：「他也有一份，只怕他不敢去而已。」

葉開沉思著，緩緩道：「我想他也會去的。」

白衣人恨恨道：「但願如此。」

葉開道：「你找著他的人沒有？」

白衣人道：「還沒有。」

葉開道：「你若放心，我倒可以替你送去。」

白衣人沉吟著，終於點頭道：「那就麻煩葉公子了，在下也實在不願見到這個人，他最好也莫要被人見到才好。」

蕭別離一直凝視著手裡的訃聞，直等白衣人走出去，才輕輕嘆息了一聲，道：「想不到馬空群居然也將訃聞發了一份給傅紅雪。」

葉開淡淡道：「你說過，他是個怪人。」

蕭別離道：「你想傅紅雪真的會去？」

葉開道：「會去的。」

蕭別離道：「爲什麼？」

葉開笑了笑，道：「因爲我看得出他絕不是個會逃避的人。」

蕭別離沉吟著，緩緩道：「但你若是他的朋友，還是勸他莫要去的好。」

葉開道：「爲什麼？」

蕭別離道：「你難道看不出這份訃聞也是個陷阱嗎？」

葉開皺眉道：「陷阱？」

蕭別離神情很嚴肅，道：「這一次傅紅雪若是入了萬馬堂，只怕就真的休想回故鄉了。」

「天皇皇，地皇皇，眼流血，月無光。

一入萬馬堂，休想回故鄉。」

午後。

驟雨初晴，晴空萬里。

葉開正在敲傅紅雪的門。

從今天清晨以後，就沒有人再看到過傅紅雪了，每個人提起這臉色蒼白的跛子時，都會現出奇怪的表情，就像是看到了條毒蛇。

傅紅雪殺了公孫斷的事，現在想必已傳遍了這個山城了。

窄門裡沒有人回應，但旁邊的一扇門裡，卻有個白髮蒼蒼的老太婆探出頭來，帶著懷疑而又畏懼的眼色，看著葉開。

她臉上佈滿了皺紋，皮膚已乾癟。

葉開知道她是這些小木屋的包租婆，帶著笑問道：「傅公子呢？」

老太婆搖搖頭，道：「這裡沒有富公子，這裡都是窮人。」

葉開又笑了。

他這人好像從來就很難得生氣的。

老太婆忽然又道：「你若是找那臉色發白的跛子，他已經搬走了。」

葉開道：「搬走了？什麼時候搬走的？」

老太婆道：「快要搬走了。」

葉開道：「你怎麼知道他快要搬走？」

老太婆恨恨道：「因爲我的房子絕不租給殺人的兇手。」

葉開終於明白。

得罪了萬馬堂的人，在這山城裡似乎已很難再有立足之地。

他沒有再說什麼，只笑了笑，就轉身走出巷子。

誰知老太婆卻又跟了出來，道：「但你若沒有地方住，我倒可以將那房子租給你。」

葉開微笑道：「你怎麼知道我不是殺人的兇手？」

老太婆道：「你不像。」

葉開忽然沉下了臉，道：「你看錯了，我不但殺過人，而且殺了七八十個。」

老太婆倒抽了口涼氣，滿臉俱是驚駭之色。

葉開已走出了巷子。

他只希望能盡快找到傅紅雪。

他沒有看到傅紅雪，卻看到了丁求。

丁求居然就坐在對面的屋簷下，捧著碗熱茶在喝。

他華麗的衣衫外，又罩上了一件青袍，神情看來有些無精打采。

這時街那邊正有個牧羊人趕著四五條羊慢慢的走過來。

暴雨後天氣雖又涼了些，但現在畢竟還是盛暑時。

這牧羊人身上居然披著些破羊皮襖，頭上還戴著頂破草帽。

帽子戴得很低，因爲他的頭本就比帽子小。

他低著頭，手裡提著條牧羊杖，嘴裡有一搭，沒一搭的哼著小調。

只有最沒出息的人才牧羊。

在這種邊荒之地，好男兒講究的是放鷹牧馬，牧羊人不但窮，而且沒人看得起。

街上的人根本連看都懶得看他一眼，這牧羊人倒也很識相，也不敢走到街心來，只希望快點將這幾條瘦羊趕過去。

誰知道街上偏偏就有一個人注意到他。

丁求一看見這牧羊人，眼睛竟忽然亮了，好像本就在等他。

葉開也停下了腳步，看了看這牧羊人，又看了看丁求。

他的眼睛竟似也亮了。

街上積著水。

這牧羊人剛繞過一個小水潭，就看見丁求大步走過來攔住了他的去路。

他連頭都沒有抬，又想從丁求旁邊繞過去。

牧羊人總是沒膽子的。

誰知丁求卻好像要找定他的麻煩了，突然道：「你幾時學會牧羊的？」

牧羊人怔了怔，囁嚅著道：「從小就會了。」

丁求冷笑道：「難道你在武當門下學的本事，就是牧羊？」

牧羊人又怔了怔，終於慢慢的抬起頭，看了丁求兩眼，道：「我不認得你。」

丁求道：「我卻認得你。」

牧羊人嘆了口氣，道：「你只怕認錯人了。」

丁求厲聲道：「姓樂的，樂樂山，你就算化骨揚灰，我也一樣認得你！這次你還想往哪裡走？」

這牧羊人難道真是樂樂山？

他沉默了半晌，又嘆了口氣，道：「就算你認得我，我還是不認得你。」

他居然真是樂樂山。

丁求冷笑著，突然一把扯下了罩在外面的青布袍，露出了那一身華麗的衣服，背後的駝峰上，赫然繡著條五爪金龍。

樂樂山失聲道：「金背駝龍？」

丁求道：「你總算還認得我。」

樂樂山皺眉道：「你來找我幹什麼？」

丁求道：「找你算帳。」

樂樂山道：「算什麼帳？」

丁求道：「十年前的舊帳，你難道忘了麼？」

樂樂山道：「我連見都沒有見過你，哪裡來的什麼舊帳？」

丁求厲聲道：「十七條命的血債，你賴也賴不了的，賠命來吧。」

樂樂山道：「這人瘋了，我……」

丁求根本不讓他再說話，雙臂一振，掌中已多了條五尺長的金鞭。

金光閃動，妖矯如龍，帶著急風橫掃樂樂山的腰。

樂樂山一偏身，右手抓起了披在身上的羊皮襖，烏雲般灑了出去，大喝道：「等一等。」

丁求不等，金鞭已變了四招。

樂樂山跺了跺腳，反手一擰羊皮襖，居然也變成了件軟兵器。

這正是武當內家束濕成棍的功夫。

這種功夫練到家的人，什麼東西到了他手裡，都可以當做武器。

眨眼間他們就已在這積水的長街上交手十餘招。

葉開遠遠的看著，忽然發現了兩件事。

一個真正的酒鬼，絕不可能成爲武林高手，樂樂山的借酒裝瘋，原來只不過是故意作給別人看的姿態而已，其實他也許比誰都清醒。

可是他卻好像真的不認得丁求。

丁求當然也絕不會認錯人的。

這究竟是怎麼回事呢？

葉開沉思著，嘴角又有了笑意。

他忽然覺得這件事很可笑。

但這件事並不可笑。

死，絕不是可笑的事。

樂樂山的武功純熟、圓滑、老到，攻勢雖不凌厲，但卻絕無破綻。

一個致命的破綻。

他這種人本不可能露出這種破綻來的，他的手竟似突然僵硬。

就在這一瞬間，葉開看到了他的眼睛。

他眼睛裡突然充滿了憤怒和恐懼之色，然後他的眼珠子就凸了出來。

丁求的金鞭已毒龍般纏住了他的咽喉。

「格」的一聲，咽喉已被絞斷。

丁求仰面狂笑，道：「血債血還，這筆帳今天總算是算清了。」

笑聲中，他的人已掠起，凌空翻身，忽然間已沒入屋脊後，只剩下樂樂山還凸著死魚般的眼珠，歪著脖子躺在那裡。

他看來忽然又變得像是個爛醉如泥的醉漢。

沒有人走過去，沒有人出聲。

無論誰看到一個活生生的人突然死了，心裡總會覺得很不舒服的。

那雜貨店的老闆站在門口，用兩隻手捧著胃，似乎已將嘔吐出來。

太陽又升起。

新鮮的陽光照在樂樂山的身上，照著剛從他耳鼻眼睛裡流出來的血。

血很快就乾了。

葉開慢慢的走過去，蹲下來，看著他猙獰可怖的臉，黯然道：「你我總算是朋友一場，你還有什麼話要交代我？」

當然沒有。

死人怎麼會說話呢？

葉開卻伸手拍了他的肩，道：「你放心，有人會安排你的後事的，我也會灑幾樽濁酒，去澆在你的墓上的。」

他嘆息著，終於慢慢的站起來。

然後他就看到了蕭別離。

蕭別離居然也走了出來，用兩隻手支著枴杖，靜靜的站在簷下。

他的臉色在陽光下看來，彷彿比傅紅雪還要蒼白得多。

他本就是個終年看不到陽光的人。

葉開走過去，嘆息著道：「我不喜歡看殺人，卻偏偏時常看到殺人。」

蕭別離沉默著，神情也顯得很傷感。過了很久，才長嘆道：「我就知道他會這麼樣做的，只可惜我已勸阻不及了。」

葉開點點頭，道：「樂大先生的確死得太快。」

他抬起頭，忽又問道：「你剛出來？」

蕭別離嘆道：「我本該早些出來的。」

葉開道：「剛才我正跟別人說話，竟沒有看見你出來。」

蕭別離道：「你在跟誰說話？」

葉開道：「樂大先生。」

蕭別離凝視著他，過了很久，才緩緩道：「死人不會說話。」

葉開道：「會。」

蕭別離臉上的表情也變得很奇特，道：「死人也會說話？」

葉開點點頭，道：「只不過死人說的話，很少有人能聽得見。」

蕭別離道：「你能聽得見？」

葉開道：「能。」

蕭別離道：「他說了些什麼？」

葉開道：「他說他死得實在太冤。」

蕭別離皺眉道：「冤在哪裡？」

葉開道：「他說丁求本來殺不了他的。」
蕭別離道：「但他卻已死在丁求的鞭下。」
葉開道：「那只因有別人在旁邊暗算他。」
蕭別離皺眉道：「有人暗算他？是誰？」
葉開嘆息了一聲，伸出手掌，在蕭別離面前攤開。
他掌心赫然有根針。
慘碧色的針，針頭還帶著血絲。
蕭別離動容道：「斷腸針？」
葉開道：「是斷腸針。」
蕭別離長長吐出口氣，道：「如此看來，杜婆婆果然已來了。」
葉開道：「而且已來了很久。」
蕭別離道：「你已看見了她？」
葉開苦笑道：「杜婆婆的斷腸針發出來時，若有人能看見，她也就不是杜婆婆了。」
蕭別離只有嘆息。
葉開道：「但我卻知道她並沒有躲在萬馬堂裡。」
蕭別離道：「怎見得？」
葉開道：「因爲她就住在這鎮上，說不定就是前面那背著孩子的老太婆。」

蕭別離臉色變了變，他也已看見一個老婦人在背著她的孩子過街。

葉開道：「斷腸針既然已來了，無骨蛇想必也不遠吧。」

蕭別離道：「難道他也一直躲在這鎮上？」

葉開道：「很可能。」

蕭別離道：「我怎麼從未發現這鎮上有那樣的武林高手？」

葉開淡淡道：「真人不露相，真正的武林高手，別人本就看不出來的，說不定他就是那個雜貨店的老闆。」

他看著蕭別離，忽然笑了笑，慢慢的接著道：「也說不定就是你。」

蕭別離也笑了。

他的笑容在陽光下看來，彷彿帶著種說不出的譏誚之意。

然後他就慢慢的轉過身，慢慢的走了回去。

葉開看著他微笑時，總會忘記他是個殘廢，總會忘記他是個多麼寂寞，多麼孤獨的人。

但現在葉開看著的是他的背影。

一個瘦削、殘廢、孤獨的背影。

葉開忽然追上去，拉住了他的臂，道：「你難得出來，我想請你喝杯酒。」

蕭別離彷彿很驚奇，道：「你請我喝酒？」

葉開點點頭，道：「我也難得請人喝酒。」

蕭別離道：「到哪裡喝？」

葉開道：「隨便哪裡，只要不在你店裡。」

蕭別離道：「爲什麼？」

葉開道：「你店裡的酒太貴。」

蕭別離又笑了，道：「但是我店裡可以掛帳。」

葉開大笑，道：「你在誘惑我。」

可以掛帳這四個字，對身上沒錢的人來說，的確是種不可抗拒的誘惑。

蕭別離微笑道：「我只不過是在拉生意。」

葉開嘆道：「有時你的確像是生意人。」

蕭別離道：「我本來就是。」

他微笑著，看著葉開，道：「現在你要請我到哪裡喝酒去？」

葉開眨著眼笑道：「在我說來，可以掛帳的地方，就是最便宜、最好的地方，我在這種地方喝酒，總是最開心的。」

蕭別離道：「還帳的時候呢？」

葉開道：「還帳的時候雖痛苦，但那已是以後的事了，我能不能活到那時還是問題。」

他微笑著推開門，讓蕭別離走進去。

但是他自己卻沒有走進去。

因爲就在這時，他看見了翠濃。

翠濃正低著頭，從簷下匆匆的向這裡走。

昨天晚上她爲什麼會忽然失蹤？

到哪裡去？

從哪裡回來的？

葉開當然忍不住要問問她，但是她卻好像根本沒有看見葉開。

另一個人在瞪著葉開。

傅紅雪。

傅紅雪終於又出現了。

葉開的手剛伸出去，剛準備去拉住翠濃，就發現了他。

他瞪著葉開的手，冷漠的眼睛似已充滿了怒意，蒼白的臉已發紅。

葉開的手慢慢的縮回，又推開門，讓翠濃走進去。

翠濃走進了門，才回過頭來對他嫣然一笑，好像直到現在才看見他這個人。

葉開卻有點笑不出來。

因爲傅紅雪還在瞪著他，那眼色就好像一個嫉妒的丈夫在瞪著他妻子的情人。

葉開看著他，再看著翠濃，實在不明白這是怎麼回事。

但世上豈非本就有很多莫名其妙的事？這種事豈非本就是每天晚上都可能發生的？

葉開笑了笑，道：「我正在找你。」

傅紅雪又瞪了他很久，才冷冷道：「你有事？」

葉開道：「有樣東西要留給你。」

傅紅雪道：「哦？」

葉開道：「你殺了公孫斷？」

傅紅雪冷笑道：「我早就該殺了他的。」

葉開道：「這是他的訃聞。」

傅紅雪道：「訃聞？」

葉開微笑著，道：「你殺了他，他大祭的那天，馬空群卻要請你去喝酒，你說是不是妙得很？」

傅紅雪凝視著他遞過來的訃聞，眼睛裡還帶著種很奇怪的表情，緩緩道：「好得很，的確妙得很。」

葉開凝視著他的眼睛，緩緩道：「你當然一定會去的。」

傅紅雪道：「爲什麼？」

葉開道：「因爲那天也一定熱鬧得很。」

傅紅雪忽然抬起頭，盯著他道：「你好像對我的事很關心？」

葉開又笑了笑，道：「那也許只因爲我本就是個喜歡管閒事的人。」

傅紅雪道：「你知不知道公孫斷怎麼會死的？」

葉開道：「不知道。」

傅紅雪冷冷道：「就因爲他管的閒事太多了。」

他再也不看葉開一眼，從葉開身旁慢慢的走過去，走上街心。

街上還積著水。

傅紅雪左腳先邁出一步，右腳才跟著慢慢的拖了過去。

他走路的姿態奇特而可笑。

平時他過街的時候，每個人都在盯著他的腳。

但現在卻不同。

今天街上每個人都在盯著他的手，他手裡的刀。

這把殺了公孫斷的刀。

每個人的眼睛裡都帶著種敵意。

「現在大家都已知道你是萬馬堂的仇敵，絕不會再有一個人將你當做朋友了。」

「爲什麼？」

「因為這鎮上的人，至少有一半是倚靠萬馬堂為生的。」

「……」

「所以你從此要特別小心，就連喝杯水都要特別小心。」

這些都是沈三娘臨走時說的話。

他實在不懂這個女人為什麼對他特別關心。

他根本不認得這女人，只知道她是翠濃的朋友，也是馬空群的女人。

翠濃怎麼會跟這種女人交朋友的？

他也不懂。

也不知為了什麼，他對這女人竟有種說不出的厭惡之意，只巴望她快點走開。

可是她卻偏偏好像不明白他的意思。

他們在草原上轉了很久，只希望找個安靜的地方，和翠濃兩個安安靜靜的坐下來。

無論誰都很難相信這是他第一次殺人，甚至連公孫斷都不會相信。

但他卻的確是第一次殺人。

他將刀從公孫斷胸膛上拔出來時，竟忍不住嘔吐起來。

無論誰都很難了解他這種心情，甚至連他自己都不了解。

看著一個活生生的人在你手下變成屍體，並不是件愉快的事。

他本不願殺人的。

但是他卻非殺不可！

沒有雪，只有沙。

紅沙。

鮮血跟著刀鋒一起濺出來，染紅了地上的黃沙。

他跪在地上嘔吐了很久，直到血已乾透時，才能站起來。

他站起來的時候，才發現沈三娘一直在看著他，用一種很奇怪的眼色看著他，也不知是同情？是輕蔑？還是憐憫？

無論是什麼，都是他不能忍受的！

但他卻可以忍受別人的憤恨和輕蔑。

他已習慣。

傅紅雪挺直了腰，慢慢的穿過街心。

現在他只想躺下去，躺下去等著翠濃。

直走到鎮外，沈三娘才跟他們分手。

他並沒有問她要到哪裡去，他根本就不想再見到這個人。

但她卻拉著翠濃，又去嘀咕了很久。

然後翠濃就說要回去了。

「我回去收拾收拾，然後就去找你，我知道你住在哪裡。」

她當然應該知道。

傅紅雪當然想不到「她」並不是翠濃，而是他所厭惡的沈三娘。

這秘密也許永不會有人知道。

十七　神秘的老太婆

巷口還貼著張招租的紅紙條。

傅紅雪走過去，就看到那白髮蒼蒼的老太婆站在巷口，用一雙狡黠而充滿討厭的眼瞪著他。

這老太婆看來也不是他的朋友。

傅紅雪道：「請讓讓路。」

老太婆道：「爲什麼要讓路？」

傅紅雪道：「我要回去。」

老太婆道：「聽說你嫌這地方不好，已經搬家了，還回到哪裡去？」

傅紅雪道：「誰說我已經搬家了？」

老太婆道：「我說的。」

傅紅雪皺眉道：「誰說我嫌這地方不好？」

老太婆道：「也不是你嫌這地方不好，是這地方嫌你不好。」

傅紅雪終於明白，所以他什麼話都沒有再說，也不必再說。

老太婆道：「你的包袱我已送到隔壁的雜貨店了，你隨時都可去拿。」

傅紅雪點點頭。

老太婆道：「還有這錠銀子，你還是留著給你自己買棺材吧。」

她手裡本已捏著錠銀子，此刻忽然用力擲了出來。

傅紅雪只有伸手去接。

他沒有接住。

銀子剛從老太婆手裡飛出來，突然又被一樣東西打了回去。

一錠銀子突然變成了幾十根針。

若不是半空中突然飛過來的一樣東西將它打了回去，傅紅雪就算人不死，這條手臂也必定要廢了。

現在銀針打的卻是老太婆自己。

這走路都要扶著牆的老太婆，身子竟然彈起，凌空一個翻身，已掠上屋脊。

她行藏既露，已準備溜了。

誰知屋脊上竟早已有個人在等著她。

葉開不知何時也已掠上屋脊，正背負著雙手，含笑看著她。

老太婆臉色變了，狡黠的眼睛裡，也已露出驚懼之意。

她眼睛並沒有瞎，當然早已看出葉開不是個好對付的人。

葉開微笑道：「老太太，你怎麼突然變得年輕起來了？」

老太婆乾笑了兩聲，道：「不是年輕，是骨頭輕，我看見你這樣的小白臉，骨頭就會變得很輕。」

葉開淡淡道：「聽說老人家若是喝了人血，年紀也會變輕的。」

老太婆道：「你要我喝你的血？」

葉開道：「你剛才豈非也喝過樂樂山的血？」

老太婆獰笑道：「那糟老頭子血裡的酒太多，還是喝你的血好。」

她的手一揮，衣袖中又飛出兩條銀絲，毒蛇般向葉開脖子上纏了過去。

她用的武器非但奇特，而且惡毒。

但葉開卻偏偏專門會對付各種惡毒的武器。

他身子突然溜溜一轉，好像從衣袖中摸出一樣黑黝黝的東西。只聽叮的一響，銀絲突然就不見了。

老太婆一雙鳥爪般的手似也突然僵硬。

葉開又背負起雙手，站在那裡，微笑著道：「你還有什麼寶貝，爲什麼不一起使出來，也好讓我見識見識。」

老太婆盯著他，嗄聲說道：「你……你究竟是什麼人？」

葉開道：「我姓葉，叫葉開，木葉的葉，開心的開。」

他又笑了笑，接著道：「只可惜我開心的時候，你就不會開心了。」

老太婆什麼都不再說，突又淩空翻起，掠出去三四丈。

誰知她身子剛落下，就發現葉開又在那裡含笑看著她。笑得就像是條小狐狸。

老太婆嘆了口氣，道：「好，好輕功。」

葉開微笑道：「倒也不是輕功好，只不過是骨頭輕罷了。」

老太婆苦笑道：「看來你骨頭比我還輕。」

她一句話未說完，鳥爪般的手突然向葉開攻出了四招。

她的招式也同樣奇突詭秘。

但葉開卻偏偏專門會對付各種詭秘的招式。

他的出手既不奇怪，也不詭異。只不過很快，快得令人不可思議。

老太婆的手剛擊出，就覺得有樣東西在她脈門上輕輕一劃。

然後她一雙手就垂了下去，再也抬不起來。

葉開還是背負著雙手，站在那裡，笑得比剛才更開心了。

只可惜他開心的時候，別人總是不太開心。

老太婆長嘆了口氣道：「我不認得你，你爲什麼要跟我作對？」

葉開道：「誰說我要跟你作對？」

老太婆道：「那麼你想怎麼樣？」

葉開道：「只不過想請你喝杯酒而已。」

老太婆一愣，道：「請我喝酒？」

葉開道：「我一向難得請人喝酒的，這機會錯過可惜。」

老太婆咬了咬牙，道：「到哪裡去喝？」

葉開笑道：「當然是蕭別離的店裡，那地方可以掛帳。」

傅紅雪手裡握著刀，握得很緊。

他還是用剛才一樣的姿勢站在那裡，連動都沒有動過。

可是他蒼白的臉，又已因激動而發紅。

老太婆從屋脊上跳下來，垂著頭，傻傻的從他身旁走過去。

傅紅雪沒有看她，卻突然道：「等一等。」

老太婆就停下來等，好像忽然變得聽話得很。

傅紅雪道：「我已殺過人。」

老太婆聽著。

傅紅雪道：「我並不在乎多殺一個。」

老太婆的手已在發抖。

葉開也已趕過來，微笑道：「殺人就像喝酒一樣，只有第一杯最難入口，你若能喝下第一杯，再多喝幾杯當然就不在乎了，只不過……」

傅紅雪道：「只不過怎麼樣？」

葉開道：「殺人也像喝酒一樣，喝多了慢慢就會上癮的。」

他看著傅紅雪，微笑著接道：「這件事還是莫要上癮的好。」

傅紅雪冷冷道：「我並不想殺你。」

葉開道：「你想殺她？」

傅紅雪道：「我本來只殺兩種人，現在卻又多了一種。」

葉開道：「哪一種？」

傅紅雪道：「想殺我的人。」

葉開點點頭，道：「她剛才想殺你，你現在想殺她，這倒也很公平。」

傅紅雪道：「你閃開。」

葉開道：「我可以閃開，但你卻不能真的殺了她。知道嗎？」

傅紅雪道：「爲什麼？」

葉開笑道：「因爲她也沒有真的殺了你。」

傅紅雪看著他，蒼白的臉似已漸漸變得透明。

過了很久，他才一字一字道：「你究竟是個什麼人？嗯？」

葉開笑道：「你們明明全知道我是什麼人，為什麼還要問我這句話？」

傅紅雪道：「我要問清楚些，只因為我欠你一樣東西。」

葉開道：「欠我什麼？」

傅紅雪道：「欠你一條命。」

他突然轉身，慢慢的接著道：「這筆帳我遲早總會還你的，你也可以隨時問我來要。」

他左腳先邁出一步，右腳再跟著慢慢的拖過去，腳步看來更沉重。

葉開忽然覺得他的背影看來和蕭別離差不多，看來也同樣是那麼寂寞，那麼孤獨。

也許他的情況更悲慘，因為他只有一條路可走。

一條永不回頭的路。

桌上有酒。

葉開為蕭別離斟滿一杯，又為老太婆斟滿一杯，笑道：「這地方如何？」

老太婆道：「不錯。」

葉開道：「酒呢？」

老太婆道：「也不錯。」

葉開道：「那麼你就該感激我。若不是我，你怎麼能到這裡來喝酒。」

老太婆道：「為什麼不能？」

葉開笑了笑，然後說道：「這裡是男人的天下，『斷腸針』杜婆婆雖然是名聞天下的武林高手，但卻是個女人。」

老太婆眨了眨眼，道：「我是杜婆婆？」

葉開道：「我看到樂樂山中的斷腸針，就已想到是你。」

老太婆嘆了口氣，道：「好眼力。」

葉開又笑了笑，道：「可是我並沒有替他報仇的意思。」

老太婆道：「哦？」

葉開道：「我只想問問你，你爲什麼要替萬馬堂殺人？」

老太婆道：「你認爲我替萬馬堂殺了他？」

葉開點點頭。

老太婆道：「因爲當時我在旁邊，而且是個老太婆，所以我一定就是杜婆婆？」

葉開笑道：「這道理豈非本來就很簡單。」

老太婆道：「杜婆婆當然不會是個男人。」

葉開道：「當然不是。」

老太婆忽然笑了笑，笑得很奇怪。

葉開道：「你認爲這件事很可笑？」

老太婆道：「只有一點可笑。」

葉開道：「哪一點？」

老太婆道：「我不是杜婆婆。」

葉開道：「你不是？」

老太婆笑道：「做杜婆婆也並沒有什麼不好，只可惜我是個男人。」

葉開怔住。這老太婆竟真的是個男人！

她從臉上揭下了個精巧的面具，解開了衣襟，挺直了腰。

這老太婆就忽然變成了瘦小枯乾的中年男人，無論誰都可以看得出她是個男人。

葉開忽然發覺自己的眼力並不如自己想像中那麼高明。

這人微笑著，悠然道：「你還要不要檢查檢查，我究竟是男是女？」

葉開嘆了口氣，苦笑道：「不必了。」

這人道：「杜婆婆當然不會是男人。」

葉開道：「當然不是。」

這人道：「那麼我當然就不是杜婆婆。」

葉開道：「你不是。」

這人道：「樂樂山當然也不是被我殺了的。」

葉開只有承認，無論誰都知道「斷腸針」是杜婆婆的獨門暗器！

這人道：「我也沒有真的殺了傅紅雪。」

葉開也只有承認，傅紅雪到現在還活著。

這人長長吐出口氣，舉杯一飲而盡，笑道：「果然是好酒。」

他喝完了這杯酒，就站起來轉身走出去。

蕭別離眼中似又露出了一絲譏詭的笑意，微笑道：「下次請再來光顧。」

這人也笑道：「我當然會來的，聽說這地方可以掛帳，我那幾間破屋子又租不出去。」

葉開忽然喚道：「西門春。」

這人立刻回過頭。

他臉上本來還帶著笑容，但一回過頭，臉色就已變了。

笑容已到了葉開臉上。

他開心的時候，別人通常都不會太開心的。

這人顯然還想再笑一笑，只可惜臉上肌肉已幾乎完全僵硬。

葉開微笑道：「這酒既然不錯，西門先生爲何不多喝幾杯再走？」

這人站在那裡，看著他，過了很久，才長長嘆息了一聲，苦笑道：「我現在當然也不必問你究竟是什麼人了。」

葉開道：「的確已不必。」

這人道：「但是，我卻想問問你，你究竟是不是個人吶？」

葉開大笑。

他忽然又覺得自己的眼力並不比想像中差多少。

他大笑著道：「千面人魔門下的高足，果然是出手奇詭，易容精妙，我本來早就該看出來的。」

西門春嘆道：「你現在看出來也還不太遲。」

葉開道：「杜婆婆當然不會是女人，更不會是老太婆，否則別人豈非一下子就會猜到？」

西門春道：「有理。」

葉開道：「那麼她是誰呢？」

蕭別離忽又笑了笑，淡淡道：「可能就是你，也可能就是我。」

葉開沉思著，道：「也可能就是……」

他忽然跳起來，大聲道：「我明白了，杜婆婆一定就是他。」

西門春又嘆了口氣，喃喃道：「只可惜你現在明白也許已太遲了。」

傅紅雪慢慢的走進了雜貨店。

他從沒有走進過這雜貨店，也從未走進過任何一家雜貨店。

他這人本就不是活在凡塵中的，他有他另外一個天地。

那天地中只有仇恨，沒有別的。

李馬虎伏在櫃台上，又在打瞌睡，就好像從來沒有清醒過。

傅紅雪走過去，用刀柄敲了敲櫃台。

李馬虎一驚，終於清醒，就看到了傅紅雪那柄漆黑的刀。

刀鞘漆黑，刀柄漆黑，但刀鋒上還留著鮮紅的血！

李馬虎的臉已嚇白了，失神道：「你……你要幹什麼？」

傅紅雪道：「要我的包袱。」

李馬虎道：「你的包袱……哦，不錯，這裡是有個包袱。」

他這才鬆了口氣，很快的將包袱從櫃台裡雙手捧了出來。

傅紅雪當然只用一隻手去接。另一隻手上還是緊緊的握著他的刀。

公孫斷已死在這柄刀下！下一個人是誰呢？

這也許連他自己都不知道。

他慢慢的轉過身，看到貨架上的蛋，忽又道：「蛋怎麼賣？」

李馬虎道：「想買？」

傅紅雪點點頭。

他忽然發現飢餓這種感覺，有時甚至比仇恨還要強烈。

李馬虎看著他，搖了搖頭，道：「不，這蛋不能賣給你。」

傅紅雪也明白，這地方所有的門都已在他面前關了起來，甚至連這雜貨店的門都不例外。

他若一定要買，當然也沒有任何人能阻攔。

但他卻不是這種人。

他發怒的對象絕不是個老太婆，也不是個小雜貨店的老闆。

月色已淡了，風中已有涼意。

這裡難道已真的沒有他容身之地？

他緊緊握著他的刀，提著他的包袱——他本就是活在另一個世界中的。

這世界上的人無論對他怎麼樣，他都不在乎。

誰知李馬虎忽又接著道：「這蛋不能賣給你，因爲蛋是生的，你總不能吃生蛋。」

傅紅雪站住。

李馬虎道：「後面有爐子，爐子裡有火，不但可以炒蛋，還可以熱酒。」

傅紅雪轉回頭，道：「你要多少？」

李馬虎笑了，道：「公子你既然是個明白人，就馬馬虎虎算十二兩吧。」

十二兩銀子一頓飯，這槓子實在敲得不輕。

但無論多少銀子也不能塡飽肚子，飢餓又偏偏如此不能忍受。

李馬虎在炒蛋，蛋炒飯。

酒已溫好，還有些花生豆乾。

「花生豆乾全都免費，酒也請儘量喝，馬馬虎虎算了。」

傅紅雪卻連一滴酒都沒有喝。

他一喝非醉不可，現在卻絕不是能喝醉的時候。

李馬虎捧上了蛋炒飯，看著他杯中的酒，陪笑道：「大爺你嫌這酒不好？」

傅紅雪道：「酒很好。」

李馬虎道：「就算不好，也該馬馬虎虎喝兩杯，散散心。」

傅紅雪已開始吃飯。

他並不是怕酒裡有毒。

分辨食物中是否有毒的法子，一共有三十六種，他至少懂得二十種。

只不過他若不想做一件事時，就絕沒有任何人能勉強他做。

李馬虎當然也不是喜歡勉強別人的那種人。

傅紅雪不喝，他就自己喝。

他將溫好的那壺酒一口氣喝了下去，苦笑道：「憑良心講，我也常常覺得奇怪，世上爲什麼有那麼多人喜歡喝酒，這酒實在比毒藥還難喝。」

傅紅雪道：「你不喜歡喝酒？」

李馬虎嘆了口氣，道：「根本不會喝，現在我已經快醉了。」

他的確已快醉了，不但臉已開始發紅，連眼睛都已發紅。

傅紅雪皺眉道：「不會喝爲什麼要喝？」

李馬虎道：「酒若溫好，不喝就會壞的。」

傅紅雪道：「所以你寧可喝醉。」

李馬虎嘆道：「無論誰要開雜貨舖，都得先學會一件事。」

傅紅雪道：「什麼事？」

李馬虎道：「寧可自己受點罪，也絕不能糟蹋一點東西。」

他又嘆了口氣，苦笑道：「所以只有最沒出息的人，才會開雜貨舖，開雜貨舖的人非但娶不到老婆，連朋友都沒有一個。」

傅紅雪慢慢的扒著飯，忽然也輕輕嘆息了一聲，道：「你錯了。」

李馬虎「噗通」一聲，在他旁邊坐下，道：「我哪點錯了？」

傅紅雪緩緩道：「世上只有一種人是真正沒有朋友的。」

李馬虎道：「哪種人？」

傅紅雪道：「我這種。」

他抬起頭，彷彿在凝視著遠方，顯得說不出的空虛寂寞。

他從來沒有朋友，以後只怕也永不會有。

他的生命已完全貢獻給仇恨，一種永遠解不開的仇恨。

但是在他內心深處，爲什麼偏偏總是在渴望著友情呢？

李馬虎用發紅的眼睛看著他，忽然問道：「那位葉公子不是你的朋友？」

傅紅雪冷冷道：「不是。」

李馬虎道：「但他卻好像已將你當做朋友。」

傅紅雪沉著臉，道：「那只因爲他有毛病。」

李馬虎道：「有毛病？」

傅紅雪握緊手裡的刀，緩緩道：「拿我當朋友的人，都有毛病。」

李馬虎苦笑道：「這麼看來，我好像也有點毛病了。」

傅紅雪道：「你？」

李馬虎道：「因爲我現在也很想交你這個朋友。」

他說起話來連舌頭都大了，的確醉得很快，但醉話豈非通常都是真話？

傅紅雪突然放下筷子，冷冷道：「你這飯炒得並不好。」

他再也不看李馬虎一眼，慢慢的站起來，轉過身，因爲他也不願再讓人看到他臉上的表情。

李馬虎卻還在看著他，看著他的背。

他的肩已後縮，顯見得心裡很不平靜。

李馬虎眼睛裡突然露出種很奇怪的表情，慢慢的伸出手，好像要去拍他的肩。

就在這時，突然間寒光一閃！
一柄刀已釘入了他的手背。

請續看《邊城浪子》中冊

邊城浪子（上）

作者：古龍
發行人：陳曉林
出版所：風雲時代出版股份有限公司
地址：10576台北市民生東路五段178號7樓之3
電話：(02) 2756-0949　　傳真：(02) 2765-3799
封面原圖：明人出警圖（原圖為國立故宮博物館典藏）
封面影像處理：風雲編輯小組
執行主編：劉宇青
業務總監：張瑋鳳
出版日期：古龍珍藏限量紀念版2024年7月二刷
ISBN：978-626-7369-42-5

風雲書網：http://www.eastbooks.com.tw
官方部落格：http://eastbooks.pixnet.net/blog
Facebook：http://www.facebook.com/h7560949
E-mail：h7560949@ms15.hinet.net
劃撥帳號：12043291
戶名：風雲時代出版股份有限公司

風雲發行所：33373桃園市龜山區公西村2鄰復興街304巷96號
電話：(03) 318-1378　　傳真：(03) 318-1378
法律顧問：永然法律事務所 李永然律師
　　　　　北辰著作權事務所 蕭雄淋律師

行政院新聞局局版台業字第3595號 營利事業統一編號22759935

定價：340元　　版權所有　翻印必究

國家圖書館出版品預行編目資料

邊城浪子／古龍 著.　-- 三版.--
臺北市：風雲時代出版股份有限公司，2024.01
冊；公分.（Ｉ小李飛刀系列）古龍珍藏限量紀念版
ISBN 978-626-7369-42-5（上冊：平裝）
ISBN 978-626-7369-43-2（中冊；平裝）
ISBN 978-626-7369-44-9（下冊；平裝）
857.9　　112019833